桂文我上方落語全集

第九巻

四代目
桂文我

Pan Rolling

ごあいさつ

第九巻の挨拶文は、令和六年正月に書いていますが、元日は能登半島地震、二日には日航機と海上保安庁の飛行機の衝突事故と、一年の幕開けから、世間が激震する大災害や、事故が起こったのです。

昨年末から、自民党安倍派・二階派等のパーティ券のキックバック、大阪万博の予算増と、怪しいニュースばかりとなり、新しい年に不安を感じることも多かったのですが、まさか、このような事態に陥るとは、夢にも思いませんでした。

しかし、明るさを失うと、マイナスが増すだけに、私は「高座の充実、執筆・録音等の落語活動を、今まで以上に、しっかり行おう」と、改めて、決意した次第です。

当全集は、第十巻までを第一期として、百五十のネタと、解説を纏めるように進めていますが、細かく添削して、間違いを少なくすることが、如何に大変かということも痛感しました。

本の刊行に於いて、誤植等のミスが無いことは理想ですが、それが全く無い書籍は稀であり、何処かにキズが見つかります。

当全集も、直したい所は数多くありますが、自分の軌跡として、そのままにしておくことを、お許し下さいませ。

第九巻も、ポピュラーな落語より、珍品の数が多くなりましたが、文字と音で残し、皆様方に知っていただくことも肝心と考えた結果です。

私とて、ネタを絞り込み、それらを充実させて行くことにも、魅力を感じないではありませんが、師匠（二代目桂枝雀）に「お話おじさんと言われてもええから、どんなネタも演れるようにしておきなさい」と言われているので、それを遂行することに、一生を費やしてしまうかも知れません。

唯、最近では、復活した落語を習いに来てくれる後輩も増え、そのネタを高座に掛け、良い評判を得たり、コンクールで賞を取ったりすることも増えました。

いつ、あの世に行くかはわかりませんが、向こうの世界で師匠に会った時、「言われたことは、そこそこ出来ました」と言えるようにしたいと思っています。

いつの間にか、私も還暦を超えましたが、まだ、体内電池は残っているようで、最近の高座は、かなり充実していると思えるようになりました。

無論、自分だけの勘違いかも知れませんが……。

最近、殊に思うことは、落語をジャズで演るか、クラシックとして捉えるかということで、フリーハンドで、自由な高座を展開する方が良いか、ジグソーパズルを組むような落語を演じる方が良いかということです。

枕の部分を自由に語っても、本題に入ると、形通りに演じてしまう噺家も多く、その反対で、枕は短くても、本題は自由に、伸び伸びと進める者が居るのも事実でしょう。

ネタによって、自在に変化させる方が良いのかも知れませんが、それが至難の業であることは、先人の例を見ても、理解していただけるのではないでしょうか。

最近、高座を務める時、「間違わず、台詞を言おう」とか、「出来るだけ、受けるように演ろう」と思わなくなりました。

贅沢で、傲慢な考えかも知れませんが、「ネタの世界で遊ばせてもらい、お客様にも、その気分を共有していただこう」と思いながら、高座を務めています。

後々、この考え方は変わるかも知れませんが、暫くの間、その路線で進もうと思いますので、宜しく、お付き合い下さいませ。

今回、一文を寄せて下さったのは、三重県松阪市・本居宣長記念館名誉館長の吉田悦之氏ですが、この方こそ、「令和の本居宣長」と言える御方で、博覧強記であり、何と言っても、話好きで、お目に掛かると、五時間程、話し合うことも、頻繁にあります。

一日一日を無駄にせず、知識を増やし、それを教養まで深められたことは間違い無く、松阪市、いや、三重県、いやいや、日本の宝と言えるのではないでしょうか。

決して、これは、リップサービスではありません。

昨年、松阪市ブランド大使にも就任されましたが、この任命は遅過ぎたと思いますし、松阪市は、日本の誇る文化があるだけに、行政も、そのことを理解出来る方が増えて欲しいと、切に思います。

最後に一言、申し上げておきましょう。

「真面目に、しっかり務める」と言うと、「芸人として、面白味に欠ける、野暮な奴」と思われるかも知れませんが、私の場合、これが一番楽ですし、自然体で行けるように思うようになりました。

野暮で、面白味に欠ける噺家を、今後も御支援・御鞭撻下さいますよう、宜しく、お願い申し上げます。

令和六年一月吉日　　四代目　桂文我

目次

オランダ（おらんだ）

鍋「もし、番頭さん。アノ、話がごぜえやす」
番「あァ、お鍋か。一体、何じゃ？」
鍋「店の者が居る所は、話がしにくいで」
番「もう一寸で、用事が片付く。ほな、わしの部屋で待ってなはれ」
鍋「そんなら、早(はよ)う来てもれえてぇ」
番「(番頭の部屋へ来て)一体、何じゃ？　早う話を済まさんと、ケッタイに思われる。用事があったら、早う言いなはれ」
鍋「ボチボチ、言いますで」
番「いや、トントンと言いなはれ。お鍋と番頭が深い仲と思われたら、具合悪い」
鍋「コレ、何を言うとる。わしと番頭さんは、去年の秋から、ズブズブの仲じゃ。口入屋から、この店へ来たのが、去年の秋。番頭さんは、怪しい目をしとった。『この人だけは、気を付けねばならん』と思たが、店に慣れてくると、身も心も緩んだ。店の者の目を盗んで、番頭さんと盆屋（※連れ込み宿）通い。番頭さんは、旦那さんの目を盗むのが、天下一品じゃ。オラへ用事を言い付けて、表へ出さして、『一寸、お得意さんを廻って来る』と言うて、表へ出る。盆屋の近くで隠れとると、オラの肩を叩いて、盆屋へ入るだ。あの段取りは、旦那さんから教えてもろたか？」

番「何処の世界に、そんな旦那が居る」

鍋「質の悪い、助平に習たか？　昔から、日本人は、真面目な者が多かったらしい。この頃は、店へ異人さんが来ることもある。アメリカ・フランス・ドイツに、オランダの人も来たぞ。訳のわからん言葉を使とったが、番頭さんは上手に応対しとった。異国の悪い段取りを習て、日本で広めるつもりか？」

番「コレ、ええ加減にしなはれ！　話があると言うてたのは、何じゃ？」

鍋「若え女子が、こんなことを言うのは恥ずかしいけんども、仕方無え。そんなら、言います。オラの腹の中へ、番頭さんの助平の固まりが出来たぞ」

番「何ッ、赤子が出来たか！」

鍋「おォ、その通りだ」

番「あァ、えらいことになった。来年、暖簾(のれん)分け・別家(べっけ)の話が出てるのに、ワヤになる。そんなことを、何で早う言わん」

鍋「ボォーッとしとって、気が付かなんだ。オラの郷里(さと)から、兄さんが訪ねて来て、一目見るなり、赤子が出来たことを見破りなさった」

番「流石(さすが)、兄妹(きょうだい)じゃ。そんなことが、一目で知れるか？」

鍋「二年前、兄さんも、隣り村の女子を孕(はら)まして揉めたで、学びが出来とる」

番「お鍋の兄こそ、助平の固まりじゃ。それで、どうした？」

鍋「番頭さんとの仲を言うたら、頭の中へ花が咲いたみたいに怒り出して、番頭へ話を付けると言うとる。店の表へ来とるが、どうしたらええ？」

番「あァ、難儀なことになった。会わなんだら、どうなる？」

鍋「兄さんが怒り出したら、えれえことになるだ。風の吹く日、この店へ油を掛けて、火を点(つ)けるかも知んねえ。番頭さんの首を、鉈(なた)で落とすかも知れん」

番「あァ、えらいことになった！　直(じき)に行くよって、兄さんに待ってもらいなはれ」

鍋「おォ、そうかに。何だか、盛り上がって来た」

番「難儀なことで、喜ぶな！　ほな、兄さんへ言いなはれ」

鍋「はい、そうしますだ。旦那さんや、店の者にも聞いてもらう方がええかに？」

番「コレ、ええ加減にしなはれ！　早う、兄さんへ言いなはれ。ほな、直に行くわ」
鍋「はい、そうしますだ。（廊下へ出て）ルルルルル、ルゥーン！」
番「廊下へ出て、鼻唄を唄てる。あァ、えらい女子へ手を出した。お鍋の兄さんに会わんことには、仕方無い。（表へ出て）向こうで兄妹が、話をしてるわ。お初に、お目に懸かります。私は、この店の番頭でございまして」
兄「おミャァが、この店のビャントゥか？　オラがイモトの腹を大きして、アンキョロリンとしとるとは、チョコレンビンの、オッペッペだ！　蜂の頭で、ポッペンのケツ！」
番「何を言うてるのか、サッパリわからん。コレ、お鍋。ほんまに、お前の兄さんか？　まさか、異国の人やなかろう？　言葉使いや、顔付きが、昨日来た、オランダの客と似てるわ。お宅は、オランダから来たか？」
兄「妹が、孕んだから来た」

解説「オランダ」

『増補／落語事典』（青蛙房、昭和四十八年）を読むまで、全く知らないネタでした。

東大落語会の尽力で、昭和四十四年に刊行された『落語事典』へ補足し、一二六〇のネタの粗筋を掲載したのですから、これに勝る落語の手引書はありません。

殊に、補遺の部分では、当時、「ご両人登場」（ＮＴＶ）の司会を務める、桂米朝師が上京した時、東大落語会の面々が宿泊所へ訪れ、上方落語の珍品や小噺までを聞き取り、ネタの網羅に近い、落語の手引書が出来上がったのです。

高校時代、『増補／落語事典』を読み、「へェ、こんなネタもあるのか」と驚きましたが、小噺程度のネタは、解説も簡単に書かれていることが多く、この落語も、「オランダだけが貿易していた頃の小ばなしか」としか述べられていません。

しかし、言葉合わせでありながら、愛嬌のあるオチだけに、高校生の私の頭の片隅へ、印象深く残りました。

長年、忘れていたのですが、テレビ番組の「世界遺産」で、オランダが紹介された時、このネタを思い出し、上演する気になったのですから、何がキッカケになるか、わかりません。

ひどい田舎訛り（なま）の女子衆（おなごし）を孕ましたことで、兄が文句を言いに来るという設定ですが、それだけでは小噺で終わるので、女子衆を孕ました番頭と、女子衆との遣り取りを加え、十分程度のネタに仕上げることが出来ました。

妹より、ひどい田舎訛りの兄が使う、訳のわからない言葉は、米朝一門の先輩が使い、米朝師も喜んだ、不思議な言葉のチョコレンビンとオッペッペを採り入れました。

オッペッペは、岡本玉治の浪曲「関取千両幟／道頓堀天満屋」で使用しているギャグですが、昭和五十七年、三十三歳で他界した桂米太郎兄が「青菜」等のネタへ入れており、米太郎兄の物真似をする者は、必ず、その言葉を使ったのです。

私の弟弟子・桂む雀は、物真似が上手く、噺家だけではなく、近所のスーパーマーケットの主人まで、見事に再現していましたが、殊に米太郎兄の物真似は絶品でした。

む雀が内弟子の頃、師匠（二代目桂枝雀）の次男・一史君の幼稚園の送り迎えをする時、米太郎兄の物真似の稽古をしていたのです。

ある日のこと、いきなり師匠の前で、一史君が米太郎兄の物真似をしたことで、それがバレてしまい、師匠に「物真似の稽古もええけど、もっと落語の稽古をしなさい」と言われたことが、仲間内の話題になりました。

チョコレンビンは、時折、桂千朝兄が使い、米朝師が喜んでいたことを思い出し、このネタへ採り入れることにしたのです。

チョコレンビンとオッペッペは、オランダ言葉ではありませんが、昔であれば、異人言葉と誤解しても不思議ではなかろうと思い、使用しました。

令和二年八月七日、大阪梅田太融寺で開催した「第六八回／桂文我上方落語選（大阪編）」で初演した時、噺の流れは良くなかったのですが、ウケは良く、今後も上演可能という感触を得たのです。

その後、独演会の番組へ加えるネタになり、東京新宿末広亭で上演した時、「一体、何というネタですか？」と、楽屋へ聞きに来られたお客様までおられました。

私自身、このネタのような、訳のわからない内容の噺が大好きです。

もう半分

もうはんぶん

爺「えェ、こんばんは。まだ、宜しいか？」

亭「あァ、菜っ葉売りのお爺さん。提灯の灯を落とそと思てました所ですけど、お入りやす」

爺「おォ、有難いことで。（腰を掛けて）今日は仕事を休んで、遠い所へ用足しに行って参りました。呑まんと帰るつもりでしたけど、此方の提灯を見たら、辛抱が出来んようになりまして。いつものように、お酒を湯呑み半分だけ、いただけますかな」

亭「あァ、そうでした。（湯呑みへ、酒を注いで）さァ、どうぞ」

爺「此方のお酒は良え色で、これをいただくのを楽しみに生きてます。（酒の匂いを嗅いで）おォ、良え香りじゃ。（酒を呑んで）あァ、美味しい！　一口いただいただけで、今日あった嫌なことが、スゥーッと消えます。（酒を呑んで）あァ、極楽！　もう半分だけ、注いでもらえますかな」
亭「(酒を注いで) さァ、どうぞ」
爺「ヘェ、おおきに。(酒を呑んで) あァ、美味しい！　世の中で、お酒を考えた人が、一番偉いと思います。一口いただくだけで、その日の憂(う)さが晴れる。こんな結構な物は、他にございません。(酒を呑んで) もう半分だけ、いただけますかな」
亭「あァ、もう半分。(酒を注いで) 炊(た)いた小芋は、如何で？　いえ、お代は結構。昼間の残りで、形が崩れてますけど、その方が美味しい」
爺「おォ、いただきます。(小芋を食べて) 中々、良え味付けで。内儀(おかみ)さんは、大きなお腹になられましたな。どうぞ、良え御子(おこ)が産まれますように。御亭主に無理を言うて、いただいてます。(酒を呑んで) もう半分だけ、いただけますかな」
亭「(酒を注いで) ウチへお越しになると、湯呑みで半分ずつ呑みはりますけど、湯呑みへ筋切り一杯呑んでも同じですわ。何で、そんな呑み方をなさる？」
爺「正直に申し上げて、気を悪せんように。人の気持ちは面白て、丁度、半分は注ぎにくい。どうしても、余分に注いでしまうのが人情。一寸多い目に注がれたお酒を見ながら、チビチビ呑むのが、何よりの楽しみで」
亭「おォ、仰る通り！　半分だけ注いでも、少ないと思て、一寸だけ注ぎ足しますわ。良え所へ、目を付けなさった。正直に言うてもろた方が、気持ちが宜しい。(酒を注いで) ほな、もう半分だけ注ぎますわ」

爺「半分どころか、八分目まで注いでもらいました。ほんまに、御亭主は良え御方で。良えことにつけ、悪いことにつけ、我が身へ戻ります。『情けは、人のためならず』と言うて、情けは掛けといた方が宜しいわ。殊に、私へ掛てもらいたい。(笑って) わッはッはッは! 長居をして、済まんことで。これだけいただいたら、帰ります。(酒を呑み、息を吐いて) フゥーッ! あァ、極楽! お勘定は、何ぼで? (懐の財布を横へ置き、他の銭入れから、銭を出して) ほな、ここへ置きます。いつもより、仰山いただきました。へェ、おおきに」

亭「また、お越しを。あの爺さんは、何でも正直に言うてくれるのが嬉しい。唯、顔が気色悪いわ。顔中、皺(しわ)だらけ。皺の中に、顔がある。鷲鼻で、頬骨が突き出て、一寸残ってる髪の毛が白髪。ニャッと笑(わろ)たら、黄色い歯が、三本しか残ってない。最前、暖簾の間から、ヌッと顔を出した時、子泣き爺が入って来たと思た。そやけど、人間は顔やのうて、心や。ボチボチ、店を閉めよか。(財布を見て) ほゥ、何や? 最前の爺さんが、財布を忘れて行ったか。(財布を持って) おッ、ズシッと重たい。財布の紐が解けて、中身が見えたけど、金がギッシリ! 一体、何ぼある? (金を数えて) おい、嬶。

あの爺さんが、五十両を忘れて行ったよって、返してくる。何ッ、爺さんの家を知ってるか？　いや、知らん。いっそのこと、もろとけ？　ウチは子どもが生まれるし、借金も返さなあかん？　五十両があったら、子どもと楽に暮らせる？　あァ、ゴジャゴジャ言うな！　今、心を鬼にせなあかん時かも知れん」

爺「（店へ帰って）もし、済まんことで！　最前の菜っ葉売りでございますけど、財布を忘れてませんでしたか？」

亭「片付けましたけど、何もございませんでした」

爺「いや、そんなことはない！　ここへ、五十両を入れた財布を置きました！　あの金が無かったら、生きて行けん。助けると思て、返してもらいたい！」

亭「私は正直な男やよって、忘れ物があったら返しますわ。無かったら、返せん」

爺「そんなことを仰らず、返してもらいたい。お勘定をした時、ウカッと横へ置いて、懐へ入れるのを忘れました。詳しい訳は申せませんけど、どうしても返さんならん借金がございまして、可愛い娘が、廓へ身を沈めて、拵（こしら）えてくれた五十両。あのお金が無かったら、私は生きて行けん。どうぞ、返してもらいたい！」

亭「知らんと言うたら、知らん！　人を、盗人扱いして。さァ、帰りなはれ！」

爺「あァ、さよか。そこまで仰ったら、五十両は出て来んと思います。世の中は、因果応報。人を苦しめたら、己へ返ってきますわ。誠に、お騒がせしました」
亭「やっと、帰った。胸が締め付けられる思いやったけど、これで五十両は、わしらの物や。爺さんは、肩を落として、出て行った。ひょっとしたら、ケッタイな気を起こすかも知れん。気になるよって、爺さんの様子を見に行くわ」

表へ出ると、朧月夜の薄明かり。
店の向かいは、川の流れで、近くへ橋が掛かり、橋の上に人影が見える。

亭「あァ、もう半分の爺さんや。おい、爺さァーん！〔ハメモノ／水音。大太鼓を打った後、銅鑼を打つ〕あァ、身を投げた！　気の迷いとは言いながら、金に目が眩んで、爺さんを殺してしもたわ。迷わず、成仏してくれ。あァ、南無阿弥陀仏！（店へ帰って）今、帰った。何ッ、赤子が生まれる？　今日は、何という日や。表で一人死んで、家で一人生まれるやなんて。ほな、産婆さんを呼びに行くわ！」

産婆が来て、オギャッという産声を上げ、生まれ落ちたのが、男の子。

婆「はい、おめでとうございます。坊ンが、お生まれになりました」
亭「跡取りで、こんな嬉しいことは無い。ほな、顔を見せて」
婆「お見せする前に、お断りした方が宜しい。チョイチョイ、こんな御子が生まれますけど、大きなったら、元へ戻ると思いますわ。さァ、坊ンでございます」

産婆が抱いた赤子の顔を見ると、顔色は土色で、皺だらけ。
鷲鼻で、頬骨が突き出て、一寸しか生えてない髪の毛が白髪で、黄色い歯が、三本も生えてる。
最前、川へ身を投げた、もう半分の爺さんに、ソックリ。

亭「あァ、えらいことになった！」
嬶「一寸、あんた。早う、子どもの顔を見せて」
亭「おい、生まれたての赤子の顔を見たことがあるか？　ケッタイな顔をしてるよって、ビックリしたらあかん。さァ、わしらの子どもや」

家内が、赤子の顔を見た時、瞑ってた目が開き、ニヤッと笑た。

その顔を見るなり、ウゥーンと唸（うな）ると、後ろへ、ドォーン！

打ち所が悪く、女房は息を引き取る。

後へ残ったのが、五十両と、もう半分の爺さんにソックリの赤子。

女房の葬式を済ました後、出物の店を買い、酒問屋を始めた。

赤子は乳母へ任せ、一生懸命に働くと、悪は栄えると言うぐらいで、店は大繁盛。

纏（まと）まった金が出来た所で、米相場へ手を出すと、ドォーンと上がる。

頃合いは良しと思て売ると、ドォーンと下がる。

これを繰り返す内に、財産が増え、店も大きなる。

赤子の顔も可愛らしなり、その内に、後添（のちぞえ）をもらい、親子三人で幸せな暮らしが続き、
この家が子々孫々まで栄えることになったら、話が面白（おもろ）無い。

大きな店を買い、米相場へ手を出したが、当てが外れ、大損。

店は人手へ渡り、小さな店へ移ると、細々と商いをし、赤子は乳母へ任した。

乳「旦那様、お暇をいただきたい」
亭「ほな、他の乳母へ頼むわ」

次の乳母が来たが、二、三日経つと、「アノ、お暇をいただきたい」。
また、次の乳母が来たが、二、三日経つと、「あのォ、お暇を」。
こんなことを繰り返してる内に、十四、五人も乳母が替わった。
「今度は、一寸やそっとでは驚かん、肝の太い、山から這い出しの、熊でも捻り潰してしまうような乳母へ頼むしかない。そやけど、そんな人が居るか？」と思たが、世の中は広て、望み通りの乳母が来た。

う「宜しく、お頼み申しますでのう」
亭「あんたやったら、大丈夫！　ほな、頼みます」

ホッと胸を撫で下ろしたが、明くる朝、「アノ、お暇をいただきてえ」。

亭「あんたに帰られたら、頼む者が居らん。倍の給金を払うよって、居ってもらいたい」
う「倍の給金をもろても、あの辛抱だけは」
亭「あの辛抱とは、何じゃ？」
う「アレ、御主人様は御存知無えか？　今晩、坊ンの隣りへ寝て、坊ンのなさることを見てなさったら、わかりますだ。ほな、帰りますで」

　気に掛かることを言い残し、乳母が帰った後、赤子の寝てる座敷の、隣りの部屋へ布団を敷き、襖(ふすま)を細目に開け、隙間から様子を伺い、夜を待つ。

　次第々々に夜が更け、丑三(うしみ)ツの頃合い。

　何処(どこ)で打つやら、縁寺(えんじ)の鐘が、陰に籠(こ)もって、物凄く、〔ハメモノ／銅鑼〕

　鐘の音と共に、今まで寝てた赤子が、ムクムクッと起き上がった。

亭「(襖の隙間から覗いて)生まれて、三月(みつき)も経たん赤子が起き上がった！」

　キョロキョロッと、辺りを見廻すと、スゥーッと、立ち上がる。

　フラフラフラッと、行灯(あんどん)の傍へ近付くと、行灯の中から、灯し油が入ってる器を取り出し、油を美味(うま)そうに、グビッ、グビッ、グビグビグビグビ！

亭「あァ、爺さんの祟(たた)りや。このまま、放っとく訳には行かん！」

傍にあった煙管を取り上げると、襖を開ける。

亭「おい、爺さん。迷わず、成仏せえ！」

後ろから、煙管で打ち掛かると、油を舐めてた赤子が、ヒョイと振り向き、空の器を差し出した。

子「(笑って) ヘヘヘヘッ、もう半分」

解説「もう半分」

初めて聞いたのは落語ではなく、小学生低学年の頃、山の神の集まりで、近所のおじさんが語ってくれた話でした。

三重県松阪市の山間部で、年二回、村人が集まったのが、山の神と、金比羅さん。山の神は、子どもの祭で、当番の家へ村人が泊まり、子ども達にも豪華な膳が付き、大人は酒を呑み、親睦を深めるのです。

金比羅さんは、その日だけの集まりで、食事後は解散するので、子ども達は、山の神を楽しみにしていました。

ある年の山の神の時、御馳走を食べた後、近所のおじさんが「子ども達に、怖い話を聞かしたる！」と言い、「もう半分」に似た話を語ってくれたのです。

おじさんは新聞配達をし、萬屋（よろず）（※いろんな物を売っている店。しかし、この店の品数は少なかった）を営み、子ども達の集まりの場になっていました。

おじさんの語りが見事だったことで、十人ほどの子どもの目は釘付けとなり、耳を欹（そばだ）て、話の世界へ浸ったのです。

湯呑み半分の酒を注文する年寄りに酷似した赤子の様子を、わかりやすく、恐ろしく語った後、「悪いことをすると、こんな目に遭うぞ！」という戒めも付いていたので、今から思えば、子ども達へ因果応報を教えたかったのかも知れません。

その後、子ども達は床へ就きましたが、寝付きが悪かったようです。

「もう半分」も「出来るだけ、観客を怖がらせよう」と考え、力を入れて演じるほど、ネタへ妙な色が付き、嫌な雰囲気になるだけに、演じるより、筋を追うような感じで、ストーリーを進める方が、楽に聞けるでしょう。

観客を怖がらせようとすると、それを観客が察し、ネタの世界より、噺家の口調が気になり、ネタ全体が暑苦しくなるのです。

陰惨で、内容の濃い噺だけに、力を入れて演じたいのはわかりますが、アッサリと語る方が良い結果が出るのは、落語を上演する時の極意とも言えましょう。

無論、抜群の腕を持つ噺家が的確に語れば、怖さが増し、深い世界を現出させる場合もあるでしょうが……。

五代目古今亭志ん生・八代目林家正蔵・五代目古今亭今輔・十代目金原亭馬生・三代目古今亭志ん朝・十代目柳家小三治等の師匠連の録音を聞いても、力を入れているようで、アッサリと演じているのが、よくわかります。

『五代目古今亭志ん生全集』第二巻（弘文出版、昭和五十二年）の解説へ、「東京は初代三遊亭円左が、大阪では三代目桂文團治（前田七三郎）が得意にしていた、この噺とそっくりな噺がある」と記されており、明治時代に四百冊以上刊行された雑誌『文藝倶楽部』第一三巻第一〇号（博文館、明治四十年）へ掲載された、五代目林家正蔵の「正直清兵衛」を発端とする、長い怪談噺もありました。

青物商・清兵衛の娘が身を売った十五両を居酒屋へ置き忘れ、それを取りに来た清兵衛を、居酒屋の主（あるじ）・忠右衛門が刺し殺した後、忠右衛門夫婦の許へ、清兵衛のような顔をした赤子が生まれ、「追々是が成人を致して終（つい）に我が子の為めに忠右衛門夫婦が殺されるといふ、因縁の御話でございますが、跡は道具になりますかに此の辺で御免を蒙むって置きます」となります。
「正直清兵衛」の一部が、「もう半分」になったのかもと言われていますが、原話らしいのは、井原西鶴の『本朝二十不孝』巻三（貞享三年）の「当社の案内申す程をかし」。

粗筋は、金太夫という男の子が三歳になると、油を呑み、五歳になると、大人のような口を利くようになり、「私の親は、五年前、灯し油売りを斬り、八〇両を奪ってから、暮らし向きが良くなった」と言い、それが評判になり掛けたので、堪り兼ねた亭主は、女房を刺し殺した後に自害し、その夜、五歳の息子は行方不明になったという話。

第二次世界大戦後、「もう半分」は、五代目古今亭志ん生・五代目古今亭今輔という師匠連が上演しましたが、二十代の今輔師が、三遊亭圓朝の弟子・三遊一朝から教わった時、「怪談噺は、芸が無くても、色気で保つ、二十代に演るものだ」と言われたそうです。

口調に粘着性の無い今輔師の高座は、演者の欲が消え、噺の本質が見えるようでした。

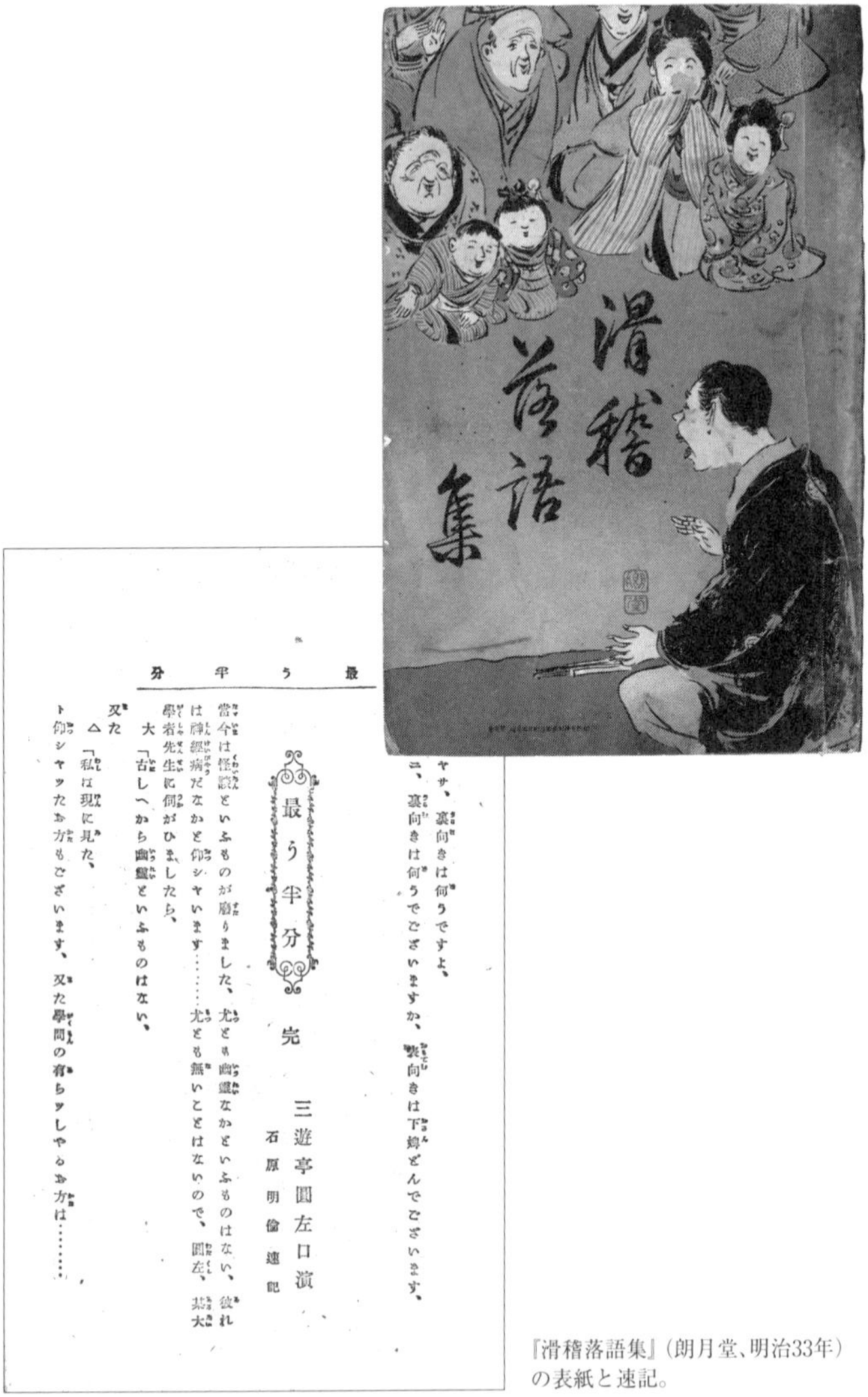

滑稽落語集
ヤサ、裏向きは何うですよ、
ニ、裏向きは何うでございますか、表向きは下婢どんでございます、
最う半分
完
最う半分
三遊亭圓左口演
石原明倫速記
當今は怪談といふものが廢りました、尤とも幽靈なかといふものはない、彼れは神經病だなかど仰シャいます……尤とも無いことはないので、圓左、某大學者先生に伺がひましたら、
大「古しへから幽靈といふものはない、
又た△「私は現に見た、
ト仰シャッたお方もございます、又た學問の有らッしやるお方は……

『滑稽落語集』(朗月堂、明治33年)
の表紙と速記。

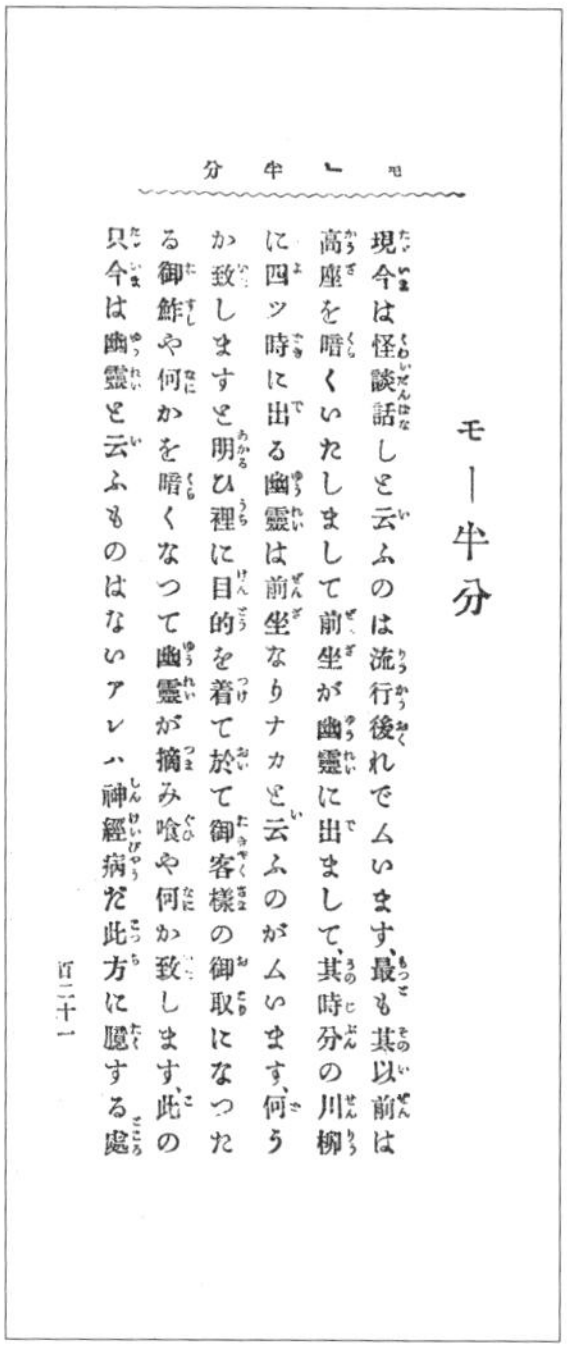
モー半分

モー半分

現今は怪談話しと云ふのは流行後れでムいます、最も其以前は高座を暗くいたしまして前坐が幽靈に出まして、其時分の川柳に四ツ時に出る幽靈は前坐なりナカと云ふのがムいます、何うか致しますと明ひ裡に目的を着て於て御客樣の御取になつたる御鮓や何かを暗くなつて幽靈が摘み喰や何か致します、此の只今は幽靈と云ふものはないアレハ神經病だ此方に隱する處

百二十一

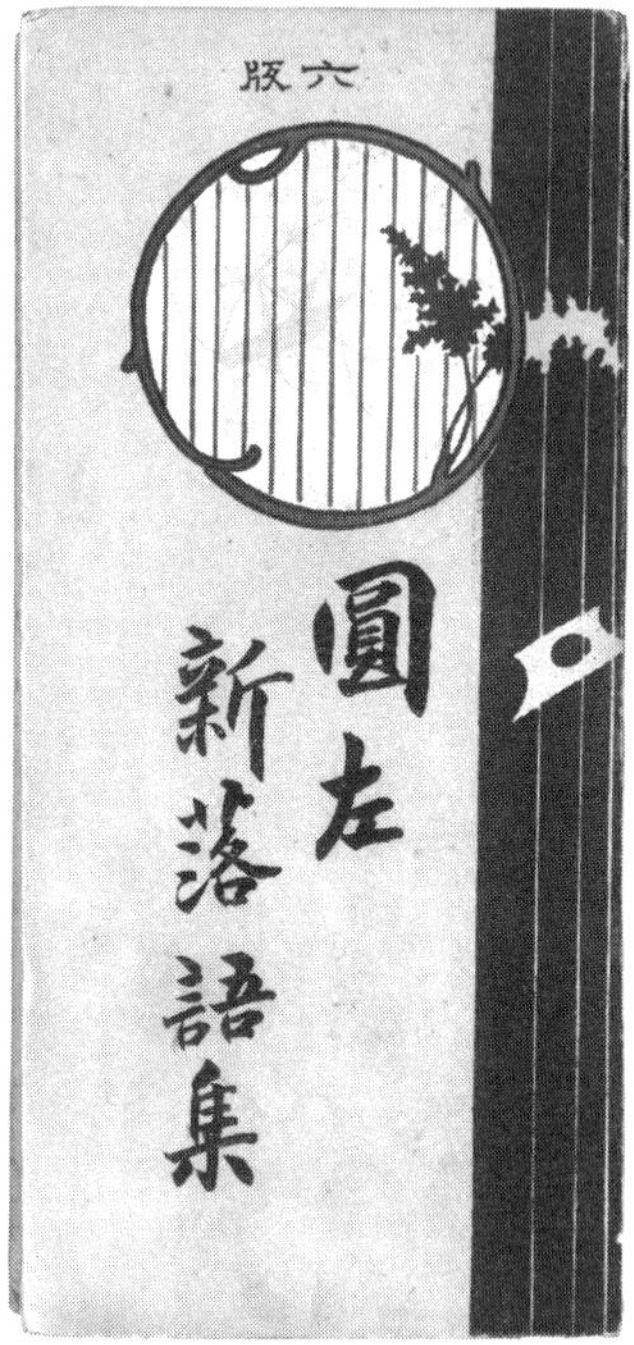

『圓左新落語集』（磯部甲陽堂、明治39年）の表紙と速記。

モー半分

初代 三遊亭圓左

現今は怪談話しと云ふのは流行後れで御座います、最も其以前は高座を暗くいたしまして前座が幽靈に出まして、其の時分の川柳に、四ッ時に出る幽靈は前座なりナカと云ふのが御座います、何うか致しますと明い中に見當を付ておいてお客様のお取になつたお鮓や何かを暗くなつてから幽靈が摘み喰を致します、此の現今は幽靈と云ふものはないアレは神經病だ此方に臆する處に感じて現はれるのだ神經で見へるのだと申しますが、全然さうでもないやうで御座にます、或學者先生に伺ひましたのに幽靈を見たと有仰ました、而て見ると有かと思ひますが……最も無いお方には無いやうで有る方には有るのださうで、斯う云つて居れば間違は御座いません、其の昔し永代の橋詰に堀建同様の家で御座いますが疊が二疊ばかりしかないと云ふ、出し臺を置て二三日前の出したての澤庵の香の物が切つてあります、燒豆

『三遊やなぎ名人落語大全』（交成會出版部、大正11年）の表紙と速記。

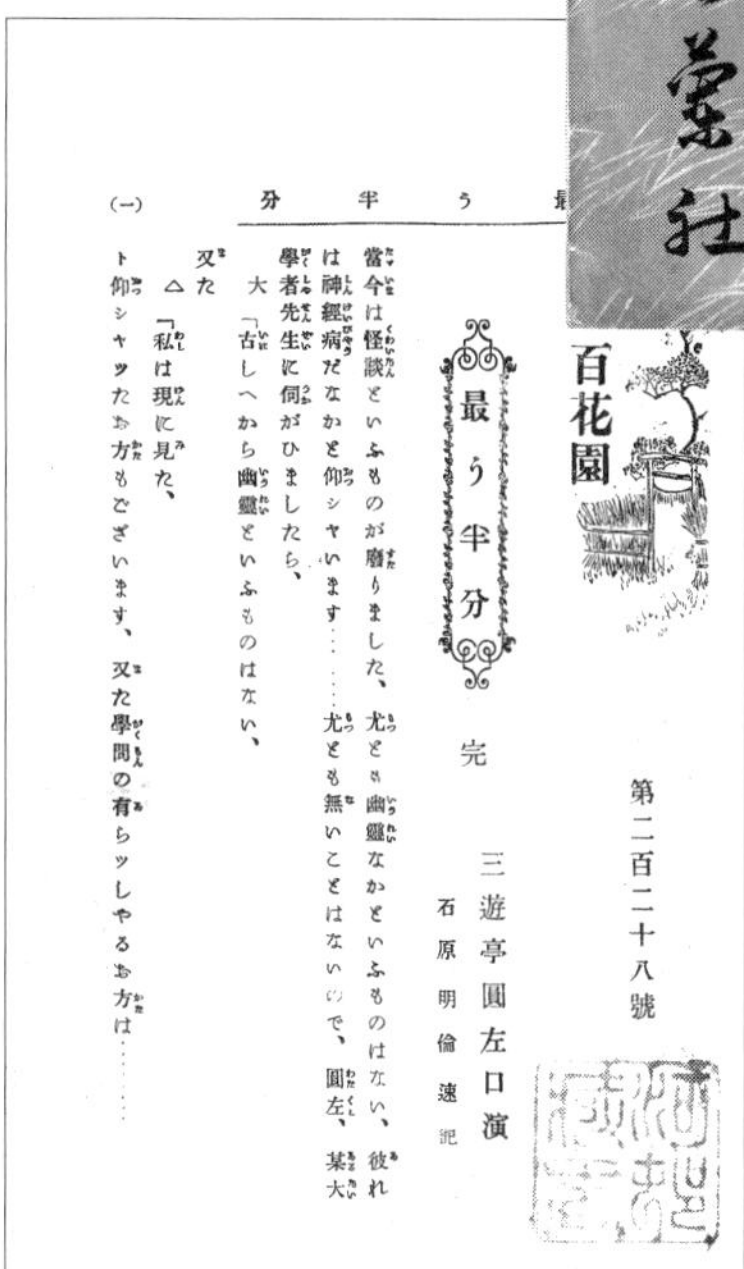

最う半分　(一)

百花園

第二百二十八號

最う半分　完

三遊亭圓左口演
石原明倫速記

當今は怪談といふものが廢りました、尤とも幽靈なかどいふものはない、彼れは神經病だなかと仰シャいます……尤とも無いことはないので、圓左、某大學者先生に伺がひましたら、

大「古しへから幽靈といふものはない、

又た

△「私は現に見た、

ト仰シャッたお方もございます、又た學問の有らッしやるお方は……

『百花園』228号（金蘭社、明治32年）の表紙と速記。

五代目古今亭志ん生のLPレコード（キャニオン、昭和56年）。

身売りをした娘に、全く触れないのは無責任でしょうが、娘のことをたどると、別の因縁噺が出来上がるだけに、これで良いのかも知れません。

居酒屋の場所設定や、居酒屋の主と、客の親爺の縁の深さは、演者で異なり、「五勺酒」という別題もあります。

平成四年七月三十一日、三重県伊勢市内宮前おはらい町・すし久で、毎月晦日に開催する、「第十四回／みそか寄席」で初演しましたが、ジワジワと怪異の世界へ迫ることが出来たので、その後、全国各地の落語会や独演会で上演し、暗転・照明の工夫で、ラストのシーンを怪談噺仕

古今亭今輔
名作落語十八番〈おはこ〉シリーズ第一集
■ねぎまの殿様 ■もう半分 ■戸田の屋敷（前）（後）
■江島屋怪談 ■成田土産 ■恋の柵
名作落語十八番〈おはこ〉シリーズ・第一集
AX-0024～6★￥3,000(3枚組)
勲四等瑞宝章受賞記念盤
名作落語十八番〈おはこ〉シリーズ第一集
古今亭今輔
東宝名人会収録
東宝レコード
発売元●東宝芸音株式会社

五代目古今亭今輔のLPレコード（東宝、昭和49年）。


立てにしたこともありました。

夏になると、一度は演りたくなるので、今後も大切に演じ続けます。

第二次世界大戦前に刊行され、このネタが掲載された速記本は、『滑稽落語集』（朗月堂、明治三十三年）、『圓左新落語集』（磯部甲陽堂、明治三十九年）、『柳家落語集』（網島書店、大正十一年）、『三遊やなぎ名人落語大全』（交成會出版部、大正十一年）があり、雑誌は『百花園』二二八号（金蘭社、明治三十二年）。

LPレコード・カセットテープ・CDは、五代目古今亭志ん生・八代目林家正蔵・五代目古今亭今輔・十代目金原亭馬生等の各師の録音で発売されたのです。

高尾

たかお

喜「(欠伸をして)アァーッ! 〔ハメモノ/銅鑼〕今頃になると、目が醒める。あァ、一遍に小便がしとなってきた。至って、怖がりや。夕べ、小便に行こと思て、裏の戸を開けたら、大入道が立ってる。ビックリして、布団へ潜り込んだ。夜が明けて、見に行ったら、自分の褌を取り入れるのを忘れてた。辛抱をして、寝たれ。ウィーッ! あァ、小便が込み上がって来た。戸の隙間から、裏へしたれ。(戸を細目に開け、着物を捲り、小便をして)ジャジャジャジャジャーッ! 〔ハメモノ/ナマイダと、一つ鉦。下座の声と、当たり鉦で演奏〕また、始まった。宿替えをしてきた、クソ坊主。夜中になると、念仏を唱える。良え塩梅に出てた小便が、止まってしもた。アレを聞くと、子どもが怖がって、寝小便をする。わしも、してしもた。よし、文句を言いに行こ。(戸を叩いて)おい、坊主。一寸、開けてくれ!」

道「深夜に及び、門前を交渉に訪ずるは、誰そ、何人なるぞ？」
喜「一々、大層に吐かすな。早う、開けてくれ！」
道「その声は、隣家の喜六殿でござるか。（戸を開けて）どうぞ、お入り下され」
喜「おい、坊主！　こんな夜中に、念仏を唱えるな！　子どもが怖がって、寝小便をするわ。わしも、してしもた」
道「ほゥ、左様で。（笑って）ウッフッフッフ！」
喜「コレ、笑うな！　布団を干してるのを、長屋の者に見られるのが、どんなに恥ずかしいか。おい、念仏は止めてくれ！」
道「仔細がござる故、止める訳には参りません」
喜「仔細があるか、後妻があるか、知らんわ！　お前の仔細より、わしらの寝小便を考えてくれ。仔細とは、何や？」
道「然らば、喜六殿。我の申しますことを、お聞き下され。〔ハメモノ／青葉。三味線・当たり鉦で演奏〕我こそは、因州鳥取の藩にして、島田十左衛門が一子・島田十三郎と申する者。江戸在藩の砌、朋友に誘われ、吉原へと参り、三浦屋高尾と慣れ馴染み。雨の降る夜も風の夜も、通い詰めたる土手八丁。そのことが御前の耳に入り、屋敷は閉門、この身は追放。その頃、仙台の殿。金と高尾の釣り替え無しと、三又川の川下にて、高尾丸との御船(みふね)を築き、船中にて口説き給いしが、高尾、我に貞女を立て、いっかないっかな、靡(なび)かわこそ。一徹短慮の綱宗侯、無残や、高尾を下げ斬り。高尾、我の枕辺に立ち、一部始終の物語。我、それ聞くより、黒髪剃り下ろし、土手の道哲と改名致し、昼夜分かたぬ、情念仏。仔細と言うは、斯(か)くの如し」

喜「ええ加減なことを吐かすな、ヤマコ坊主！　色黒の顔の坊主が、三浦屋の高尾と馴染みになる訳が無いわ。何か、証拠でもあるか？」

道「我より高尾に送りし品は、千匹猿の割り笄(こうがい)。まった高尾より、我に送りし品は、魂返す、反魂香(はんごんこう)」

喜「『魂返す、反魂香』は、『あんたの頭は、アンポンタン』みたいなことか？」

道「いえ、左様ではございません。反魂香を火へくべると、高尾の姿が朦朧(もうろう)と現れる」

喜「ヘェ、ほんまか？　ほな、高尾を見せてくれ！」

道「どうやら、見ずには納まりますまい。暫く、お待ち下され」

喜「箪笥(たんす)の引き出しから、紫の布で包んだ物を出して来たわ。押し戴いて、火鉢を傍へ寄せて。布の中から、綺麗(きれ)な箱が出て来た。箱の蓋(ふた)を開けたら、粉が一杯詰まってる。小指の爪で掬(すく)て、火鉢の火にくべたら、青い火が出て来た」

道「(口の前で、人指し指を立て)シィーッ！」〔ハメモノ／音取(ねとり)。『アァラ、不思議やな。高尾の姿、

アリアリと』の後、三味線・大太鼓・能管・銅鑼で演奏〕

高「お前は、島田十三さん」

道「(合掌し、見上げて) そちゃ女房、高尾でないか」

高「二世と交わせし、反魂香。徒(あだ)には、焚(た)いて下さんすな」

道「何の、徒に焚くものか。其方(そなた)に、逢いたさ見たさ」

高「その香の切れ目が、縁の切れ目」

道「(合掌して) 南無高尾幽霊頓生菩提! 南無阿弥陀仏、南無阿弥陀仏!」

喜「ほゥ、出て来たな! 高尾というのは、良え女子や。毎晩、念仏を唱えるのも、無理は無いわ。わしも三年前に、嬶を死なした。その香を半分だけ、お呉れ」

道「高尾が申す通り、徒に焚いてくれるなという程の物。人様へ上げる訳には参らず、人様へ上げましても、高尾より他の者は出て参りません」

喜「嬶の顔を見たいのは、同じや。ほな、何処かで売ってるやろ?」

道「広い世の中、売っておるとも、売ってないとも申しません」

喜「両道を掛けやがって、汚いガキや。ほな、薬屋へ行って買(こ)うてくる。毎晩、念仏を唱えてもええわ。わしも毎晩、唱える。嬶に逢えたら、寝小便ぐらい構わん。出来るだけ、派手にやれ! ほな、さいなら!」

阿呆は喜んで帰ると、二十文を懐へ放り込み、ポイッと表へ飛び出した。

喜「あんな粉をくべたら、スゥーッと出て来た。道が暗(くろ)て、わからん。昔から、『酒屋と薬屋は、匂いでわかる』と言うわ。（嗅(か)いで）ここは酒屋で、隣りは薬屋や。（釘を触って）昼間に看板を掛ける釘が、仰山打ってある。（戸を叩いて）おい、薬屋。一寸、開けてくれ！」

女「コレ、何をしてなはる。表の戸を叩いてはるよって、起きなはれ！」

亭「着物を着て、帯を結んだら、身体が前へ行かん」

女「身体と後ろの柱を、一緒に括(くく)ってるやないか」

亭「あァ、なるほど。その柱を、切って捨てえ！」

女「しょうもないことを言わんと、早しなはれ！」

喜「（戸を叩いて）オォーイ、開けてくれ！」

亭「あァ、煩(うるさ)いな。一寸、待った！（戸を開けて）さァ、入りなはれ」

喜「（笑って）わッはッはッは！　あァ、済まん！　二十文、お呉れ」

亭「二十文とは、何です？」

喜「そやよって、早う開けてと言うてる。グズグズしてるよって、忘れてしもた。火の中へ、くべる奴があるやろ？　火の中へ入れたら、スゥーッと出て来る。『アァラ、不思議やな。高尾の姿、アリアリと』で、ドロドロドロと、二十文」
亭「ほんまに、気色悪いわ。おい、嬶。もっと、灯りを点けてくれ。夜中に、ケッタイな人が来たわ。一体、何を買いに来なはった？」
喜「あァ、難儀や。『お前は、島田十三さん』と、二十文」
亭「ほんまに、ケッタイな人や。嬶、何処へ行く？　わしの傍へ、引っ付いとけ！　わしも、気色悪いわ。一体、何を買いに来なはった？」
喜「まだ、わからんか？　『そちゃ、女房。高尾でないか』と、高尾を二十文」
亭「ウチに、そんな物は無いわ。看板は結界(けっかい)の内へ入れてるよって、それを見なはれ」
喜「あァ、なるほど。ほゥ、書いてあるな。えェ、すもうとりのかうやく」
亭「それは、相撲取り膏薬」
喜「あァ、ややこしいな。（看板を見て）その次は、チキンタン」
亭「それは、千金丹」
喜「あァ、千金丹か。ほんまに、ケッタイな書き方」
亭「いや、お宅の読み方が悪いわ」

喜「その次が、コシナカトミヤマハンゴンタン」
亭「上手に、スカタン読むわ。それは、越中富山の反魂丹」
喜「ほゥ、近付いて来た！　（踊って）ソレ、越中富山の反魂丹。あんたの頭は、アンポンタン！　（笑って）わッはッはッは！　二十文、お呉れ」
亭「ほんまに、ケッタイな人や。（薬を、袋へ入れて）反魂丹を買うのに、芝居をしたり、踊りを踊ったり。ヘェ、お待たせしました」
喜「火の中に、くべるやろ？」
亭「そんなことをしたら、あかん！　火の中へ、くべなはんな！」
喜「くべたら、スゥーッと出て来るわ。ほな、さいなら！」
亭「一寸、待った！　薬代を、もろてないわ！」
喜「何やら言うてるけど、放っとけ。さァ、帰って来た。（家へ入って）夜が明けん内に、せなあかん。カンテキを置いて、カラケシを入れて、炭を入れて。裏の坊主みたいに、火鉢の火やなんて、ケチなことはせんわ。ウチの嬶は、派手好きや。カンテキで、派手に陽気に、バァーッとやったろか。（カンテキを扇いで）三年振りで、嬶に逢える。『お前は、島田十三さん』と、これは坊主の名前や。わしは、『お前は、下駄屋の喜六さん』か。『そちゃ女房、高尾でないか』と、ムカつくな。向こうは、名前が揃てるわ。ウチの嬶は面白い名前で、おチョネや。『そちゃ女房、おチョネじゃないか』と、モッチャリしてるわ。『二世と交わせし、反魂丹。徒にや、焚いて下さんすな』『いや、心配をすな。二十文を出したら、袋へ山盛りある』と、偉そうに言うたろ。一寸も、火が起こらん。あァ、起こらんはずや。カンテキの口が、向こうを向いてる。嬉しなったら、目も見えてないわ。（カンテキの向きを替え、扇いで）さァ、火が起こった。（薬を入れて）スゥーッと、出て来いよ。アレ、出て来んわ。もっと、仰山入れたろか。（薬を入れて）パラパッチパチ、プスン！　最前は、ケッタイな音はせなんだ。入れたら、スゥーッと出て来た。『アァラ、不思議やな』と、ほんまに不思議や。入れたら、スッと出て来るわ。（薬を確かめて）坊主は粉で、ウチのは粒や。あァ、安物か。二十文で、仰山あると思た。ここまでして、嬶に逢えんやなんて。もう、ヤケクソや！　袋の中の薬を、皆、入れたれ！（薬を入れて）仰山、煙が出て来た。（咳（せき）をして）ゴホゴホッ！　あァ、煙たい！」
亭「（戸を叩いて）もし、御免！　一寸、開けてもらいたい！」
喜「今、開けます！　ウチの嬶は、粋（すい）な奴や。火の中から出たら熱いよって、表から下駄を履いて来た。表の戸をドンドンと叩くは、そちゃ女房、おチョネじゃないか！」
亭「いや、最前の薬屋。薬のお代を、もらいに来ました」

解説「高尾」

噺家になり、約四年経った頃、大阪ミナミ道頓堀のマンモス寄席・角座の楽屋で、三代目桂春團治師から、「代書」「祝い熨斗」を教わりました。

今から思えば、冷汗が出る程、厚かましいことですが、その後、春團治代々が十八番の「いかけや」の稽古をお願いすると、「弟子にも教えていないから、教えることは出来ません。弟子の誰かが習ってると聞いたら、言いに来て下さい。その時に、ちゃんと教えますから。その代わり、他のネタを教えましょう」と仰ったので、「高尾」をお願いすると、「四代目文團治さんから習ったネタやから、いいでしょう」。

その後、「いかけや」は、桂春秋（現・四代目桂梅團治）さんが稽古を付けてもらったことを聞き、早速、春團治師へ稽古を申し出ると、ニッコリと笑って、「何でも、よく覚えてるね」と仰り、「いかけや」の稽古が始まりました。

「いかけや」の裏話は、改めて述べることにしますが、昭和五十九年、角座が閉館してからは、春團治師のお宅で、朝十時から「高尾」の稽古が始まったのです。

ＬＰレコードの「一〇八〇分落語会」（テイチク、昭和四十七年）へ収録されている音源で、学生時代から台詞（せりふ）は覚えていたので、細かい仕種の教えが中心になりましたが、精密で、無駄のない仕種は、奇術の種明かしを見るように感じました。

島田十三郎が、火鉢へ反魂香をくべ、火の中から高尾の姿が現れる時、正座をしている両足へ力を入れ、上半身を真っ直ぐに、スゥーッと上げると、高尾の姿が宙に浮いているように見えるのです。

額の右横で、少し広げた扇子を、ヒラヒラと動かし、「何をしてるか、わかりますか？ これは高尾の、ビラビラの簪ですねん。一寸少ないけど、節約してます」と習ったのですが、米朝師や、上方舞の重鎮・楳茂都梅咲師に、「高尾の髪は、櫛・笄で飾ってあり、簪ではない」という指摘を受けました。

しかし、高尾が姿を現す時、簪の仕種があった方が華やかになるだけに、事実と異なることは承知の上で、簪の演出を採り入れても良いと思います。

「文團治（※身体が大きく、ゴジラと呼ばれた）さんに教わった時、簪の仕種の顔を見てると、笑いをこらえるのが、しんどかった」と、春團治師は笑いながら、仰いました。

春團治師の落語は、いつも構成・演出・台詞が同じと思われがちですが、「高尾」「野崎詣り」「皿屋敷」等は、微妙に台詞の出し入れがあったことも事実です。

『落語の根多』（宇井無愁著、角川文庫、昭和五十一年）には、「高尾」の原話は、『売薬御座寿』（天明元年、江戸板）の「はんごん香」と紹介されました。

「三代目桂春團治」のLPレコード（ビクター、昭和50年）。

「上方落語大全集／朝日放送1080分落語会実況録音盤」のLPレコード（テイチク、昭和47年）。

＊　＊　＊　＊　＊

女房に別れ、今一度逢いたきよし友達に咄す。

友だち「伝えきくに。墓の前ではんごん香をたけば、姿があらわるると聞く。そんならそうして逢ふ」と。薬種やへ行。ツイはんごん香をわすれ。はんごんたんを百が買イ。墓の前にて焚けば。墓づしづしづしとうごく。

ひミつのたきもののしるし有とよろこんで居る間。「はや、はんごんたん焚キしまう」「もう百がくべよふ」と内へ銭を取に帰る。

母、声をかけて「おのしハ今の地震にどこであやつた」

＊　＊　＊　＊　＊

万延二年のネタ帳『風流昔噺』に、「高尾はんごん丹間ちがい　但シはみかき売」と記されていますから、江戸時代から上演されていたのでしょう。

春團治師のオチは、「カンコ臭いのは、お宅かえ」でしたが、カンコ臭いは、紙衣臭いと書き、紙・布等の焦げるような臭いで、カンゴ臭いとも言いました。

紙衣（かみこ）の焦げることから言い始めた、キナ臭いの上方語であり、近松門左衛門の『碁盤太平記』

にも、「火のまはり気をつけよ、かんこくさい」と記されています。私の場合、オチが観客へ伝わりにくかったため、三代目桂枝三郎（※当時、桂三太）さんのアイデアをもらうことにしました。

江戸時代、反魂香と間違え、他の物を焚いたことで、とんだ物が現れる小噺があり、漢文体の小噺本『開口新語』（岡白駒（おかはっく）訳、宝暦元年）には、間違えて、証文を焚いたら、借金取りが出て来た噺が掲載されています。

東京落語「反魂香」は、上方落語から移植し、第二次世界大戦後、八代目林家正蔵・六代目蝶花楼馬楽という師匠連も上演しましたが、八代目三笑亭可楽の名演で定着し、東京落語の別題は「高尾の亡霊」で、上方落語の別題は「高尾名香」。

橘ノ圓都が上京した時、八代目可楽が、「十五分の『反魂香』を、二十五分で演れと言われ、困っている」と聞き、「高尾」を教えたそうで、五代目桂文枝師は、二代目立花家花橘から教わった上、戎橋松竹時代、圓都の「高尾」を見て、参考にしました。

八代目正蔵師は、七代目春風亭柳枝（※噺の間へ、エッヘッへという言葉が入るので、エッヘッへの柳枝と呼ばれた）へ、噺を二つ程教え、「反魂香」をもらったそうです。

吉原の有名な花魁・高尾太夫が登場する落語は、「紺屋高尾」「反魂香」「高尾」がありますが、東京落語の「高尾」は、高尾太夫のエピソードを述べる地噺であり、上方落語では「反魂香」を「高尾」と呼びました。

吉原京町三浦屋の太夫・二代目高尾（※俗に、仙台高尾と呼ばれた）は、仙台侯に身請けをされましたが、愛人の浪人・島田重三郎に操を立て、言うことを聞かなかったため、隅田川の三叉の船中で、吊るし斬りにされたという伝説の後日談とし、反魂香の故事を入れ、反魂香の代わりに、反魂丹を焚いたという設定が、「高尾」になったのです。

「忘れかね　反魂丹を　たいてみる」（柳多留三六）、「大名が　こはいものかと　高尾言い」（川傍柳一）という古川柳もありました。

反魂香と反魂丹を間違え、火で焚くことがネタのポイントですが、江戸時代から明治にかけ、全国各地へ広がった薬が反魂丹で、解毒と撹乱を治す作用があると言われ、特に越中富山の薬が有名になったのです。

医薬の歴史をたどると、『古事記』へ記されている大国主命が、因幡の白兎が負った傷を、蒲（がま）の花（※漢方では、蒲黄（ほおう））で治したことを述べなければなりませんが、これは神話時代の話であり、史実としては、五、六世紀頃が始まりとされました。

第二十九代天皇・欽明天皇の時代、遣唐使が派遣され、日本へ優れた唐医学・大陸の医薬書・薬が伝えられ、日本の医薬術は飛躍的に発展しましたが、あくまでも、時の権力者が利用する物であり、庶民へ普及することは無かったのです。

奈良の法隆寺・薬師寺・興福寺等に、人間の病気の治癒・延命を本願とする薬師如来が祀られ、民間信仰の対象にもなっていますが、元来、皇族の病気平癒を祈願し、建立されました。

宮廷中心の医薬が、民間へ流布するのは、鎌倉時代末期だったようですが、その頃は、民間の僧医が増え、室町時代には、百年に亘る戦乱の時代を迎えたことで、京都・近畿が中心の文化が、地方へ分散することになり、医薬が民間へ行き渡ることにも役立ち、安土桃山時代から、江戸時代に入ると、自然の物を求め、医薬にする、本草学が広がったのです。

室町時代から、薬物の店売りは存在していましたが、精製をしていない生薬（しょうやく）、予精剤（※出来合い）、合薬（あいやく）（※合わせ薬）を売る、薬種屋でした。

また、町々で売り声を上げて、薬を売り廻る、振り売りもあり、大道売りもありましたが、置き薬（※現在の配置販売業）も広がったのです。

置き薬は、許可を得た配置員が、消費者の家庭を訪問し、薬を消費者へ預け、次回に訪問した時、消費者が服用した分だけ、代金を集めるという方法を取りました。

幼い頃、我が家の台所にも薬箱があり、熱が出たり、頭痛・腹痛・歯痛等で、常備している薬を服用しましたし、半年か一年に一度、配置員が集金に来た覚えがあります。

その時、「私らは富山から来て、日本各地を廻ってます」と述べていましたし、紙・ビニールで作られた風船をもらい、暫くの間、友達と楽しく遊びました。

薬箱には、樋屋（ひや）奇応丸（※ひきつけ・かんのむしに効く）や、今治水（こんじすい）（※歯痛に効く）等が入っていましたが、江戸時代、圧倒的に人気の高かったのが、越中反魂丹だったのです。

反魂丹の名称の謂われは諸説ありますが、一例を挙げると、昔、京都の長政春が、越中國礪波地方へ在住中、重病を負った母親を治そうと、立山へ上り、大権現不動明王尊と、阿弥陀如来へ祈願をすると、熊胆・硫黄を混ぜた薬の処方を授かり、喜んで帰ると、母親は亡くなっていましたが、亡骸の口へ霊薬を注ぐと、母親が目を開けました。

母親が冥土へ行くと、阿弥陀如来が「まだ、来るのは早い」と仰り、不動明王尊が「早く、帰れ」と言い、背中を叩いたので、息を吹き返した（※反魂した）と言ったのです。

その由来に因み、この薬を反魂丹と名付けたそうですが、これに似た話は、反魂丹の原産地・中国にもあるため、立山信仰を絡ませ、創作されたと思われます。

反魂丹の主な効能は、総合胃腸薬ですが、昔は医学が発達していなかったため、命や健康を守るためには、薬が大切であったことと、富山の薬売りの商魂へ、工夫・愛嬌・サービス・信用が加わり、越中富山の反魂丹が、爆発的に全国各地へ広がって行きました。

反魂丹について、もっと詳しく知りたい方は、『反魂丹の文化史　越中富山の薬売り』（晶文社、昭和五十四年）を、ご一読下さい。

反魂香についても、簡単に述べておきましょう。

漢の孝武帝が、李夫人の死を悲しみ、方士（※呪医）へ命じ、亡くなった者が現れる薬を作らせたのが反魂香で、香を焚くと、その姿が現れたという中国故事が民間へ広がり、反魂香を焚けば、煙の中から死者の姿が現れると、信じられていたそうです。

反魂香伝説を土台にし、謡曲「反魂香」、浄瑠璃「傾城反魂香」（近松門左衛門作、宝永五年）、

富本節「反魂香名残の錦画」（宝永五年）、常磐津「初桜浅間岳」（寛政九年）等、歌舞伎の所作事の地で有名になり、日本でも反魂香が知られるようになりました。

江戸吉原で、抜群の人気を誇った高尾太夫についても述べておきましょう。

高尾は、江戸吉原・三浦屋（※宝暦年間に廃業した大見世）の抱え遊女専用の名で、代々の遊女へ受け継がれましたが、その中で絶大な人気を誇った二代目高尾は、容姿端麗で、和歌と書が抜群に優れていましたが、仙台侯に身請けをされても、言うことを聞かなかったことで、三又川（※隅田川の両国橋と永代橋の間の三角州で、流れが二つに分かれる辺り）の高尾丸（※仙台侯の御座船）の中で殺されたことが、歌舞伎「伽羅先代萩」の序幕になりました。

しかし、これには異論があり、どれが本当か、わかりません。

『遊女高尾歴世考』（眞木虎雄著、幸立堂、昭和五年）へ掲載されている、二代目高尾についての記述を、長文ですが、現代の表記で紹介しておきましょう。

＊　＊　＊　＊　＊

万治高尾と言い、また、俗に仙台高尾とも言う、極めて、世評高し。

万治元年、神田川筋掘割の事ありて、松平陸奥守綱宗、これが任にあたる。

この時より、綱宗、遊女通いを始め、三浦屋抱、高尾の方へ忍び遊びをなせり。

その頃、関ヶ原、大阪以来、大乱の後にて、日本国中の大小名、悉く、江戸と駿河に参勤して、在府の諸士、酒宴・遊興を好み、遊女を愛し、風流・派手を尽くしけり。

然るに、本多佐渡守正信、申されけるは、「この頃、天下静謐なり」。

江戸、駿河、参勤の大名、徒然にして、鬱気を散ぜんと願うよし。

今、もし、遊女、風呂屋を制禁あらば、上下とも参勤をうとみなん。

これを、そのままに捨て置き難く、誠に乱招くを防ぎなり。

依りて、「参勤者の保養として、そのままを差し置くべし」と申されたり。

されば、江戸中、次第に繁昌して、風呂屋三十七軒、一軒に遊女三人の定めにて、尚、また、堺町続き、傾城町を許さる。

江戸所々、風呂屋停止に、三十七軒は、夫々、遊女町の新吉原に引き移りたりと言う。

伊達家、掘割の任命は、小石川より両国までにて、折々、太守見分として廻られたり。

或る時、家臣・奥山大学、佳肴・珍味・銘酒を持参して勧め、酔いに乗じ、折を伺いて申すよう。

去年、江戸大火にて、所替りになり、新しき地に一廓あり、その名を新吉原と申し候。

明日、この遊廓に至り、一興を試み申さんと、鳴神峰右衛門、荒浪梶之助という力士、大酒・酔狂の族を連れ、吉原町揚屋、尾張屋方へ入らせ給い、遊女を招き、酒酣にして、三浦屋の高尾の艶色勝れしを見て、深く愛で給い、太守、これに馴染み、これより毎夜、通いけるにより、公辺の聞、宜しからず。

　忠臣は眉を顰め、佞人は笑いを含み、その上、中村四郎左衛門、諫言を申し上げ、誅戮を蒙りければ、諫言申す者、一人も無く、太守、淫酒に耽り、後に高尾を身請けなすべき由、揚屋方へ申談じ、小姓役・小泉文左衛門へ身請金のことを委託され、原田甲斐、これを承諾し、奉行方に申し込み、その計らいに及びけり。

　然るに、高尾の馴染みの客に、島田重三郎という者、一日、高尾の文を見るより、胸塞がりて、飲食も進まず、臥し居たり。

　その頃、侠客に浮世渡平（元は武家にて、今は隠居せり）という者ありて、重三郎、若年より交じり深かりければ、この事を渡平に談じけるに、太守の廓より帰るを待ちかけ、喧嘩に事寄せ、打ち果たすより、他無しと申せしとかや。

　その頃は、屋敷町方共、六方の男達、江戸中に数多あり、神祇組・白柄組等という名、今に言い伝う。

　昔、文禄、慶長の頃、豊臣秀次の小姓・不破万作という者の容貌を愛で、西国の武士、男色に命を捨てし事もあり。

　その沙汰、伊達家にても聞き伝えし事なれば、途中、用心のため、力者二人ずつ、召し連れしとなり、世に言う高尾、三股横死の事は虚説なり。

　太守、高尾を愛し給いけれども、高尾、病気にて、揚げ入りせず。

佞人、傍より申すには「彼には情客・島田という者あれば、所詮、請け出すに如かず」と、三浦屋方へ相談に及びしに、病気にて山谷町別宅に居る由を聞き、小泉・鳴神・荒浪等、別宅に至りければ、病床に伴いける時に、高尾、大いに衰弱の景色。

この段、太守に申すも、元より短慮の君故、怒を受けんとも知れず、一刻も早く、用意の金子を渡し、御館に参らば、病いの世話も行き届くなりと、無体にも駕籠に乗せ、出けるに、途中にて高尾の病気、差し重りしを見て驚き、日本堤、弘願山西方寺に寄りて、介抱す。

この寺は、三浦屋縁檀にて、道哲という僧、三浦屋の帰依にて、仏事・斎事にも来たりて、回向に及び、心易き儘、ここに入りて、介抱の内、終に身まかりぬ。

太守は高尾の来るを船にて待ち給いしに、高尾、儚くなりし事ども聞き給い、詮すべなく、帰館し給いしと、屋敷には高尾の身請けを聞き及び、垣間見たく、待ち居たりしが、俄に病気と聞きて、失望せしとかや。

その頃、世上に高尾変死の由、太守の身持ち、放埒なれば、伊達兵部少輔、原田甲斐、申し合わせ、数條を認め、伊達安房、伊達安芸の家門、及び、片倉小十郎等へ、この趣、申し遣しに依りて、各江戸表へ罷り出で、評議の上、万治三年七月十八日、公辺へ陸奥守綱宗、隠居願いを差し出す。

右につき、同年八月二十五日、閉門を命じられ、酒井雅楽頭邸へ、保科肥後守、阿部豊後守、稲葉美濃守、監察、兼松下総守、会合あり。

陸奥守、親類、立花飛騨守、太田備中守立会い、陸奥守、家老へ左の仰せ渡しありき。

「陸奥守儀、不行跡に候條、今般、領国可被召上之所、政宗忠宗之以、忠勤亀千代に家督無相違被下置候。兵部少輔隠岐守可為、後見国政、家老共可為沙汰旨被仰渡し候。万治三庚子年十二月六日」

これに依りて、綱宗は品川屋敷に蟄居し、若狭守といい、正徳元年六月四日、七十一歳にて逝去すと言う。

浅草山谷寺町、月光山春慶院に、高尾の墓あり。

京伝の『万治高尾考』に、三浦の別宅、山谷町にあり、高尾、病いに臥して、この別宅にありし頃、春慶院に常念仏ありて、彼の宅に近く聞こゆ。

高尾、病床にありて、常に鉦念仏の声を聞き、「我、身罷りなば、彼の常念仏ある寺に葬り給われ」と言い置きて、万治二年十二月五日、彼の宅にて身罷りぬ。

元来、三浦の菩提は榧寺なれど、彼が遺言に依りて、その身体を春慶院に埋めぬ。

この高尾、仙台侯の手に死せしというは妄説なり。

仙台侯、この高尾を身請けの志あり。

その半に病みて失せぬ故に、薄雲（※信州埴科郡宿の産なり）を身請けし給い由。

また、日本堤西方寺に、高尾の碑あり。

法名・辞世の句共に、春慶院の碑と同じく、只、年号と日ばかり違いて、万治三年十二月二十五日とあり。

これは万治年中、伊達侯に殺害されし高尾が、事を後に土佐節の浄瑠璃に作り、「三河白道」と外題して、大いに世に持て囃されしを以て、参詣の便にせんと建立せしに、新たに戒名を付けせんも如何なれば、春慶院にある高尾が、法名・辞世を用いたれども、年号の万治二年は、綱宗に害されしという前年にして、見る人々、これを疑わんと、態々、万治三年とはなしたるならん。

また、仙台市荒町、日蓮宗、法龍山仏眼寺境内に、高尾の墓あり。

その表面には「享保元丙申年　妙法浄林院讃日晴大姉　十一月二十五日」とあり、側面に「榲原常之助源義清　義母逆修　行年七十七歳面營之　干時　正徳五年二月廿九日」の数字を刻めり。

奥州ばなし（※工藤眞葛撰）等の説に依れば、国主、高尾という遊女を黄金に替えて、廓を出し給い、御館までも召し入れられず、中洲川にて切害し給うと、世の人々の思えるは、あらぬ事なり。

これは、唄・浄瑠璃に面白く事を添えて作りなせしが、やがて、真実の如くなりしものなり。

高尾は御館に召し使われ、高尾を高雄と改め、後に老女となり、お杉の方と言う。

老後は番士・杉原常之助という者をもて、その後を立てさせ給い、重太夫、また、新太夫と、代々、代わる代わる名乗りて、目付役を勤め、禄六百石を賜りける由。

現に仏眼寺に、高尾が使用せし、黒塗金蒔絵の膳・碗、及び、晩年に手写しせし、法華経一巻を在せりとされども、直に信用すべかざるる。

こは高尾にあらずして、高尾が死後、国主に身請けられしという薄雲のことと、誤伝したるにはあらざるなきか聞くが儘を、これに記し以す、識者の指数を待つ。

一説に、この高尾は、下野國鹽原の荘、中釜村の農長助の娘にて、幼名を千代と言う。諸芸に堪能し、就中、和歌・俳諧の道に心掛け、厚く当時、歴々の寵遇を蒙れり。

去る明治二十四年、二百三十三回忌にあたりて、吉原京町二丁目、松金楼の主人・山本鐘太郎が、山谷春慶院の住職と相謀り、その年十一月十日、法会を営みしと聞く。

＊＊＊＊＊

これは実録という訳ではないでしょうが、高尾代々を紹介した珍本で、二代目高尾のページを多く取っているので、その部分のみを紹介しました。

春團治師から教わった「高尾」は、昭和六十年十月十九日、三重県伊勢市観光文化会館四階会議室で開催した「第十一回／桂雀司の会」で初演しましたが、予想以上に難しく、形も崩れ、惨憺(さんたん)たる出来だったことを覚えています。

その後、時折、高座へ掛ける程度でしたが、最近、形を気にせず、主人公・喜六が、女房に逢いたいという気持ちを主に演じると、微かな光が見えてきたことで、今後は頻繁に上演しようと考えていますので、宜しく、お付き合い下さいませ。

これは余談ですが、昭和四十八年、二代目桂枝雀襲名後、師匠も春團治師へ「高尾」の稽古をお願いしたのですが、一回だけで行かなくなったそうです。

私の「高尾」の稽古が終わった時、「君の師匠にも、このネタを稽古を付けてるけど、途中で来なくなった。どういうことか、聞いてくれるかな?」と仰ったので、それを師匠へ伝えると、「あァ、面目無い。お稽古へ行かしてもろて、このネタは合わん、その後も春團治師匠へ迷惑を掛けるのも申し訳無いと思て、行かんようになった。本当に、失礼なことや」。

これを聞き、本当に驚きましたが、事実だけに、そのことを春團治師へ伝えると、「そんなことは、気にせんでもいいのに。枝雀君は、自分の世界を作ったんだから。今度、何処かで会うたら、聞いてみよかな」と仰り、いたずらッ子のような顔で、ニコッと笑われました。

この後、春團治師が師匠に「高尾」の稽古のことを仰る時も居合わせましたが、和やかな雰囲気で、大笑いになったのです。

ある時、春團治師が「枝雀君と角座の出番が一緒になった時、自分の舞台が済んだら帰ってもいいのに、いつも僕の出番が終わるまで傍に居て、着替えの手伝いをしてくれた。中々、出来んことや」と仰ったので、そのことを師匠に伝えると、「春團治師匠の着替えを手伝て、雪駄を揃えるのが嬉しかった」とのことでした。

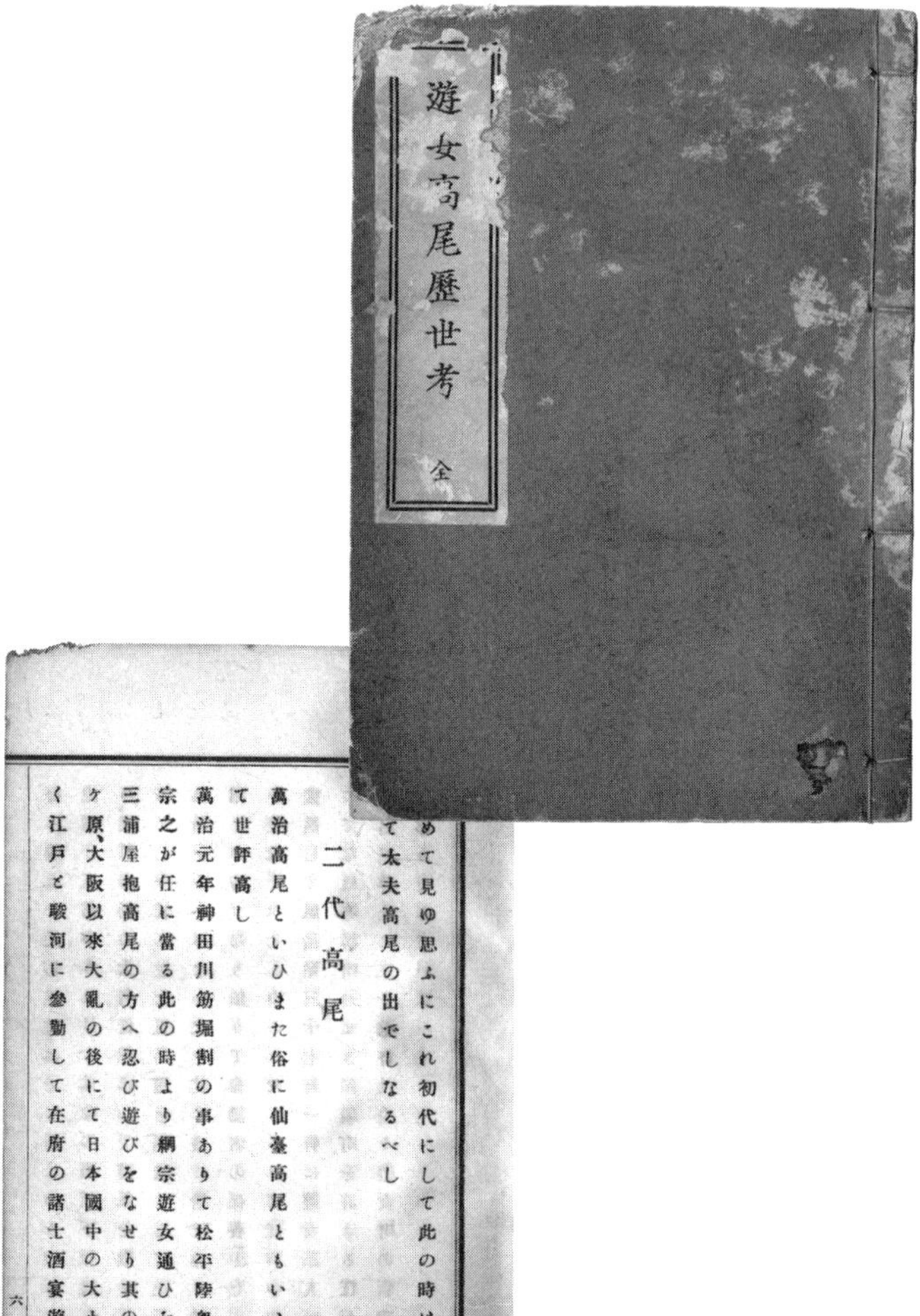

遊女高尾歷世考
全
めて見ゆ思ふにこれ初代にして此の時はじめ
て太夫高尾の出でしなるべし
二代高尾
萬治高尾といひまた俗に仙臺高尾ともいふ極め
て世評高し
萬治元年神田川筋掘割の事ありて松平陸奥守綱
宗之が任に當る此の時より綱宗遊女通ひを始め
三浦屋抱高尾の方へ忍び遊びをなせり其の頃關
ヶ原、大阪以來大亂の後にて日本國中の大小名悉
く江戸と駿河に參勤して在府の諸士酒宴遊興を
六

『遊女高尾歴世考』（幸立堂、昭和５年、非売品）の表紙と速記。

この料簡や姿勢は、噺家として、忘れてはならないでしょう。

「高尾」について、いろんな角度から述べることが出来ますが、一番肝心なことは、他のネタより濃い夫婦愛が根底に流れていることです。

島田重三郎こと、土手の道哲も、下駄屋の喜六も、亡くした妻に逢いたい一心が、これだけの世界を成立させました。

他のネタより、笑いが少なくても、ラストまで観客の興味を引っ張っていけるのは、人間の情の深さ・温かさが、根底に流れているからでしょう。

「高尾」で使用するハメモノは、夜中に喜六が起きる時、銅鑼を打ち、裏の戸を開け、小便をするシーンで、三味線演奏者が「ナマイダ、ナマイダ」という声を入れ、当たり鉦を、チン、チン、チチチチチンと打ちます。

そして、土手の道哲の述懐場面で、三下りの「青葉」を入れますが、この曲は「高尾」のみに使用され、三味線は落ち着いて弾き、鳴物は当たり鉦を伏せ置きにし、鉦の表面を撞目で、時折、チキチンと打ち、笛は篠笛で、しっとりと曲の旋律通りに吹き、太鼓類は入れません。

また、反魂香の煙の中から、高尾太夫が姿を現す時、三味線演奏者が「アァラ、不思議やな。高尾の姿、アリアリと」と言い、「ねとり」（※当全集第一巻「不動坊」を参照）を入れますが、「高尾」だけに入れる、種類の違う曲を使用する場合もあります。

第二次世界大戦前に刊行された速記本は、東京落語「反魂香」ばかりで、『禽語樓小さん落

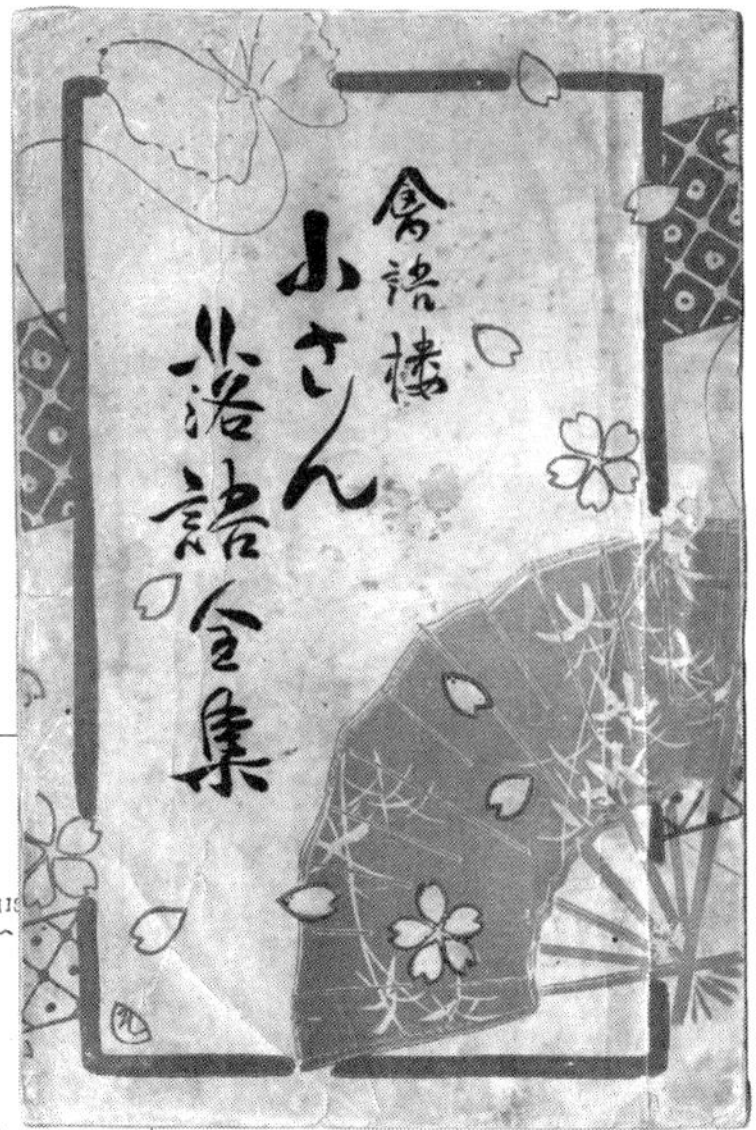

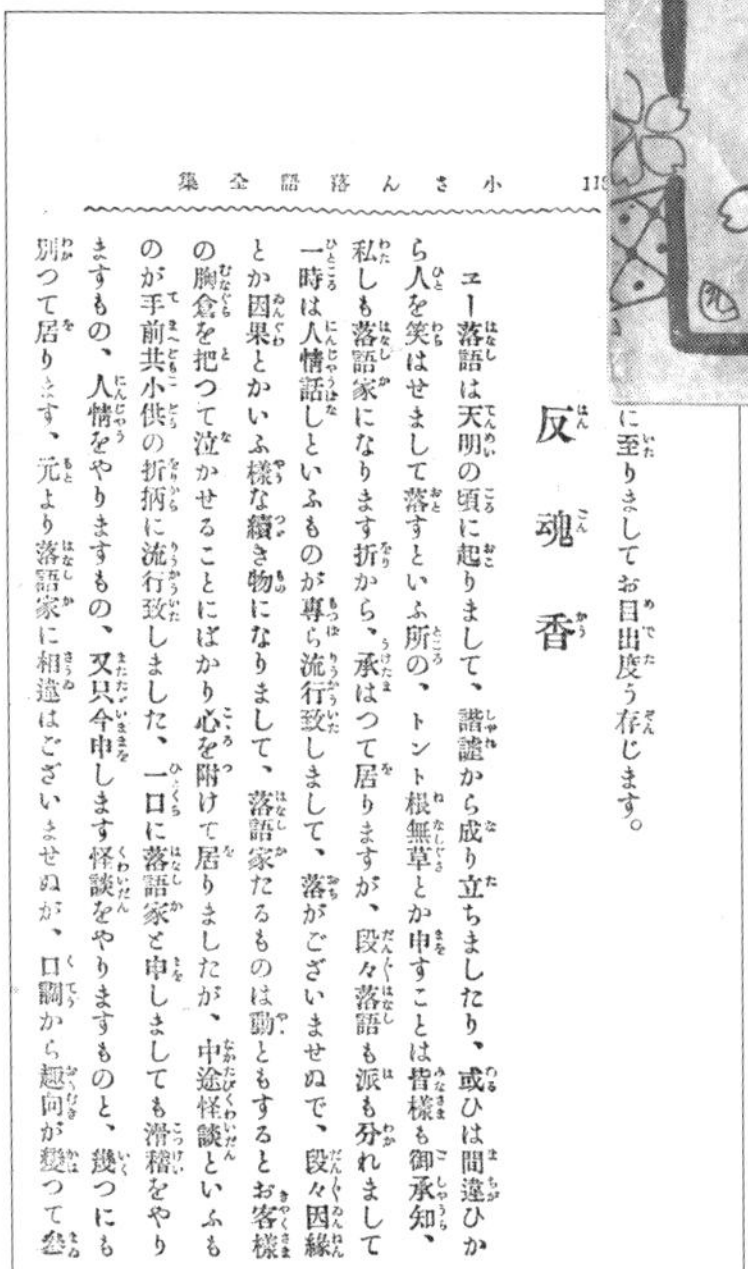

に至りましてお目出度う存じます。

反魂香

エー落語は天明の頃に起りまして、諧謔から成り立ちましたり、或ひは間違ひから人を笑はせまして落すといふ所の、トント根無草とか申すことは皆様も御承知、私しも落語家になります折から、承はつて居りますが、段々落語も派も分れまして一時は人情話しといふものが専ら流行致しまして、落がございませぬで、段々因縁とか因果とかいふ様な續き物になりまして、落語家たるものは動ともするとお客様の胸倉を把つて泣かせることにばかり心を附けて居りましたが、中途怪談といふものが手前共小供の折柄に流行致しました、一口に落語家と申しましても滑稽をやりますもの、人情をやりますもの、又只今申します怪談をやりますものと、幾つにも別つて居ります、元より落語家に相違はございませぬが、口調から趣向が變つて參

『禽語樓小さん落語全集』（三芳屋書店、大正４年）の表紙と速記。

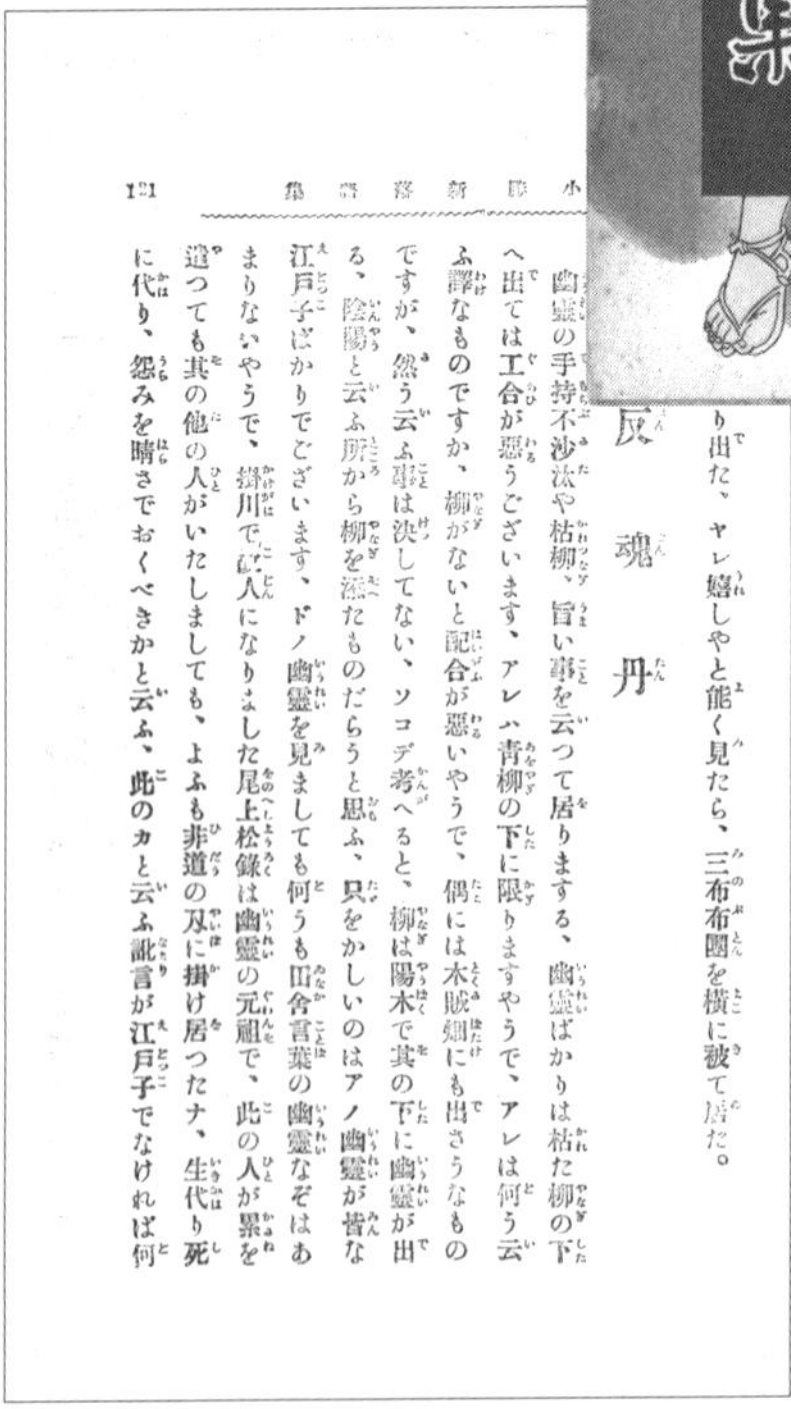

…り出た、ヤレ嬉しやと能く見たら、三布布團を横に被て居た。

反魂丹

…幽靈の手持不沙汰や枯柳、旨い事を云つて居りまする、幽靈ばかりは枯た柳の下へ出ては工合が惡うございます、アレハ青柳の下に限りますやうで、アレは何う云ふ譯なものですか、柳がないと配合が惡いやうで、偶には木賊畑にも出さうなものですが、然う云ふ事は決してない、ソコデ考へると、柳は陽木で其の下に幽靈が出る、陰陽と云ふ所から柳を添たものだらうと思ふ、只をかしいのはアノ幽靈が皆な江戸子ばかりでございます、ドノ幽靈を見ましても何うも田舍言葉の幽靈なぞはあまりないやうで、掛川で故人になりました尾上松緑は幽靈の元祖で、此の人が累を遣つても其の他の人がいたしましても、よふも非道の刄に掛け居つたナ、生代り死に代り、怨みを晴さでおくべきかと云ふ、此のカと云ふ訛言が江戸子でなければ何

『小勝新落語集』（三芳屋書店、大正15年）の表紙と速記。

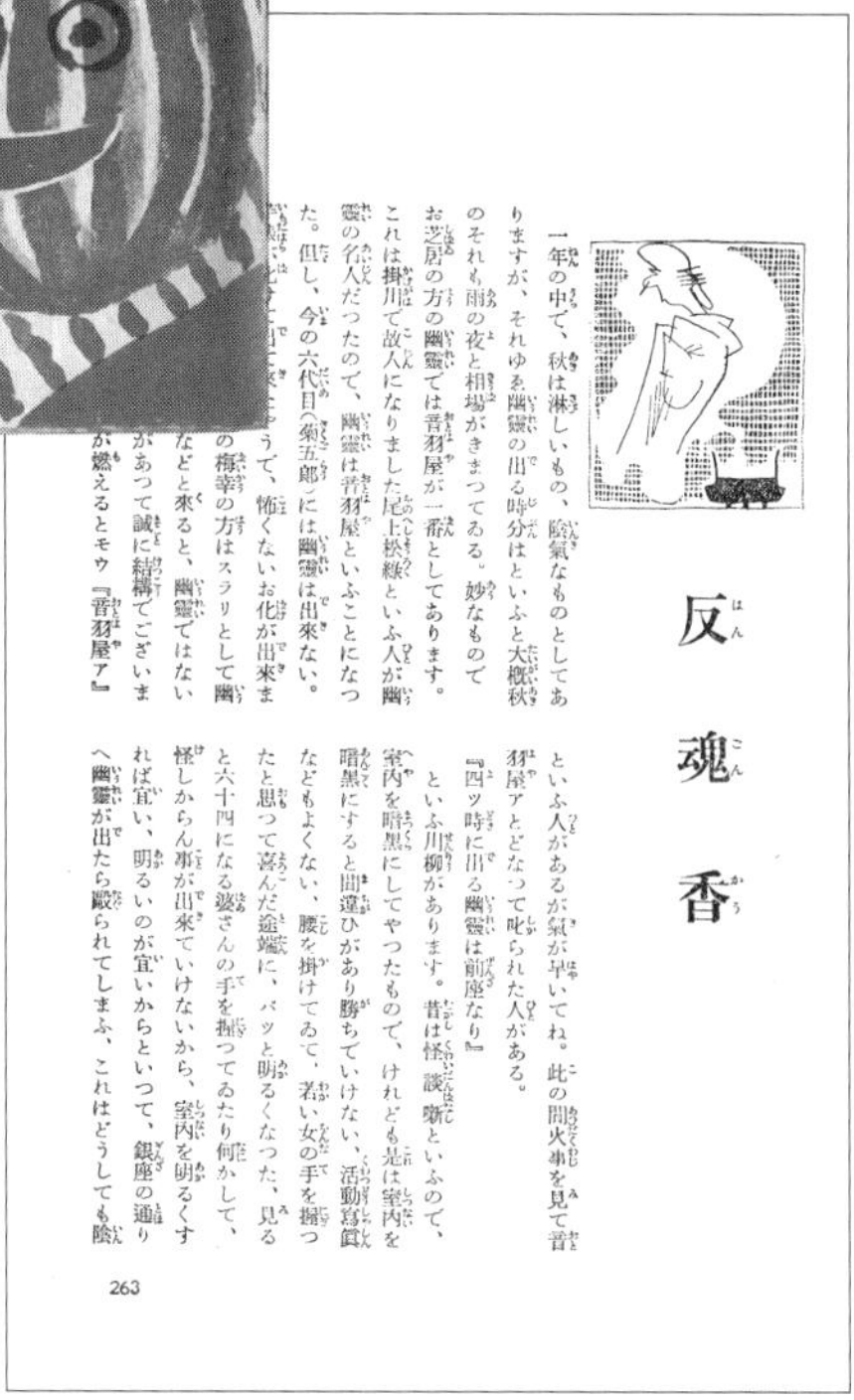

反魂香

一年の中で、秋は淋しいもの、陰氣なものとしてありますが、それゆゑ幽靈の出る時分はといふと大概秋のそれも雨の夜と相場がきまつてゐる。妙なものでお芝居の方の幽靈では音羽屋が一番としてあります。これは掛川で故人になりました尾上松緑といふ人が幽靈の名人だつたので、幽靈は音羽屋といふことになつた。但し、今の六代目（菊五郎）には幽靈は出來ない。

うて、怖くないお化が出來ま

の梅幸の方はスラリとして幽

などと來ると、幽靈ではない

があつて誠に結構でございま

が燃えるとモウ『音羽屋ア』といふ人があるが氣が早いてね。此の間火事を見て音羽屋アとどなつて叱られた人がある。

『四ツ時に出る幽靈は前座なり』

といふ川柳があります。昔は怪談噺といふので、室内を暗黒にしてやつたもので、けれども是は室内を暗黒にすると間違ひがあり勝ちでいけない、活動寫眞などもよくない、腰を掛けてゐて、若い女の手を握つたと思つて喜んだ途端に、パッと明るくなつた、見ると六十四になる婆さんの手を握つてゐたり何かして、怪しからん事が出來ていけないから、室内を明るくすれば宜い、明るいのが宜いからといつて、銀座の通りへ幽靈が出たら毆られてしまふ、これはどうしても陰

263

『小勝特選落語集』（大日本雄辯會講談社、昭和12年）の表紙と速記。

○反魂香

第一席　柳家禽語楼 口演
市村 淳士 速記

ヱー百花園の御定連様に私も暫く御不沙汰を申上げました二回程御不沙汰を致しましたが例年の如く二月は横濱へ參つて居りまして夫故皆様の御笑を願ふことが暫く遠退きましたが今回は御話に先立ちまして百花園御贔屓の皆様方に一言申上げて置きたいことは私も此柳家小さんといふ藝名を以て皆様に御贔負になりましたが御贔負皆様の御勧めに依て今般柳家小さんの藝名を門人の小三次といふ男に讓りまして私は柳家禽語樓といふ藝名に改めます是迄の通り相變りませず御愛顧御引立を謹で願ひたう御座います名前は改まりましても噺て居ります所は矢張是迄の辻褄の合ひませぬ所の滑稽談で御座います少しも演藝の改まるといふ所に至りませずとも御見捨なく相變らず御引立を願ひます落語は天明の頃に起りまして諧謔から成立ちましたり或は間違から人を笑はせまして落すといふ所のトンと根無草とか申すことは皆様も御承知私も落語家になります時から承つて居りますが段々落語も派が分れまして一時は人情話といふものが専ら流行致しまして落が御座いませぬで段々因縁とか因果とかいふ樣な續物になりまして落語家たるものは動ともすると御客様の胸倉を把つて泣かせることにばかり心を掛けて居りましたが中途怪談といふものが手前共小供の折抦に流行致しました一口に落語家と申しましても滑稽をヤりますもの人情をヤりますもの又只今申します怪談をヤりますものと幾つにも別つて居りま

第百四十二號　五十七　反魂香　第十五卷　百三十七

○反魂香

第二席　柳家禽語楼 口演
市村 淳士 速記

ガラ熊は凄さも凄し氣味も惡し小さくなつて見て居ります内に鐘の一百二三十も叩き込んだと思ふ頃風はなく香の煙は眞直に立ちます其煙の分れました中から高尾が朦朧と現はれましたが繪に描いた樣な幽靈を言ふのでありませぬからありし姿其儘といふ姉髷姿にてハツト出ました

重「熊さん〳〵

熊「ゴー〳〵

重「熊さん〳〵熊さん

熊「はい

欠伸をして

熊「馬鹿に眠たくなつね

重「御望みの高尾太夫が出ました

熊「出ましたか

重「御覧なさい

香の煙の上を見ると高尾の姿が出て居りますから熊的縮まつて碌に顔を得上げませぬで縮まつて居る内に

重「其方女房高尾ぢやないか

言ふと消へて仕まひました

熊「アヽモー少し其方女房高尾だやないかを待つて貰ひたかつたね餘り見ては勿躰ないと思つて居る内に言つちまつたんで……本物の色男だ僞なしの色男だ……先生お前さんに御願みがあるが長家の奴が幾ら騒いだつて構仆してもお前さんを此處に置きますから其香を少しお貰ひ申す譯には行きませぬか

第百四十三號　二十一　反魂香　第十五卷　百七十九

『百花園』上：142号、下：143号（金蘭社、明治28年）の表紙と速記。

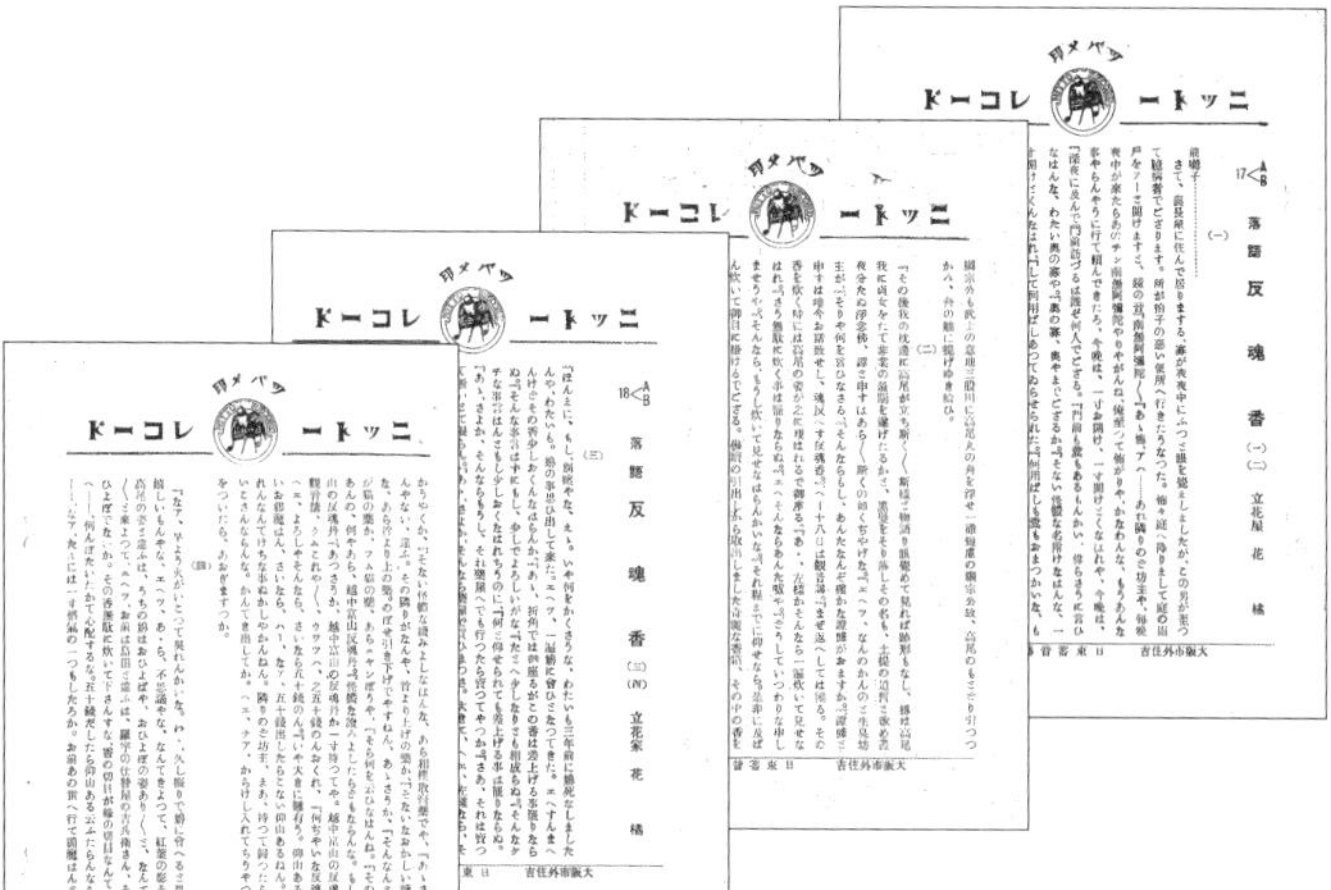

二代目立花家花橘のSPレコードと文句集（ニットー、大正12年）。

語全集』（三芳屋書店、大正四年）、『小さん十八番』（松陽堂書店、大正十一年）、『小勝新落語集』（三芳屋書店、大正十五年）、『評判落語全集／下』（大日本雄辯會講談社、昭和八年）、『傑作落語／愉快の結晶』（いろは書房、昭和九年）、『小勝特選落語集』（大日本雄辯會講談社、昭和十二年）があり、雑誌は『百花園』一四二、一四三号（金蘭社、明治二十八年）へ掲載されました。

SPレコードは二代目立花家花橘・五代目三升家小勝が吹き込み、LPレコード・カセットテープ・CDは八代目三笑亭可楽・三代目桂春團治等の各師の録音で発売されています。

骨つり こつつり

大阪船場の大家（たいけ）の若旦那が、お茶屋の女将（おかみ）・芸妓・舞妓・仲居・幇間（たいこもち）を船へ乗せ、木津川を下って来た。

繁「もし、若旦那。海の方へ流れて行きますけど、何をします？」

若「あァ、魚釣りをしょうと思う。真水と潮水が交わる所は、魚が釣れるわ」

繁「えッ、魚釣り？　魚を触ると、手は生臭（なまぐそ）なるし、気色悪い餌を付けなあかんよって、魚釣りは嫌いですわ。動く魚は、嫌や」

若「皆、魚は動くわ。何処に、動かん魚がある？」

繁「へェ、お造りになってる魚」

若「コレ、阿呆なことを言うな。生きた魚を釣るよって、面白い」

繁「取り敢えず、殺生は嫌いですわ」
若「幇間は、客に付き合うのが務めや。今日の釣りは、面白い趣向がある。釣り上げた、一番大きな魚へ、差しを当てる。一寸に就き、一円の祝儀を出すわ」
繁「今日の釣りは、祝儀が付きますか？」
若「一遍に、嬉しそうな顔になった。あァ、その通りや」
繁「一寸で一円やったら、五寸は五円で、一尺は十円？　目の下三尺という鯛は、目の上も、五寸程ある。尾も一寸五分はあるよって、三十六円！　ほな、やります！」
若「最前、魚釣りは嫌いと言うた」
繁「魚釣りは嫌いでも、お金は大好き！」
若「いや、殺生も嫌いと言うた」
繁「殺生は嫌いやけど、金儲けは大好き！」
若「あァ、難儀な男や。そこにある竿(さお)を使(つこ)て、勝手に釣りなはれ」
繁「ほな、この竿で釣ります。皆、向こうで釣りなはれ。（針へ、餌を付けて）大きい魚より、長い魚を釣る方が宜しい。平目や鰈(かれい)みたいな、平べったい魚を釣ったら、損や。鱧(はも)や鰻みたいな、長い魚。いっそのこと、蛇でもええ」
若「蛇は、あかん！」

繁「へェ、わかってます。取り敢えず、長い魚を釣る方が宜しい。（針を、顎へ当てて）針が、顎へ引っ掛かった！　私の背丈は、五尺三寸ある。ほな、五十三円」

若「コレ、阿呆なことを言うな。針から、手を離してみなはれ。やっぱり、引っ掛かってないわ。五十三円を出すよって、グッと顎へ引っ掛けさせるか？」

繁「いえ、滅相な！　さァ、長い魚が掛かってくれ。おッ、釣れた！」

若「今、餌を放り込んだ所や」

繁「糸が、ピィーンと張ってますわ」

若「川底か船底へ、引っ掛けたのと違うか？」

繁「おォ、上がって来た。白い物が見えて来たよって、手玉で取って。あッ、骸骨や！」

若「ほゥ、えらい物を釣り上げたな。どう見ても、人間の髑髏や」

繁「ド、ド、髑髏！　これは、何寸ある？」

若「コレ、何を言う。髑髏で、祝儀をもらう奴があるか」

繁「あァ、気色悪い！　よりによって、こんな物！」

若「コレ、川の中へ放り込むな。こんな所へ沈んでるのは、まともな死に方やない。縁があればこそ、繁の針へ掛かった。持って帰って、回向をしたげなはれ」

繁「供養やなんて、嫌ですわ。何処の牛の骨や、馬の骨やわからん」

若「牛の骨や、馬の骨やない。どう見ても、人間の骨や。持って帰って、回向をしたげなはれ。嫌やったら、わしにも考えがある。そんな薄情な男は、これから贔屓をせん！」
繁「もし、そんな殺生な！」
若「悪う報わんよって、回向をしたげなはれ」
繁「（掌を出して）ほな、回向料」
若「また、そんなことを言う。人の金では、功徳にならん。自分の懐でするよって、心が通じる。わしも、気持ちだけは包ましてもらう。その辺りに、風呂敷は無いか？　髑髏を剥き出しでは持って帰れんよって、それへ包みなはれ」
繁「こうなったら、魚釣りをする気にならん。ほな、先へ帰らしてもらいます」
若「髑髏が掛かったのは、殺生は止めとけという報せかも知れん。釣りは止めて、御飯でも食べて帰ろか。おい、船頭。その辺りへ、船を着けて。船遊びは、お開きにしょう」
船を岸へ着け、陸へ上がると、若旦那に言われた通り、繁八という幇間が、僅かな金を紙へ包み、近所の寺へ、回向を頼む。
家へ帰ると、酒を呑み、ゴロッと横になった、その日の真夜中。

幽「(戸を叩いて) 一寸、お開け」
繁「(欠伸をして) アァーッ! 〔ハメモノ／銅鑼〕へェ、誰方(どなた)?」
幽「今日(こんにち)、木津川口で、お目に懸かりました者」
繁「声の様子では、女子はんみたいですな。昼間、木津川口へ行きましたけど、お宅みたいな声の女子はんには逢(お)うてませんわ」
幽「川底から、釣り上げていただきました者」
繁「えッ、川底から? ほな、骨? お宅が勝手に、針へ掛かっただけですわ!」
幽「恨みを言うのやなく、御礼に参りました」
繁「あァ、ホッとしましたわ。唯、礼に来てもらわんでも、手紙を一本書いてもろたら宜しい。どうぞ、お引き取りを」
幽「一寸、お開け」
繁「いや、開けられん!」
幽「開けて下さらねば、戸の隙間より」

青い陰火(いんか)が障子へ映ると、それへさして、ズゥーッ! 〔ハメモノ／ドロドロ。大太鼓で演奏〕

繁「わァ、入って来た！　これは一体、どういう訳で？」

幽「このままでは、おわかりになりますまい。私の申しますことを一通り、お聞きなされて下さりませ。〔ハメモノ／青葉。三味線・当たり鉦で演奏〕私は島之内の袋物屋の娘で、雛と申します者。さる年の流行病(はやりやまい)で、父母相次ぎ、この世を去り。親戚が親切ごかしに世話を焼き、三代続いた家・屋敷は人手へ渡り、心に染まぬ縁談を押し付けられ、余りの悔(くや)しさ、情け無さ。木津川口へ、身を投げました。身寄り頼りの無い悲しさで、水一口の手向(たむ)けも無く、躯(むくろ)を晒(さら)しておりましたが、貴方(あなた)様の有難い御回向を賜(たまわ)り、浮かぶことが出来ます。せめて、御礼と参りました。お寝間のお伽(とぎ)や、足など摩(さす)らしていただきます」

繁「お宅みたいな綺麗な御方に、足を摩ってもろたら、勿体無(もったいの)うて、足が腫(は)れますわ。それより、私が足を摩ります。幽霊に、足は無いわ。お宅みたいな別嬪と、夜通し、話がしてみたい。おォ、湯呑みがある。お近付きの印に、一口如何で？」

ケッタイな男で、幽霊と盃を交わすと、夜通し、話をし、夜が明ける。

由「おい、繁やん！」

繁「あァ、隣りの由っさんか。さァ、此方へ入って」
由「おい、ええ加減にせえ！　この長屋で、お前と俺の二人だけが独身や。女子が来る時は言うてくれ。夜通し、イチャイチャとされたら、朝まで寝られん」
繁「急に来たよって、済まなんだ」
由「気になるよって、商売物の鑿で、ガリガリッと、壁へ穴を開けて」
繁「アレは、お前か？　壁へ、穴が開いてると思た」
由「そやけど、別嬪やった。あの女子は、只者やないな？」
繁「おォ、ようわかった。確かに、只者やない」
由「玄人の女子でも、上品やよって、女郎やないわ。どう考えても、何処かの芸妓や。キタかミナミ、新町か堀江か？」
繁「いや、木津川口や」
由「そんな所に、お茶屋があったか？　一体、何処へ出てる？」
繁「まァ、柳の下か」
由「何ッ、ケッタイな所へ出てるな」
繁「まだ、わからんか。あの女子は、この世の者やない。早い話が、幽霊や」
由「えッ、幽霊！　一体、どういうことや？　若旦那のお供で、木津川口へ船遊びに行って、髑髏を釣って、供養をしたら、夜中、礼に来たか。魚釣りに、そんな得なことがあるとは知らなんだ。世間の奴が、嬉しそうに釣りへ行くよって、奇怪しいと思てたけど、そんなカラクリがあるとは知らなんだわ。荒物屋の親父は、三日に一遍、釣りに行く。良え齢をして、ド助平！　ほな、わしも行って来たろ。木津川口へ行ったら、骨はあるか？」
繁「木津川口の骨は釣ったよって、他の川へ行った方がええ。尻無川か、安治川」
由「ほな、大川へ行くわ」

これもケッタイな男で、大川へ行くと、船頭を頼み、船を一艘仕立てる。
釣りの道具を積み込み、針へ餌を付け、川の中へ放り込んだが、そんなに簡単に、骨が釣れる訳が無い。

由「おッ、掛かった！　また、大きな鯉や。（鯉を、川へ投げ込んで）あァ、お前やないわ！」
船「この人は、何を釣りに来てる？」
由「中々、釣れんわ。一遍、餌を替えたろ」

餌を替えても同じで、一寸も骨が釣れんので、草臥（くたび）れ果てた。

由「おい、船頭。小便がしたいよって、船を中州へ着けて。（船から下りて）仰山、難波（なにわ）の芦（あし）が生えてるわ」

芦を掻き分け、何も生えてない砂地へ出ると、コンモリと盛り上がった所がある。

前を捲くり、ヒョィと見ると、盛り上がった砂の中から、髑髏が半分、顔を出してた。

由「おォ、こんな所に居った！　木津川口と同じでは面白無いと思て、砂から半分だけ、顔を出してるやなんて、粋な奴や。あァ、小便を掛けなんで良かった。小便を掛けたら、今晩、一発かまされる。（髑髏を掘り出して）船頭、あった！」

船「あの人は、何をしに来てる？」

髑髏を懐へ入れ、陸へ上がり、近所の寺で回向をしてもらい、日が暮れに、家へ帰る。

夜中になると、表の戸を開け放し、酒を呑みながら、骨が来るのを待ってた。

由「おい、繁やん！　まだ、骨は来んわ！」
繁「いや、知らん。一体、何を喧しゅう言うてる」
由「お前と違て、入費が掛かってるわ。おい、繁やん！　まだ、骨は来んわ！」
繁「コレ、静かにせえ！　昨日は、何も知らんと寝てた。灯りを明々と灯して、表を張り開けてたら、骨も入りにくいわ」
由「ほな、表は閉めとこ。そやけど、間違て、繁やんの家へ行ったらあかん。表から来てもわかるように、半分だけ開けとこ。灯りを消して、戸を閉めても来ん！」
繁「一々、喧しい！　大人しゅう、待っとけ」
由「繁やんの家へ行ったら、此方へ廻して。二日続けて、繁やんの家へ行ったら殺生や。骨が礼に来なんだら、寺へ行って、粉々に踏み潰したる。段々、眠となるわ。眠気覚ましに、酒を呑む。呑んだら、眠となる。夕べ、繁やんの所へ来た骨は、若過ぎた。十七、八の娘やのうて、二十七、八、三十デゴボコの、粋な年増が良えわ。陽気な声を出して、『もし、こんばんは！』『おォ、誰や？』『私、骨！』『さァ、此方へ入れ』。この方が、話が早いわ。『まァ、男前！　ほんまに、一人者か？　こんな様子の良え男を、世間の女子は放っとかんわ。彼方此方に、良え女子が居るやろ？』『いや、居らんわ』『今日から浮気をしたら、承知せんわ』『浮気なんか、するか』『そんなことを言うて、するクセに』『浮気なんか、するか』『するかと言うたら、するクセに！』」
五「開門、開門！」
由「表で、大きな声がした！　一体、誰方です？」
五「おォ、御在宅か！」
由「ひょっとしたら、骨で？　掛け金は掛けてないよって、入ってもらいたい」
五「然らば、それへ参るでござろう！」〔ハメモノ／せりの合方。〆太鼓・大太鼓・当たり鉦・能管で演奏〕

ガラガラッと戸を開け、ノッシノッシと入って来たのが、頭は大百という、バサッと髪の毛が前へ生えてる、大百日鬘。

ドテラみたいな、ブ厚い着物を着て、金襴の縫い取りがしてある。

下は鎖帷子で、横綱が締めるような綱の帯を締め、大刀を抱えてた。

由「わァ、物凄い奴が入って来たわ！　お宅は、誰方です？」
五「思い起こせば、おォ、それよ！〔ハメモノ／一丁入り。三味線・〆太鼓・能管で演奏〕我、京都の三条河原にて処刑され、首足、所を変えたり。身は、バラバラに切り解かれ、流れ流れて大川の中州に醜き躯（むくろ）を晒す。やんぬるかなと嘆く折から、アラ、有難の今日の御回向。せめては御礼と参上し、寝間の供、閨中（けいちゅう）のお伽（とぎ）なと相勤めん！」

由「わァ、嫌や！　コレ、あんたみたいな大男と寝られるか。お宅は、何者です？」

五「おォ、石川五右衛門じゃ！」

由「やっぱり、カマ（※釜）に縁があるわ」

解説「骨つり」

最初に、寄席の歴史を述べますので、少しだけ、お付き合い下さいませ。

一定の場所・期間で、木戸銭を取り、観客へ芸を披露する興行を「寄席」と呼び、今から約二二〇年前、寛政十年頃、大坂と江戸で始まったとされていますが、遠く離れた二大都市で、同時期に始まったのは、面白い偶然と言えましょう。

寄席興行が始まる前、上方は辻噺・会咄(かいばなし)（※小噺コンクールのような会）が流行しましたが、それは小噺を募集し、俳句・浮世草紙（※町人の風俗・人情を描(か)いた本）の作者等が撰者となり、優秀な作品を巻物へ書き写し、お歴々（※高名な人々）の前で読み上げ、当選した者へ、反物・毛氈(もうせん)・雑貨等が贈られるということだったようです。

江戸では、鹿野武左衛門の一件（※当全集第八巻「武助芝居」を参照）以降、噺の活動は衰微したものの、約九十年後、上方の会咄に刺激を受け、小噺本の刊行や会咄が盛んになりましたが、大坂と江戸で流行した会咄のキッカケは、当時の知識人の余戯として行われた、笑話の漢訳や、中国笑話の訓訳が要因でした。

宝永二年、大坂の豪商達の経済力を恐れた幕府は、町人の贅沢を戒めるため、五代目淀屋三郎右衛門の財産を没収したことで、豪商達は保守的になり、幕府の機嫌を損わないように、推奨していた儒教道徳を学んだ結果、文学趣味も高尚になり、笑話の漢訳や、中国笑話の訓訳も手掛けるようになったのです。

軽口噺を漢訳し、中国笑話を加えた『譯準開口新語』（岡白駒訳、宝暦元年）が、京都で刊行され、好評を博しました。

七百以上の笑話が掲載された中国笑話集『笑府』（全十三巻）は、明（一三六八～一六四四）末頃の中国文学界の大家・馮夢竜が、墨敢斎の名で著したそうで、他の笑話本と比べても、質や量も群を抜いており、馮夢竜の編集者の腕前が推し量れる作品集になったのです。

日本の名作落語として伝えられた作品も数多く掲載されており、「骨つり」「まんじゅうこわい」「松山鏡」「長短」「強情」等が、それに当たるでしょう。

明和五年、江戸で『笑府』の訓訳本が刊行された翌年、風来山人（平賀源内）が訳した『刪笑府』も出版され、安永期の小噺本の成立に一役買いましたが、それ以降、中国笑話本の紹介や翻訳は減り、時折、思い出したように刊行される程度となりました。

『笑林広記』は、游戯道人が著し、『笑府』から採った噺等、八百以上の話が収められていますが、独自の洒落た作品もあります。

『笑府』『笑林広記』等の作品が、日本で創作された小噺の如く、語り継がれている裏には、この時代、中国笑話の訓訳が盛んに行われたことや、小噺に興味を持った者が、会咄を始めたことも忘れてはなりません。

「骨つり」は、東京落語「野ざらし」の古い型と言われていますが、禅僧でもあった二代目林屋正蔵（※託善正蔵と呼ばれた）が創作したと言われる「野ざらし」は、仏教臭の強い、因果応報譚で、第二次世界大戦後、四代目柳家小せんが伝えていました。

爆笑落語に改めたのは、圓朝門下の初代（※本当は、三代目）三遊亭圓遊（※鼻が大きかったため、鼻の圓遊と呼ばれた）で、翌朝、隣人が起こす場面から始まりますが、「骨つり」には、その前日、商家の若旦那が芸妓・幇間を連れ、船遊びで釣りをするシーンがあり、船を漕ぎ出す所で、「吹け川」という、ハメモノを入れたそうです。

「骨つり」のオチは、男色になっており、『笑府』のオチを踏襲していますが、「野ざらし」は、「さては、馬の骨であったか」となりました。

「支那の野ざらし」というネタもあり、その噺の舞台は中国で、坤山（こんざん）という男の隣人が、楊貴妃の亡霊と契り、坤山が真似をすると、豪傑が来て、「我は、樊噲（はんかい）なり」「あァ、鴻門（※肛門）を破りに来たか」。

中国故事の「鴻門の会」が土台になっており、オチは「粗末なお尻ですが、どうぞ」という男色で、楊貴妃と思ったら、三国志の豪傑・燕人（えんじん）張飛で、妃と飛の洒落になり、「柳家小さん落語全集」（三芳屋書店、大正四年）へ掲載されています。

「骨つり」のオチは、桂米朝師が「やっぱり、カマに縁がある」と改めましたが、「それで、釜割りに来たか」というオチで上演する場合もありました。

『野晒』（日吉堂、明治21年）の表紙と挿絵。

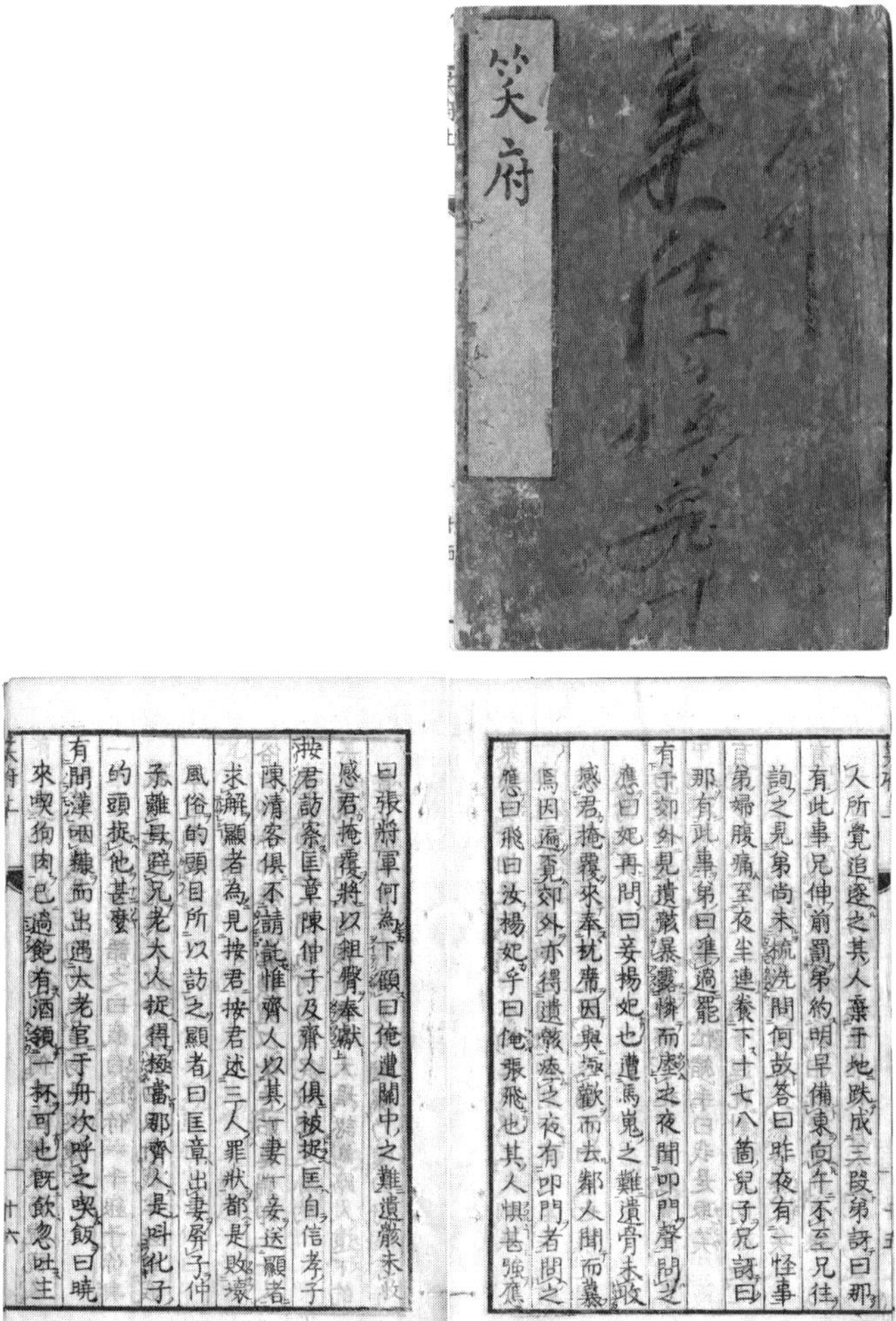
笑府

人所覺追逐之其人棄于地跌成三段弟詰曰那有此事兄佛前罰弟約明早備東向午不至兄往詢之見弟尚未梳洗問何故答曰昨夜有一怪事弟婦腹痛至夜半連養下十七八箇兒子兄詰曰那有此事弟曰準過罷

有于郊外見遺骸暴露憐而瘞之夜聞叩門聲問之應曰妃再問曰妾楊妃也遭馬嵬之難遺骨未收感君掩覆來奉枕席因與極歡而去鄰人聞而慕焉因遍覓郊外亦得遺骸瘞之夜有叩門者問之應曰飛曰汝楊妃乎曰俺張飛也其人懼甚強應曰張將軍何為下顧曰俺遭關中之難遺骸未收感君掩覆將以粗臀奉獻

按君訪察匡章陳仲子及齊人俱被捉匡自信孝子陳清客俱不請託惟齊人以其一妻一妾送顧者求解顧者為見按君按君述三人罪狀都是敗壞風俗的頭目所以訪之顧者曰匡章出妻屏子仲子離母避兄老大人捉得極當那齊人是叫化子一的頭捉他甚麼

有閒漢因饑而出遇太老官于舟次呼之喫飯曰曉來喫狗肉已過飽有酒饒一杯可也既飲忽吐主

『笑府』の表紙と速記。

第二次世界大戦前、このオチを避けるため、「朝比奈」という演題に改め、夜中に訪れる幽霊の女性の名前を雛とし、翌日、隣りへ来た豪傑に「お前は、雛か？」「雛は雛でも、朝比奈じゃ」としましたが、鎌倉の豪傑・朝比奈三郎を知らない者も増え、優れたオチではないだけに、上演されることは無くなったのです。

しかし、戦前の速記本へ掲載されている「朝比奈」には、「骨つり」「野ざらし」には無い構成や、ギャグもあり、最近、復活上演をしてみると、それなりに面白さが伝わりました。

「野ざらし」と「天神山」の半ばは似ていますが、「天神山」は「芦屋道満大内鑑／葛の葉の子別れ」のパロディで、狐の恩返しとなるだけに、二つのネタは別物でしょう。

滅んでいたネタの「骨つり」は、桂右之助が粗筋と段取りを記憶しており、娘や五右衛門の台詞は、米朝師が付け加え、右之助に何度か聞いてもらった上、上演に至ったと聞きました。

「野ざらし」のような粋な演題ではなく、「骨つり」は、その物ズバリの名付けですが、「貧乏花見」同様、上方落語らしく、ざっくばらんで面白いと思います。

元来、落語の演題は、噺家同士がわかればよい、楽屋の符牒に近いことから始まっただけに、大正時代になっても演題が定着せず、速記本・ＳＰレコードへ演題を掲載している間に、何となく、噺家仲間で認めていったのでしょう。

「『骨つり』には、古風な味が残っており、それだけは失わないようにしたい」と、米朝師は述べています。

石川五右衛門は、安土桃山時代の大盗賊で、豊臣秀吉の枕許から、千鳥の香炉を盗む所を捕えられ、十二月十二日、京都三条河原で、釜茹での刑に処せられました。

五右衛門が登場する落語は、芝居噺の他、小噺ぐらいしか見当たりません。

盗人が活躍（？）するネタの枕や、「強情灸」で、釜茹での熱さを辛抱する時の例えに使われたりしました。

「骨つり」に使用するハメモノの曲は、「青葉」「一丁入り」「せり」です。

夜中に現れた幽霊の述懐で使用する「青葉」は、当全集第二巻の「紺田屋」で説明してありますので、お確かめ下さいませ。

石川五右衛門の登場で演奏する「一丁入り」ですが、唄や三味線に合わせ、小鼓の単独演奏で打ち囃すことを「一調」「一調あしらい」と言うそうで、歌舞伎は、時代物の武将の出入り等に、それからヒントを得た、「一調入り」という曲を使うそうです。

「一調入り」は、一人で打つことではなく、小鼓のみという意味だけに、複数で演奏することもあり、「一調入り」「一挺入り」の表記でも良いのですが、寄席囃子では「一丁入り」になりました。

歌舞伎下座音楽に手を加え、変形させた曲と思われ、「骨つり」の他では、「こぶ弁慶」「苫ケ島」「本能寺」等で使用されます。

三味線は格調高く弾き、鳴物は各々のセンスで〆太鼓を打ち、小鼓が入れば、上々。

笛は能管で自由にあしらうこともありますが、入れない場合が大半です。

東京落語界では、五代目古今亭志ん生の出囃子で知られるようになりました。

石川五右衛門の述懐で使用する「せり」は、歌舞伎で時代物の「せり上がり」の曲を、寄席囃子へ採り入れましたが、寄席囃子の「せり」は、他の邦楽曲・歌舞伎下座音楽には見られず、寄席囃子のみで使用されるようになったのです。

歌舞伎下座音楽の「せり」は、〆太鼓・大太鼓・大皷・小鼓・能管を使用しますが、寄席囃子に大皷・小鼓は使いません。

三味線は力強く、押し出すように弾き、鳴物は〆太鼓と大太鼓で打ち、当たり鉦は自由に入れ、笛は能管を吹きますが、篠笛で曲の旋律通り、柔らかく吹く場合もあります。

「骨つり」の他では、「善光寺骨寄せ」で演奏され、現在では上演されない芝居噺「柿木金助」「織屋騒動」にも使われました。

大正時代、上方の寄席囃子が、東京の寄席で使用された時、数ある出囃子で、最初に「せり」が持ち込まれたと思われるのは、当時、絶大な人気を誇った柳家金語楼と組み、落語芸術協会を発足させた東京落語界の大立者・六代目春風亭柳橋の出囃子が、「せり」だったのです。

時代に則った新感覚を落語へ採り入れ、巷の評判を高めた春風亭柳橋は、出囃子が東京へ移入された時、早々に自分の出囃子に決めたのでしょう。

東京落語界では、「大阪のせり」と呼び、昔、上方では「清水」とも言われ、初代から四代

三代目桂米朝のカセットテープ「桂米朝上方落語名作選」その四（東芝EMI、昭和48年）。

目まで桂文我の出囃子に使用され、明治時代から代々が同じ出囃子を使う唯一のケースとなり、東京では、六代目に続き、七代目春風亭柳橋・四代目柳家小せんの出囃子になりました。

平成七年五月三十日、京都府立文化芸術会館三階和室で開催した「第四回／桂文我上方落語選（京都編）」で初演した後、全国各地の落語会や独演会で高座に掛けましたが、その時々で、上演時間も台詞も自由にし、不思議な世界を現出するように努めています。

第二次世界大戦前の速記本や雑誌で、「野ざらし」は頻繁に掲載されていますが、「骨つり」は皆無だけに、その当時から珍品扱いだったことが知れましょう。

東京落語の「野ざらし」を含めると、ＳＰレコードは初代三遊亭圓遊・月の家圓鏡（三代目三遊亭圓遊）・七代目林家正蔵・六代目春風亭柳橋が吹き込み、ＬＰレコード・カセットテープ・ＣＤは三代目春風亭柳好・八代目春風亭柳枝・四代目三遊亭圓遊・三代目桂米朝・五代目三遊亭圓楽・十代目柳家小三治等の各師の録音で発売されました。

鹿鍋

ろくなべ

大昔、日本では、猪・鹿・兎を食べてたのを、天武天皇や聖武天皇が肉食を禁じたことで、肉を食べる習慣が無くなる。

魚や野菜には、肉みたいな脂(あぶら)が無いだけに、精が付かんし、力も湧かん。

聖武天皇が、肉食廃止の詔(みことのり)を出した時、皆が「コレ、しょうむ(※聖武)ないことをすな!」と、文句を言うたそうで。

「幕末まで、肉食廃止。日本は明治維新まで、牛肉を食べなんだ」と思われがちでも、それは表向きで、実は内緒で、牛肉を食べてた。

牛肉で拵えた薬もあるし、病気になり、肉を食べることを、薬食いと言う。

毎年、江州彦根の井伊家が、水戸の徳川家へ、牛肉の佃煮を献上してたのを、井伊直弼(なおすけ)が廃止し、徳川斉昭(なりあき)が、ガッカリしたことで、水戸藩士が、桜田門の変に及んだという説まで出来た。

牛肉が元で起こった事件だけに、「モウ、許さん！　こうなったら、ギュウ（※牛）という目に遭わせる」と言うたそうで。

堂々と、牛肉を食べるようになったのは、明治維新以降。

東京や横浜で、牛鍋が流行り、松阪牛の元祖みたいな店が、三重県松阪市でも開店するようになる。

表向きは、肉食禁止であった幕末までは、鹿や猪の肉を売る、ももんじ屋という店が、牛肉を内緒で売りに行った。

「牛の肉は、どうです？」と言う訳にも行かんので、鹿肉という体で、鹿は「ロク」と読むことから、「ロク、要らんか？　山ロクは、どうです？」と言いながら、売り歩く。

鹿「ロクは、要らんか？　山ロクは、どうです？」

咲「表で、知らん物を売ってるわ」

亭「お前は、ロクを知らんか？　山ロクは、牛の肉や」

咲「まァ、嫌！　大きな体で、ノソノソと歩いて、ダラダラッと涎を流してる、牛の肉を食べるやなんて。考えただけで、ゾッとするわ」

亭「牛の肉は、美味しいらしい。野菜や魚ばっかり食べてると、身体に精が付かん。牛の肉を食べると、精の固まりになるという話や」

咲「亭主が、精の固まりになる？　（艶（いろ）っぽい声を出して）まァ、良えやないか」

亭「おい、ケッタイな声を出すな。横町の四郎兵衛さんが、『御飯を食べるのは、ロクに限る』と言うてた」

咲「四郎兵衛さんが、御飯を、ロクで食べる？　四、五、六と、揃てるわ。その後、質屋へお鉢を入れて、苦労をする」

亭「おい、しょうもない洒落を言うな。ロクを鍋で炊いたら、匂いを嗅ぐだけで、ダラダラッと涎が垂れてくるらしい」

咲「やっぱり、食べるのは止めるわ。ダラダラッと涎を流してる牛の肉を食べる時、此方も涎を流すのは、牛が取り憑（つ）いてる」

亭「ロクを食べる度、牛が取り憑いたら、彼方此方（あちこち）で、モォーッという鳴き声が聞こえて、牛小屋みたいになるわ。美味しそうな匂いがするよって、涎が流れてくるらしい」

咲「そんなに美味しかったら、一寸だけ買おか？」

亭「ロクは高いよって、仰山買えん。食べ過ぎて、精が付き過ぎるのも難儀や」

咲「（艶っぽい声を出して）まァ、精が付くのは結構やないか」

亭「一々、気色悪い声を出すな。一寸だけ買うて、美味しかったら、また、買うたらええわ。ほな、ロク売りの男を呼べ」
咲「(表へ出て)もし、ロク屋さん。モォーッのロク屋、モウロク屋さん!」
鹿「コレ、ケッタイな呼び方をしなはんな。ヘェ、どれぐらい量ったら宜しい?」
咲「ウチは、一寸でええわ。(艶っぽい声を出して)出来るだけ、精の付く所!」
鹿「もし、傍へ寄りなはんな! ほな、一寸だけ量らしてもらいます」
咲「(艶っぽい声を出して)出来るだけ、精の付く所!」
鹿「まだ、言うてる。(牛肉を渡して)ヘェ、どうぞ」
咲「お代は、何ぼ? (金を渡して)また、来て。(家へ入って)さァ、買うて来たわ。ロクは、鍋で炊くの?」
亭「醤油と砂糖を入れて炊くと、美味しいらしい。一寸、待った! 獣の肉を食べるのは、御先祖様や神様に申し訳無い。仏壇の扉を閉めて、神棚へ紙を貼れ」
咲「ロクが炊けたら、仏壇や神棚へ、お供えをしょうと思て」
亭「獣の肉は、不浄と言うわ。仏壇の扉は閉めて、神棚へ紙を貼れ」
咲「そんなことをしても、獣の匂いはするわ。仏壇と神棚を、みかん箱へ入れて、蓋の隙間を、膠で固めて」

亭「おい、阿呆なことをすな。膠は、えげつない匂いがする。そんな物で固めた箱の中へ入れたら、罰が当たるわ。仏壇の扉を閉めて、神棚へ紙を貼れ！」
咲「ほな、そうするわ。ロクは、鍋で炊くの？」
亭「薬罐（やかん）で炊く阿呆が、何処に居る」
咲「ロクを炊いた鍋で、おかずを拵えるのは、嫌や！」
亭「ほな、隣りの鍋を借りるわ。ロクを炊くと言わなんだら、わからん。鍋を返す時、駄菓子の一つも持って行け。鍋を借りに行く間、仏壇と神棚へ紙を貼る」
咲「ほな、隣りへ行くわ。（隣りへ行って）もし、御免やす。一寸、お願いがあって」
○「あァ、お咲さん。今日は、何の用や？」
咲「炊き物をするのに、鍋が足らんよって、貸して」
○「そこに置いてある鍋を、持って帰りなはれ」
咲「ほな、借りるわ。（家へ帰って）お隣りが、鍋を貸してくれた」
亭「『見ぬこと、清し』と言うて、見てなかったら、何でもありや。カンテキの上へ、鍋を置いて、ロクと醤油と砂糖を入れるわ。ちゃんと、カンテキの火は起こってるか？」
咲「へェ、大丈夫！　カンテキへ、鍋を乗せて、ロクと醤油と砂糖を入れて」
亭「わァ、えげつない匂いがするわ。ロクを炊いたら、匂いを嗅ぐだけで、涎が流れると聞いたけど、涎どころか、(咳をして)ゴホッ！　あァ、咳も出て来た」
咲「(咳をして)ゴホッ！　涎どころか、(屁を落として)プゥ！」
亭「咳の後で、屁をこくな！　ロクを炊くと、こんな匂いがするとは思わなんだ。長屋は壁が薄て、彼方此方へ穴が空いてるよって、隣りへ匂いが漏れる。『貸した鍋で、ロクを炊いた！』と言うて、怒鳴り込んで来るわ。先に謝った方がええよって、鍋を綺麗に洗(あろ)て、駄菓子の一つも持って、謝りに行け」
咲「牛の肉を炊いたら、ロクなことが無い」
亭「おい、ケッタイな洒落を言うな。鍋を洗て、謝ってこい」
咲「ほな、そうするわ。(隣りへ行って)もし、御免」
○「お咲さん、どうした？　鍋を持って行ったけど、役に立たなんだか？」
咲「正直に言うよって、堪忍して。お宅の鍋で、ロクを炊いたら、えげつない匂いがして、咳や涙やオナラが出た。綺麗に洗たけど、気色悪かったら、新しい鍋を買うて、返すよって」
○「その鍋で、ロクを炊いて、えげつない匂いがした？　あァ、気にせんでもええ。貸したのは、膠を炊く鍋や」

解説「鹿鍋」

このネタを初めて知ったのは、雑誌『上方芸能』の文を集めた、『上方落語ノート』第一集（桂米朝著、昭和五十三年）で、東京都文京区本郷の青蛙房が刊行しました。

戦前戦後の上方落語界の様子、名人上手・奇人の逸話、滅んだネタの粗筋、落語以外の芸能の検証等、多岐にわたる考察が加えられているだけに、未読の方は、ご一読ください。

近年、青蛙房の社長が亡くなり、会社を閉じましたが、岡本綺堂の末裔で、刊行本は函入り（※後年、函は無くなった）、クロス張りの装丁で、落語本以外も、文人・政治家・歌舞伎役者等、いろんなジャンルの著者を擁し、数々の名著を刊行し続けました。

落語本は、『圓生全集（全十巻）』『正蔵全集（全三巻）』『桂三木助集』『小さん集（全二巻）』『三遊亭小圓朝集』『桂小南集』『五代目笑福亭松鶴集』等、充実した内容の速記本ばかりで、私が中学生の頃、東京神保町の古書店・豊田書房の書棚に、これらの本が並んでいたのを見た時は驚き、感激したことが忘れられません。

四代目桂文紅師の日記を編集した『若き飢エーテルの悩み』や、『伊勢参宮神賑』『初代桂文治』等、私の著書や、かまくら落語会の軌跡を記した『かまくら落語会』（岡崎誠著）も引き受けて下さった上、私の全集の刊行も「最後の大仕事として、引き受けましょう！」とまで言ってくださったのです。

残念ながら、社長が亡くなり、全集の刊行は実現しませんでしたが、奥様が「何処か、この仕事を引き受けてくださる出版社があれば」と仰り、パンローリングからの刊行となりました。

私が関わった落語本の刊行だけでも、一冊の本になるほどの思い出があるだけに、当全集の解説で、少しずつ綴(つづ)りますので、宜しく、お付き合いくださいませ。

「鹿鍋」は、米朝師も「聞いたことも、演じたことも無く、五代目笑福亭松鶴の手控えに、膨大な上方落語の演題と、オチが記されていても、鹿鍋については、何も書かれていない。圓都・南天・かしくという、古い先輩に聞いても、誰も知らなかったが、漫才師・二葉家吉雄師が、晩年、中風で、長い病床生活だったのを見舞いに行った時、『鹿鍋は、こんな話や』と話してくれたのを聞くことが出来た」と、述べています。

二葉家吉雄は、明治三十二年生まれで、昭和三十九年没。

漫才へ転向する前は噺家で、大正六年五月、大阪へ来た、二代目三遊亭遊三へ入門し、三次から遊三郎となったと、『古今東西落語家事典』(諸芸懇話会・大阪芸能懇話会編、平凡社、平成元年)へ記されている他は、わかりません。

「日本では、明治維新まで、牛肉を食べなかった」と、一般で信じられている節もありますが、薬喰いと言い、全国各地で内々で食べており、その味の良さも知られていた上、鹿肉・猪肉と共に、牛肉で作った栄養剤の黒丸子等もあり、「柿木金助」等、芝居噺にも登場します。

薬喰いに関する詳細は、当全集第八巻の「池田の猪買い」の解説で述べていますから、興味のある方は、お確かめください。

牛肉ではなく、鹿（ろく）、つまり、鹿肉と言い、売り歩いていたことを土台にし、「鹿鍋」という落語が出来ました。

『上方落語ノート』へ記されている粗筋を、手短に紹介しましょう。

＊＊＊＊＊

「ロク、要りまへんか。山ロク、どうです」という売り声を聞いた長屋の夫婦が、「噂では、美味い物らしい。一遍、食べてみよか」と相談の上、買い求め、仏壇の扉を閉め、神棚へ白紙を貼り、神仏へ謝り、料理をする時、汚れ不浄という気が働き、「ロクを炊いた鍋で、お菜（かず）拵えは、ようせん」と、女房が言い出した。

隣りへ行き、「ウチの鍋が塞がってるよって、貸してもらえませんか?」と頼み、隣りの鍋を持ち帰り、ロクを炊くが、強烈な臭いがする。

壁一重の長屋だけに、「バレるに違いないよって、白状して、謝った方がええ」と、一寸した礼を付け、鍋を返しに行く。

「この鍋で、山ロクを炊いたんで、綺麗に洗てきました。気になるようやったら、新しい鍋を買うて、お返し致します」と言うと、「いや、かまわん。それは、膠鍋や」。

＊　＊　＊　＊　＊

膠とは、動物の皮・腱(けん)・骨・結合組織から抽出した、コラーゲン・ゼラチンを主成分とする物質で、接着剤・染色・製紙等に用いられます。

膠鍋は、動物の部位を煮る物で、牛肉を炊いてもよいのですが、膠は食べ物ではありませんし、鍋に張り付いた膠が熱せられ、強烈な臭いを放つでしょう。

つまり、牛肉を炊くことを内緒にした方も、膠鍋を貸した方も、料簡は良くないでしょうが、昔の長屋であれば、これぐらいのことはあったかも知れません。

この粗筋を土台に、長屋の夫婦の会話へギャグを足し、約十五分のネタに仕立て直しましたが、噺にアクセントを付けたいと思い、牛肉は精が付くということで、女房へ色気を持たせ、山ろく売りとの会話にも滑稽味を加え、ユニークな噺になりました。

平成二十七年四月二十一日、大阪梅田太融寺で開催した「桂文我上方落語選（大阪編）／強烈な三日間初日」で初演した後、全国各地の落語会や独演会で上演しましたが、膠を知らない方も多く、オチを理解していただけないことを痛感したため、苦肉の策として、「鹿鍋」の枕へ、膠が出て来る「地蔵の散髪」という短編を付けたことで、ネタの内容の理解や、オチの受けが変わったのです。

今後も、当時の風俗や風情を大切にしながら、出来るだけ、わかりやすく、「鹿鍋」の世界を構築したいと考えていますので、宜しく、お付き合い下さいませ。

初音の鼓

はつねのつづみ

佐「えエ、平岡様。御機嫌、宜しゅうございます」
平「おォ、道具屋の佐兵衛か。久しく、顔を見せなんだ。本日は、何用で参った？」
佐「お殿様に、お買い上げを願いたい品がございまして」
平「いや、ならん！　その方が持参致す品は、碌な物が無い」
佐「いえ、そんなことはございません。毎度、嘘偽りの無い品ばっかりで」
平「それが、嘘偽りじゃ！　殿へ持って参る品は、怪しき物ばかりではないか。打ち首にも、出入り差し止めにもならんのが、不思議じゃ」
佐「今まで、怪しい品を持って参りました覚えがございません」
平「どの口で、そのようなことを申す。今まで持って参ったのは、紫式部の手拭い・小野小町の腰巻・平清盛の溲瓶・足利義満の金隠し。訳のわからん金隠しを指し、『足利義満侯が、京都の金閣寺で使われた、金隠しでございます』と申したであろう」
佐「あの洒落は、見事でございました」
平「コリャ、何を申しておる！　打ち首にならぬかと、ハラハラ致した。『金閣寺の金隠しは、珍なる物』と仰り、お買い上げになり、大広間の床の間へ飾ってあるわ」
佐「お殿様と私は、好みが合います。昔から、合縁奇縁と申しまして」
平「一々、馬鹿なことを申すな！　弘法大師の筆も、真っ赤な偽りであろう？」
佐「あれこそ、本物で。筆に、弘法大師と彫り付けてございます」
平「自らの筆に、弘法大師と彫り付けるか。殿に『この筆で字を書くと、字の上達は間違いございません。昔から、「弘法は、筆を選ばず」と申します』と申すと、殿が筆を執られたが、首を傾げ、『アイヤ、上手く書けん』と仰った時、『それは、弘法も筆の誤りの方で』と申した。あのような言い訳が、世の中で通ると思うか？」
佐「世の中は通りませんけど、お殿様には通るみたいでございます」
平「未だ、あの筆を愛用しておられる。偽物(ぎぶつ)の取り次ぎは、真っ平御免じゃ」
佐「この度も、珍しい品で。本日は、これでございます」
平「煤(すす)けた鼓を出して参ったが、何じゃ？」
佐「はい、初音の鼓で」

平「初音の鼓と申さば、九郎判官義経が、静御前へ遣わした鼓じゃが、本物か？」
佐「さァ、どうでしょうな」
平「またしても、偽物を持って参ったか！」
佐「(制して) シィーッ！　ひょっとしたら、本物かも知れません」
平「決して、そのようなことは無い！」
佐「『鰯の頭も、信心から』と申しまして、本物と思っていただければ、お殿様も幸せで」
平「コリャ、何を申しておる！　承知の上で、偽物を取り次げるか。況して、『折紙は、付いておるか？』と仰るに違いない。偽物に、折紙は付いておらん」
佐「折紙は付いてませんけど、お殿様が鼓をお調べになった所から、平岡様の出番で」
平「何じゃ、嫌な流れになって参った。身共が、何を致す？」
佐「お殿様が、鼓をお調べになった時、平岡様が両耳の横へ手を立て、(両手を、狐の耳の形にして) コォーン！」
平「馬鹿も、休み休み申せ！　身共が、そのようなことが出来るか！」
佐「只で、お願いをするつもりはございません。一ト鳴き、一両で如何で？」
平「コォーンと鳴けば、一両か。ポンポンポンと、お調べにならば？」
佐「コンコンコンと、三両で」

平「ポンポンポンポン、スポポンポンポンと、お調べにならば？」
佐「コンコンコンコン、スココンコンコンと、七両で」
平「身共も、懐が淋しく、困っておる。この鼓を、如何程で売るのじゃ？」
佐「ヘェ、百両で」
平「偽物を、百両で売るつもりか！」
佐「本物やったら、何千両もします。百両やったら、只同様で」
平「その方は、極楽へ参れんわ。殿へ取り次ぐ故、それへ控えておれ。(殿の前へ出て) えェ、殿」
殿「おォ、平岡か。一体、何用じゃ？」
平「道具屋の佐兵衛が参り、世にも珍しき品を御覧いただきたいと申しております」
殿「先日の足利義満の金隠しも、珍品であった。然らば、これへ通すがよい」
平「ハハッ！　佐兵衛、殿の御前へ出よ」
佐「御機嫌、麗しゅう存じます」
殿「おォ、佐兵衛か。世にも珍しき品を持参致したと申すが、何じゃ？」
佐「はい、初音の鼓でございます」
殿「九郎判官義経が、静御前へ遣わした、初音の鼓か？　ほゥ、世にも珍しき名品じゃ。

然らば、これへ出すがよい」
佐「（鼓を出して）えェ、この鼓でございます」
殿「ほゥ、古びが付いておる。この鼓へ、折紙は付いておるか？」
佐「折紙は付いておりませんけど、この鼓をお調べになりますと、傍に居る者へ、狐が憑（の）り移り、コォーンと鳴くのが、本物の証（あかし）でございます」
殿「然らば、予が調べる故、これへ持て」
佐「（鼓を差し出して）宜しく、お調べを願います」
殿「（鼓を構えて）イヨォーッ、（鼓を打って）ポォーン！」
平「（両手を、狐の耳の形にして）コォーン！」
殿「平岡は、如何致した？」
平「ハハッ、何事で？」
殿「予が、ポォーンと調べた。その方が、コォーンと鳴いたぞ」
平「前後忘却致し、記憶にございません」
殿「然らば、続けて調べる。（鼓を打って）ポンポンポンポン！」
平「（両手を、狐の耳の形にして）コンコンコンコン！」
殿「平岡が、コンコンコンコンと鳴いたぞ」

平「前後忘却致し、記憶にございません」

殿「ほゥ、狐が憑り移っておる。（鼓を打って）ポンポンポンポン、スポポンポン！」

平「（両手を、狐の耳の形にして）コンコンコンコン、スココンコン！」

殿「（鼓を打って）ポンポンポンポン！」

平「（両手を、狐の耳の形にして）コンコンコンコン！」

殿「（鼓を打って）ポンポンポンポン！」

平「（両手を、狐の耳の形にして）コンコンコンコン！」

殿「（鼓を打って）ポンポン、スポポンポンポン！」

平「（両手を、狐の耳の形にして）コンコン、スココンコンコン！」

殿「（鼓を打って）ポポポポ、スポポン、スッポンポン！」

平「（両手を、狐の耳の形にして）ココココ、スココン、スッコンコン！」

殿「（鼓を打って）ポポポポ、スポン、スッポンポン！」

平「（両手を、狐の耳の形にして）ココココ、スコン、スッコンコン！（むせて）ゴホッ、ゴホッ！（両手を、狐の耳の形にして）コンコン！」

殿「間違い無く、初音の鼓である。値(あたい)は、如何程じゃ？」

佐「えェ、百両でございます」

殿「百両とは、安価じゃ。コリャ、平岡。早速、金子の支度を致せ。しかしながら、佐兵衛。誰が調べても、傍に居る者へ、狐が憑り移るのであろうな？　然らば、その方が調べてみよ」

佐「ハァ？」

殿「初音の鼓を、佐兵衛が調べるのじゃ」

佐「わァ、えらいことになった！　平岡様は、百両を取りに行きはったわ。この場は、お殿様だけや」

殿「コリャ、何を申しておる。さァ、調べよ」

佐「こうなったら、ヤケクソや。（鼓を構えて）イヨォーッ、（鼓を打って）ポォーン！」

殿「（両手を、狐の耳の形にして）コォーン！」

佐「アノ、お殿様」

殿「おォ、何じゃ？」

佐「ポォーンと調べますと、お殿様が、コォーンと、お鳴きになりました」

殿「前後忘却致し、記憶に無い！　コリャ、続けて調べるがよい」

佐「（鼓を構えて）イヨォ、（鼓を打って）ポンポンポンポンポン！」

殿「（両手を、狐の耳の形にして）コンコンコンコンコン！」

佐「アノ、お殿様」
殿「おォ、何じゃ？」
佐「ポンポンポンと調べますと、お殿様が、コンコンコンと、お鳴きになりまして」
殿「前後忘却致し、記憶に無い！　コリャ、続けて調べよ」
佐「(鼓を打って) ポンポンポン、スポポンポン！」
殿「(両手を、狐の耳の形にして) コンコンコン、スココンコン！」
佐「(鼓を打って) ポンポンポン、スポポンポン！」
殿「(両手を、狐の耳の形にして) コンコンコン、スココンコン！」
佐「(鼓を打って) ポンポンポンポン！」
殿「(両手を、狐の耳の形にして) コンコンコン！」
佐「(鼓を打って) ポンポンポンポン！」
殿「(両手を、狐の耳の形にして) コンコンコン！」
佐「(鼓を打って) ポンポン、スポポンポン！」
殿「(両手を、狐の耳の形にして) コンコン、スココンコン！」
佐「(鼓を打って) ポンポン、スポポンポン！」
殿「(両手を、狐の耳の形にして) コンコン、スココンコン！」

佐「(鼓を打って) ポポポポ、スポポン、スッポンポンポン！」

殿「(両手を、狐の耳の形にして) コココココ、スココン、スッコンコンコン！」

佐「(鼓を打って) ポポポポポ、スポポン、スッポンポンポン！」

殿「(両手を、狐の耳の形にして) ココココ、スココン、スッコンコンコン！」

佐「暫く、お待ち下さいませ！　お殿様が、お鳴きになりました」

殿「前後忘却致し、全く記憶に無い。しかしながら、天下の名品。早速、求めて遣わす。おォ、平岡が参った。鼓の値を遣わす故、受け取るがよい」

佐「えッ、一両？　初音の鼓は、百両と申しました」

殿「あァ、それで良い。予と平岡の鳴いた分が、差し引いてある」

解説「初音の鼓」

寄席囃子で使用する道具（※邦楽の楽器）は、三味線・〆太鼓・大太鼓・銅鑼・当たり鉦・柝頭（きがしら）・篠笛・能管などで、噺家が高座へ登場する時の「出囃子」、噺を盛り上げる「ハメモノ」（※お囃子入り）、奇術・太神楽・紙切りなどで使用する「合い囃子」を演奏します。

寄席囃子は、歌舞伎下座囃子の変形が多いのですが、本格的な邦楽の要素を身に付け過ぎると、洒落ッ気が無くなるため、程の良い演奏を心掛けなければなりません。

太鼓や笛の演奏で言えば、「邦楽は、このような手」ということを心得た上で、寄席囃子らしい味付けをするのが一番で、型通りの邦楽の演奏をすると、粋な雰囲気や、面白さが消えてしまいます。

約三十五年前、関西囃子方の重鎮・望月太津八郎師に、太鼓・鼓・大鼓を教えていただくことになりました。

太津八郎師は、落語大好き人間で、第二次世界大戦後、邦楽の仕事が少なかった頃、大阪ミナミの寄席・戎橋松竹で、寄席囃子の手伝いをしたり、在阪放送局の落語会で、鼓が必要な時は雇われたそうです。

昔の落語会の録音で、見事な鼓の音が入っていることがあり、「一体、誰だろう？」と思い、米朝師に尋ねると、「そう言えば、誰かが来て、鼓を打ってはった」というぐらいの記憶でしたが、太津八郎師の演奏だったかも知れません。

邦楽の演奏法に、寄席囃子の太鼓・鼓も教わりましたが、南海沿線の神社の社務所を借り、鼓の稽古をしてもらった時、「む雀君と交替で打って、稽古をしなさい」と仰り、大切な鼓を貸してくださったので、弟弟子・む雀と、一分ずつ交替で打ち続けたことがありました。

次の稽古の時、太津八郎師が難しい顔で、む雀と私を睨み、「君らは、どんな鼓の打ち方をしたのだ！　大事な鼓の皮が、無茶苦茶になってしまった。鼓は打つ物で、叩き潰す物ではないのだ！」と叱られ、む雀と私は申し訳無いやら、おかしいやら。

その日も稽古の後、近所の居酒屋へ誘って下さり、「いや、君らには参った！　鼓の皮は駄目になったけど、面白い思い出になったよ」と仰り、大笑いをされました。

む雀と私の寄席囃子には、太津八郎師の教えが、今でも脈々と流れています。

また、酒の酔いが廻ると、落語の稽古まで始まりました。

「今、皆が演ってる『まんじゅうこわい』の怪談の所は、五代目松鶴とは違う。今から、五代目の演り方を教える」と仰り、その場で語り出されたのです。

まさか、邦楽の師匠に、落語の稽古を付けてもらえるとは思いませんでした。

その後、民謡の囃子の家元にもなられ、門弟にも恵まれたと聞きましたが、粋な結城紬を着た、福々しい顔の太津八郎師を思い浮かべるだけで、その当時の稽古の様子が、脳裏へ甦りますし、「初音の鼓」を上演する時は、必ず、太津八郎師を思い出します。

「初音の鼓」は、「ポンコン」と「継信（つぎのぶ）」があり、当書へ掲載したのは、「ポンコン」。道具屋が、ポンと鼓を打つと、殿様や三太夫が、コンと鳴くことから、「ポンコン」という演題になりましたが、近年の寄席や落語会で「継信」を上演することは稀になったので、「初音の鼓」と言えば、「ポンコン」を指すことが多くなりました。

初音の鼓とは、「仮名手本忠臣蔵」「菅原伝授手習鑑」と並び、浄瑠璃の三代傑作「義経千本桜」に出て来る鼓で、千年も生きた雌雄の狐の皮で出来ており、宮中の宝物。

平家滅亡後、後白河法皇から義経に賜りましたが、鼓を打てという言葉には、兄・頼朝を討てという謎が込められており、その後、義経に追手が掛かり、都落ちとなり、初音の鼓は、愛妾・静御前へ預けられたのです。

静御前が、義経の家臣・佐藤忠信と、吉野山の川連法眼館（かわつらほうげんやかた）にいる義経の許を訪ねると、もう一人の忠信がおり、どちらが本物かを詮議するため、初音の鼓を静御前が打つと、親の皮を張った鼓を慕う子狐が忠信へ化け、静御前の道中を守ってくれたことが知れたので、不憫（ふびん）に思った義経は、源九郎狐という名と、親の皮を張った、初音の鼓を与えました。

静御前が、義経の許へ行く道中で、狐忠信が屋島壇の浦の合戦を思い出し、兄・継信の戦死の様子を物語りますが、「浮かれの屑より」というネタには、その場の再現シーンも出て来ます。

『圓遊小さん落語集』（金蘭社、明治32年）の表紙と速記。

（二一〇）　初音の鼓

初音の鼓

三遊亭圓遊口演
酒井昇造速記

エ、初音の鼓と云ふお話を一席辨じ上ます、古物の嗜なお方てエものは別で何んでも古い物を買入れて、古い物なら何んでも買はうてエので恐ろしい古い額を二百圓で買ひまして之を明るい處で熟々視ると紅梅燒と書て有た抔と云ふ變的箇な物を買て悦んで居ます、金に不自由がなくツて然ふ云ふ事をして遊んで在ツしやれば此樣な保養は有ますまい、華族さまへお出入の道具商さんが玆で一番儲けなければならないてンで、道具商さん抔と云ふ御商賣は實に結搆な御商法でげす、殿さま方とお膝組で立派な古物を賣賈致まして殿さま方から此方へ引取り、此方からせた品を先方へ賣附けると云ふ其處にチョイと乙ナ儲が有るんで大きナ風呂敷包を擔いてブラ〳〵歩行て在ツしやいます

（二一一）　初音の鼓

道具屋「へエ、殿さま今日は…………

殿「イヤ、是は如何した、金兵衛久しく來なかつたナ、何にか儲かる品でも有るか

金「へエ、御前に是非求めて戴かなければならん品が有まして持参を致しました

殿「オヽ夫は見たいナ、何ぢや

金「大分お消具のお虫干で御座いますナ

殿「チョッと保養かた〳〵虫干を致して居る、種々古物が有るテ

金「大層妙ナ品がお手に這入たと承りましたが、ナ何んでげす、其方に在ます桐の箱に這入て居ますのは…………

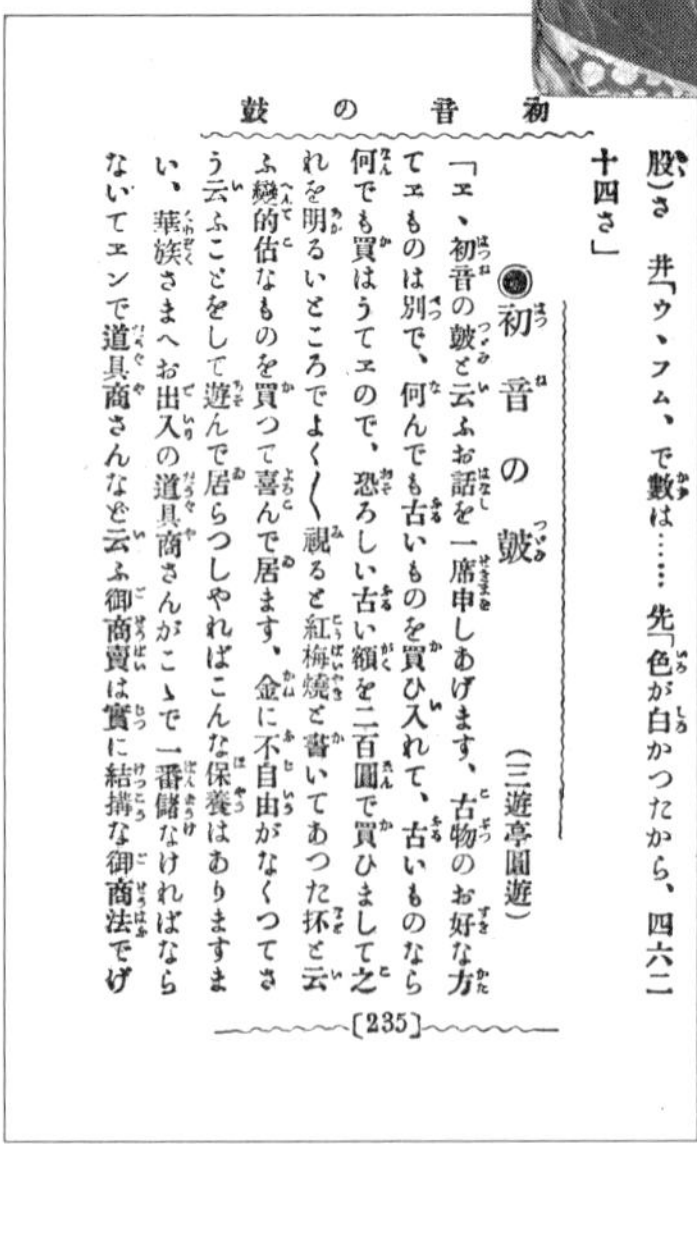

初音の皷

股)さ　井「ウ、フム、で數は……　先「色が白かつたから、四六二十四さ」

◉初音の皷　（三遊亭圓遊）

「エ、初音の皷と云ふお話を一席申しあげます、古物のお好な方てエものは別で、何んでも古いものを買ひ入れて、古いものなら何でも買はうてエので、恐ろしい古い額を二百圓で買ひまして之れを明るいところでよく〳〵視ると紅梅燒と書いてあつた抔と云ふ變的佑なものを買つて喜んで居ます、金に不自由がなくつてさう云ふことをして遊んで居らつしやればこんな保養はありますまい、華族さまへお出入の道具商さんがこゝで一番儲なければならないてエンで道具商さんなど云ふ御商賣は實に結構な御商法でげ

〔235〕

『三友桂両派合作 新作舌戦 落語元帥』
（立川文明堂・井上盛進堂、明治43年）
の表紙と速記。

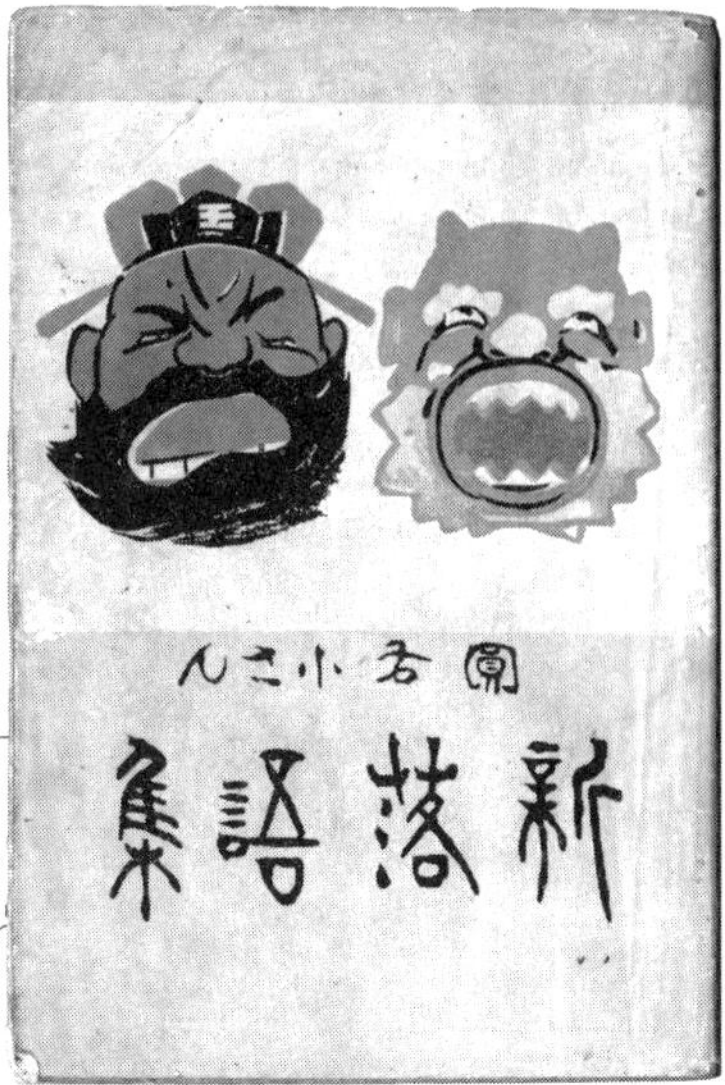

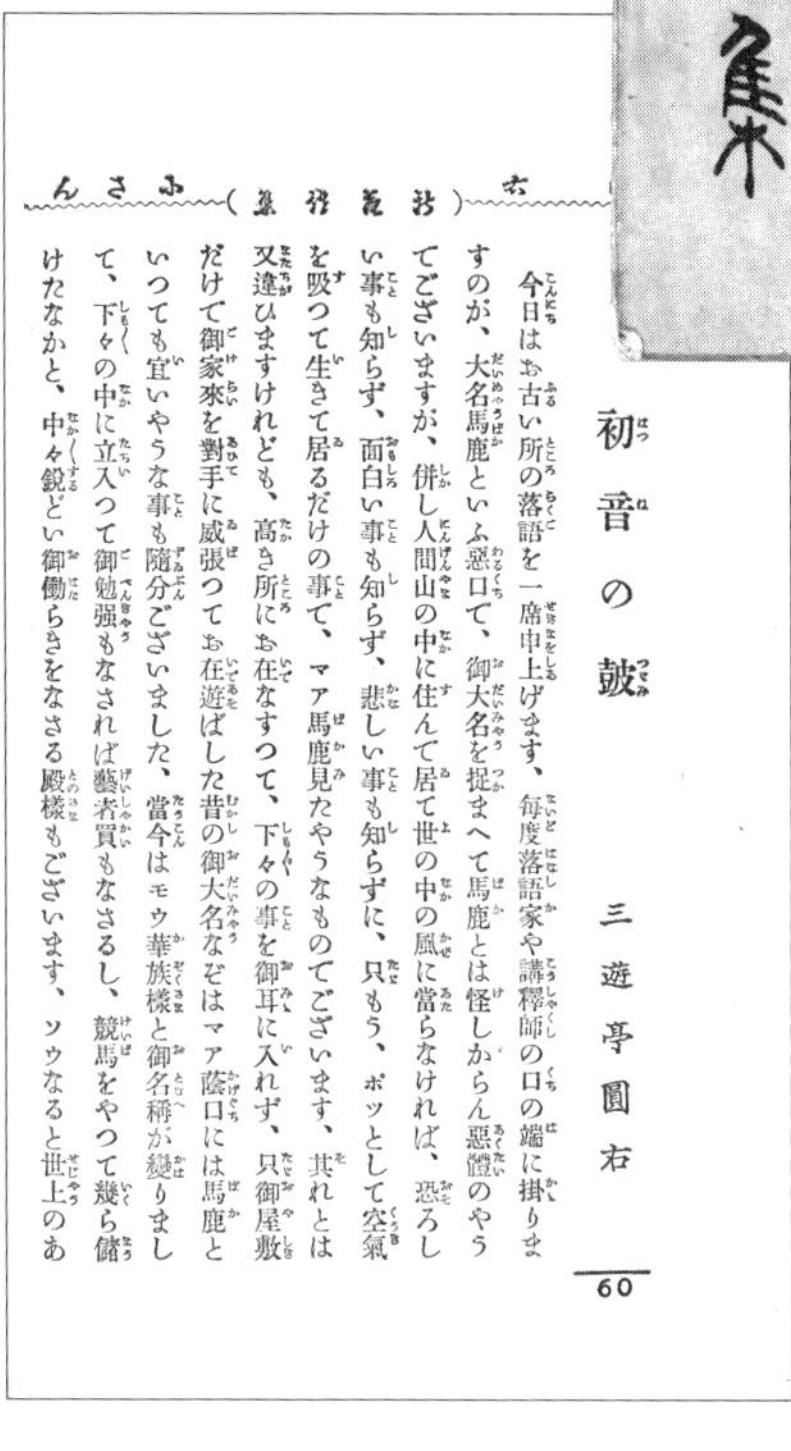

六（新落語集）小さん

初音の鼓　　三遊亭圓右

今日はお古い所の落語を一席申上げます、毎度落語家や講釋師の口の端に掛りますのが、大名馬鹿といふ惡口で、御大名を捉まへて馬鹿とは怪しからん惡體のやうてございますが、併し人間山の中に住んで居て世の中の風に當らなければ、恐ろしい事も知らず、面白い事も知らず、悲しい事も知らずに、只もう、ポッとして空氣を吸つて生きて居るだけの事で、マア馬鹿見たやうなものでございます、其れとは又違ひますけれども、高き所にお在なすつて、下々の事を御耳に入れず、只御屋敷だけて御家來を對手に威張つてお在遊ばした昔の御大名なぞはマア蔭口には馬鹿といつても宜いやうな事も隨分ございました、當今はモウ華族樣と御名稱が變りまして、下々の中に立入つて御勉强もなされば藝者買もなさるし、競馬をやつて幾ら儲けたなかと、中々鋭どい御働らきをなさる殿樣もございます、ソウなると世上のあ

60

『圓右小さん新落語集』（三芳屋書店、明治44年）の表紙と速記。

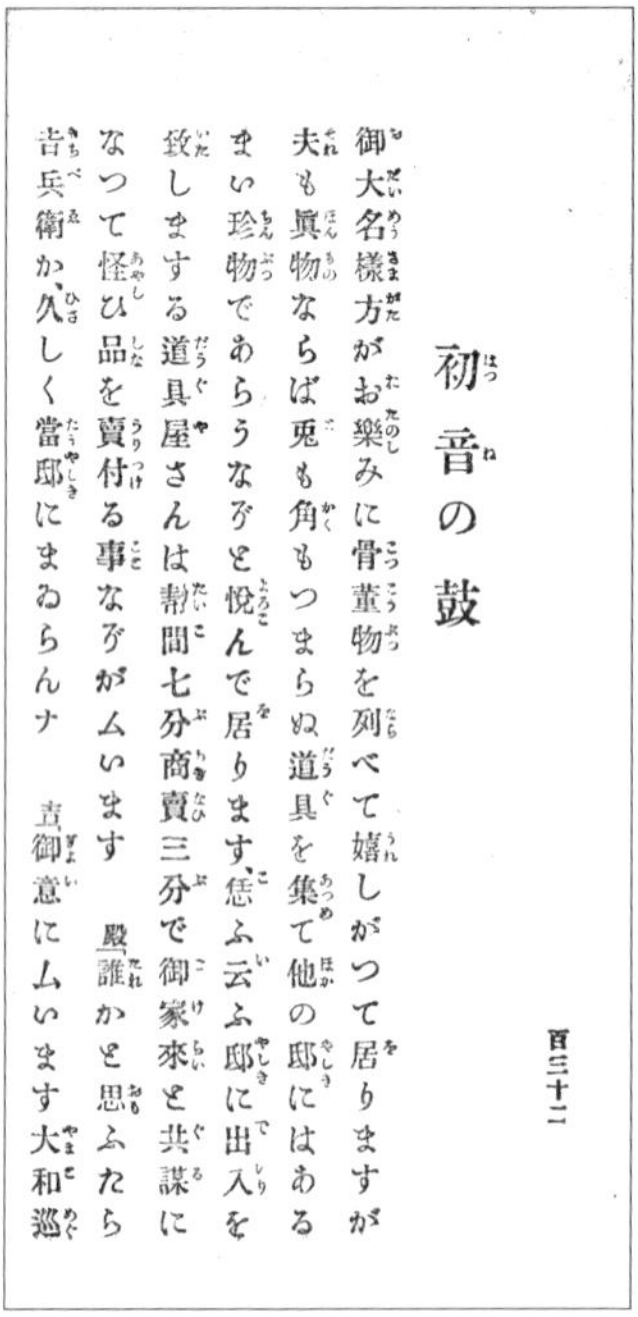

百三十二

初音の鼓

御大名様方がお楽みに骨董物を列べて嬉しがつて居りますが夫も眞物ならば兎も角もつまらぬ道具を集て他の邸にはあるまい珍物であらうなぞと悦んで居ります、恁ふ云ふ邸に出入を致しまする道具屋さんは幇間七分商賣三分で御家來と共謀になつて怪ひ品を賣付る事なぞがムいます　殿「誰かと思ふたら吉兵衛か、久しく當邸にまゐらんナ　吉「御意にムいます大和巡

『圓蔵新落語集』（若月書店、大正７年）の表紙と速記。

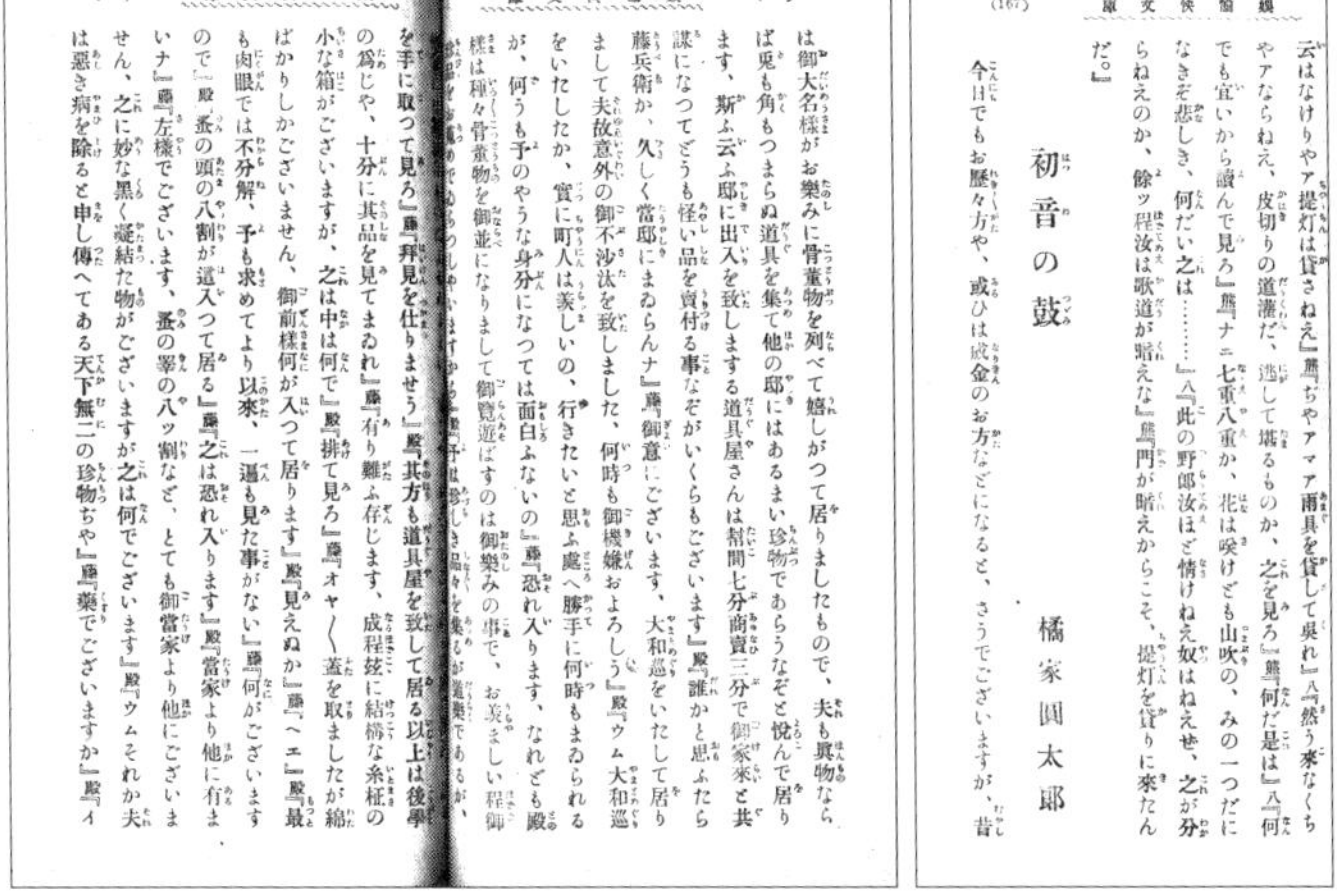
娯愉快文庫　(167)

云はなけりやア提灯は貸さねえ』熊『ちやアマア雨具を貸して呉れ』八『然う來なくちやアならねえ、皮切りの道灌だ、逃して堪るものか、之を見ろ』熊『何だ是は』八『何でも宜いから讀んで見ろ』熊『ナニ七重八重か、花は咲けども山吹の、みの一つだになきぞ悲しき、何だい之は………』八『此の野郎汝ほど情けねえ奴はねえぜ、之が分らねえのか、餘ッ程汝は歌道が暗えな』熊『門が暗えからこそ、提灯を借りに來たんだ。』

初音の鼓

橘家圓太郎

今日でもお歴々方や、或ひは成金のお方などになると、さうでございますが、昔

(168)　娯愉快文庫

は御大名様がお樂みに骨董物を列べて嬉しがつて居りましたもので、夫も眞物ならば兎も角もつまらぬ道具を集て他の邸にはあるまい珍物であらうなぞと悦んで居ります、斯ふ云ふ邸に出入を致しまする道具屋さんは幇間七分商賣三分で御家來と共謀になつてどうも怪い品を賣付る事なぞがいくらもございます』殿『誰かと思ふたら藤兵衛か、久しく當邸にまゐらんナ』藤『御意にございます、大和巡をいたして居りまして夫故意外の御不沙汰を致しました、何時も御機嫌およろしう』殿『ウム大和巡をいたしたか、實に町人は羨しいの、行きたいと思ふ處へ勝手に何時もまゐられるが、何うも予のやうな身分になつては面白ふないの』藤『恐れ入ります、なれども殿様は種々骨董物を御並になりまして御覧遊ばすのは御樂みの事で、お羨ましい程御品を御集めで[illegible]』殿『予は珍しき品々を集るが道樂であるが、

娯愉快文庫　(169)

を手に取つて見ろ』藤『拜見を仕りませう』殿『其方も道具屋を致して居る以上は後學の爲じや、十分に其品を見てまゐれ』藤『有り難ふ存じます、成程玆に結構な糸柾の小な箱がございますが、之は中は何で』殿『排て見ろ』藤『オヤ〳〵蓋を取ましたが綿ばかりしかございません、御前様何が入つて居ります』殿『見えぬか』藤『ヘエ』殿『最も肉眼では不分解、予も求めてより以來、一遍も見た事がない』藤『何がございますので』殿『蚤の頭の八割が這入つて居る』藤『之は恐れ入ります』殿『當家より他に有まいナ』藤『左様でございます、蚤の睾の八ッ割など、とても御當家より他にございません、之に妙な黒く凝結た物がございますが之は何でございます』殿『ウムそれか夫は惡き病を除ると申し傳へてある天下無二の珍物ぢや』藤『藥でございますか』殿『イ

『橘家圓太郎落語集』(増田平和堂、大正９年）の表紙と速記。

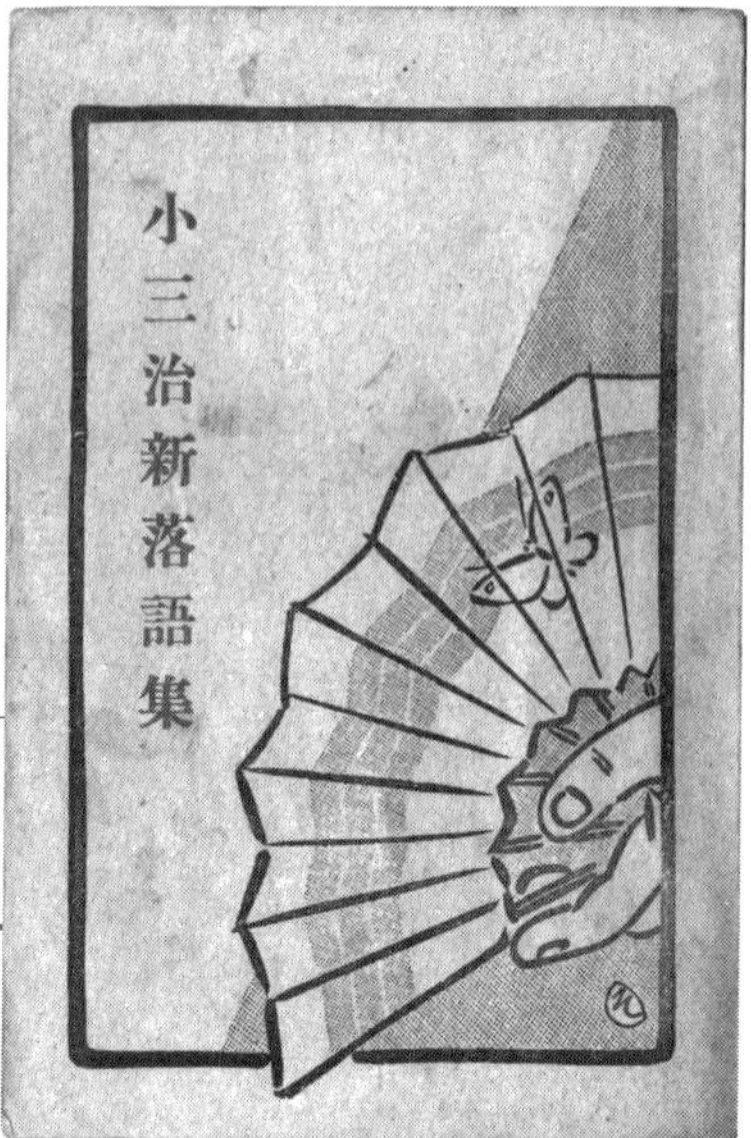

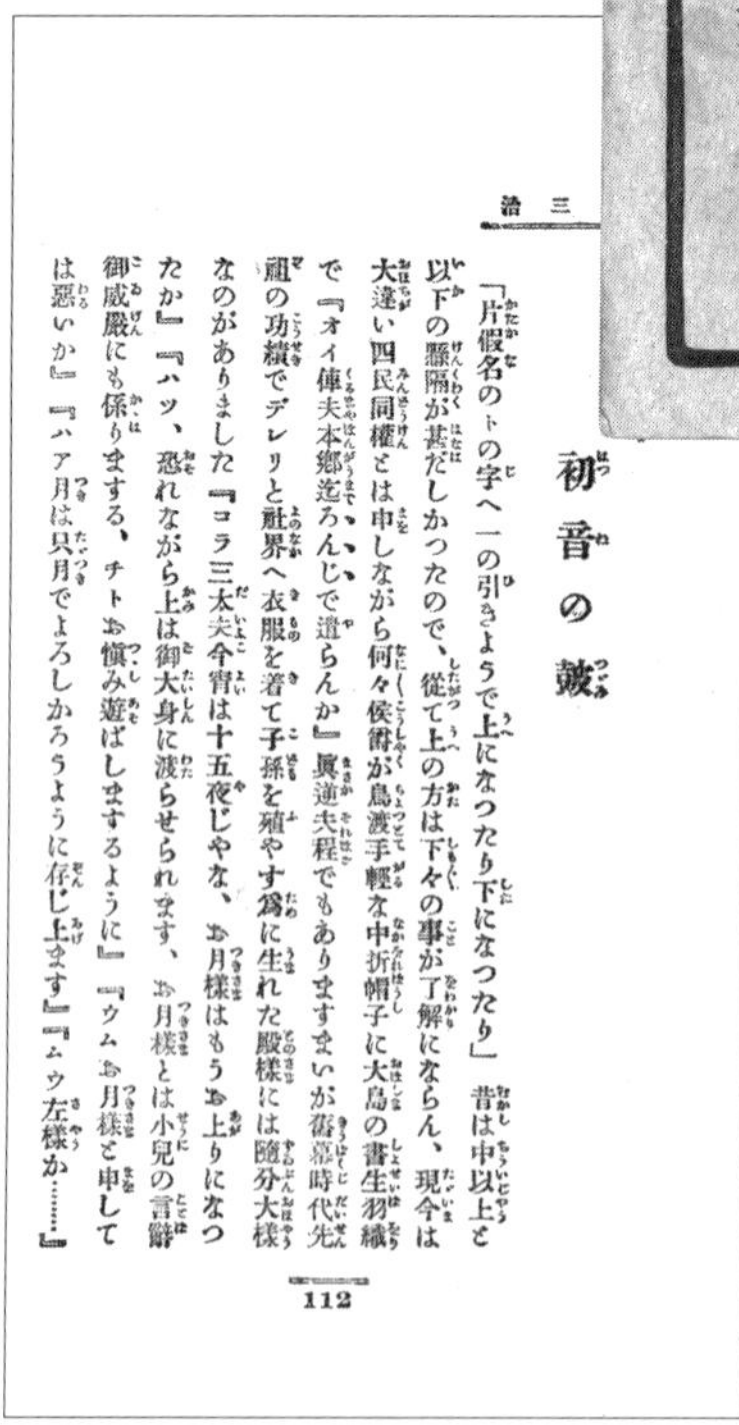

初音の鼓

「片假名のトの字へ一の引きようで上になつたり下になつたり」昔は中以上と以下の懸隔が甚だしかつたので、從て上の方は下々の事が了解にならん、現今は大違い四民同權とは申しながら何々侯爵が鳥渡手輕な中折帽子に大島の書生羽織で『オイ俥夫本郷迄ろんじで遣らんか』眞逆夫程でもありますまいが舊幕時代先祖の功績でデレリと社界へ衣服を着て子孫を殖やす爲に生れた殿様には隨分大様なのがありました『コラ三太夫今宵は十五夜じやな、お月様はもうお上りになつたか』『ハツ、恐れながら上は御大身に渡らせられます、お月様とは小兒の言辭御威嚴にも係りまする、チトお愼み遊ばしまするように』『ウムお月様と申しては惡いか』『ハア月は只月でよろしかろうように存じ上ます』『ムウ左様か……』

『小三治新落語集』（川津書店、大正11年）の表紙と速記。

「四代目三遊亭円馬」のカセットテープ
（KEIBUNSHA、昭和59年）。

「初音の鼓」は、小学生の頃に速記本を読み、ネタ自体は知っており、八代目林家正蔵師のテレビ中継も見たのを頼りに、クラスのお楽しみ会で演ったこともありました。

噺家になってから、素人の時に覚えていた台詞へ手直しを加え、平成十七年二月二十八日、三重県伊勢市内宮前おはらい町・すし久で開催した「第一六五回・みそか寄席」で初演しましたが、楽しく、高座を務めることが出来たので、その後、全国各地の落語会や独演会で上演しています。

鼓を打つ回数は、本当に百に近い数を数えて打つ訳ではありませんが、本書では、実数に近い数で表記したことで、くどく感じる方もおられるでしょうが、お許しくださいませ。

ちなみに、初音という、めでたい言葉が付いているだけに、昔から正月に上演されることが多かったそうです。

第二次世界大戦前に刊行された速記本には、数多く掲載されており、『圓遊小さん落語集』（金蘭社、明治三十二年）、『三友桂両派合作新作舌戦／落語元帥』（立川文明堂・井上盛進堂、明治四十三年）、『圓右小さん新落語集』（三芳屋書店、明治四十四年）、『桂派三友派合作／新作落語名人揃』（岡本増進堂、大正四年）、『圓蔵新落語集』（若月書店、大正七年）、『橘家圓太郎落語集』（増田平和堂、大正九年）、『三遊やなぎ名人落語大全』（交成會出版部、大正十一年）、『小三治新落語集』（川津書店、大正十一年）、『名作落語全集／開運長者編』（騒人社書局、昭和四年）、『評判落語全集／下』（大日本雄辯會講談社、昭和八年）。

ＬＰレコード・カセットテープ・ＣＤは、八代目林家正蔵・四代目三遊亭圓馬などの各師の録音で発売されました。

浄瑠璃乞食

じょうるりこじき

徳「コレ、吉っつぁん。一体、何の用や？」

吉「実は、頼みがある。今年の町内の地蔵盆は、新しい提灯や行灯を誂えなあかんし、お供えも要るわ。寄付を集めるために、町内へ奉加帳を廻した」

徳「最前、ウチも廻って来たよって、何ぼか納めたはずや」

吉「仰山出してくれたよって、その後は、右に習えで、去年より集まったけど、困った家が一軒ある。実は、隣りの長兵衛や」

徳「隣りは、あかん。ケチの国から、ケチを広めに来たような親爺や。寄付を集めに行っても、『ウチは、お断り！　金はビタ一文、出ん、出ん』と、断りよる」

吉「皆が『地蔵盆ぐらい、何ぼか出せ。地蔵盆を、長兵衛の命日にする！』と、怒ってるわ」

徳「コレ、無茶を言うな。町内が揉めても、仕方無いわ」
吉「隣りに住んでたら、長兵衛の好きな物を知ってると思う。好きな物には、心を奪われる。吉っつぁんは、愛想が良うて、口が上手い。長兵衛の道楽で、話を合わして、寄付をもろて来てくれんか」
徳「わァ、嫌な役や」
吉「頭を下げて頼むよって、宜しゅうに」
徳「長兵衛の道楽は、金を貯めることと、算盤をパチパチさせることと、余所から何かをもらうことと、道で何か拾うことや」
吉「一遍、ドツきたいわ」
徳「まァ、落ち着け。そう言えば、まともな道楽が一つあるわ」
吉「ほんまに、まともか？　ひょっとしたら、何かを盗んで来る」
徳「いや、そやない。子どもの頃から、浄瑠璃が好きや」
吉「浄瑠璃と言うたら、義太夫か？」
徳「暇があったら、オガオガオガオガと、風邪引きのアザラシみたいな声を出してるわ」
吉「それを知ってるのも、隣りなればこそや。浄瑠璃にかこつけて、寄付をもろて来て」
徳「ほな、行ってみるわ。あァ、御苦労さん。（見送って）浄瑠璃を語りながら、隣りへ行こか。（浄瑠璃を語って）てこそ、入りにける。勝手知ったる、表の一間。ズズッと通りて、座りける」
長「表から、ケッタイな奴が入って来た。ほゥ、隣りの徳兵衛か。浄瑠璃を語りながら入って来たとは、何か魂胆があるらしい。わしも浄瑠璃で応対をせんと、負けになる。浄瑠璃の格が違うことを、思い知らせたろ。（浄瑠璃を語って）声を耳にし、主の長兵衛。奥の一間を立ち出でて、これは隣家の徳兵衛殿。何用あって、参られた？」
徳「（浄瑠璃を語って）と言うに、徳兵衛、形を改め。推参仕るは、余の儀にあらず。地蔵盆の軒吊り提灯に、大行灯の張り替え。仏前の供物に、供養の費用。僅かな喜捨を下されば、有難き幸せにござりますると、慇懃に、奉加帳を差し出だす」
長「（浄瑠璃を語って）聞いて驚く、主の長兵衛。出す物は、舌を出すのも嫌な某。その申し出に、胆を潰さん仕儀にござると、慇懃に、奉加帳を押し返す」
徳「（浄瑠璃を語って）情けの籠もる奉加帳を押し返すとは、義理・人情を重んじる者に相応しからぬ所業。如何に、如何にと呼ばわったり」
長「（浄瑠璃を語って）聞いて驚く、主の長兵衛。（泣いて）済まなんだ、済まなんだ、済まなんだわいのう！　ほんの一時の、気の迷い。よう、わしの目を覚まして下された。今の仕儀は、お忘れ下され。地蔵盆のことなれば、喜び、喜捨を致しましょうと、言いつつ、傍の箪笥より、金子一両取り出だし。これは誠に些少なれど、どうぞ、お納め下さりませと、慇懃に、喜捨の金を差し出だす」

徳「(浄瑠璃を語って)黙って、金子を押しいただき、これは過分の御喜捨。この町内で、金持ちと噂の高い岡屋でさえ、文句八百を並べた上、五十文より出さぬのに、小判一両の有難さ。さぞや、地蔵様も喜びましょう。仏であらぬ、私でさえ、嬉しゅうて、嬉しゅうて、涙が、チェーッ、零れますわい！」

長「(浄瑠璃を語って)やァ、何の泣かいで良いわいの。皆に宜しゅう、お伝えを」

徳「(浄瑠璃を語って)然らば、御免と立ち上がり、塵打ち払い、門口を、我家を指して、オォーン、立ち帰る！」

浄瑠璃を語りながら、寄付を受け取り、帰ってしもた。
これを表で見てたのが、町内の乞食で、何を思たか、門口へ立つ。

乞「(浄瑠璃を語って)お情け深い、旦那様。どうぞ、一文、お恵みを」

長「今日は、ケッタイな奴ばっかりが入って来るわ。(浄瑠璃を語って)誰かと思えば、いつもの菰人。やらぬ、やらぬ！　とっとと、表へ立ち去れ！」

乞「（浄瑠璃を語って）お断りとは、情け無や。思い起こせば、一昨日（おとつい）から、何も喰わずに居るものを。どうぞ、一文、お恵みを」

長「ええい、ドびつこい！」

乞「そこを、何卒（なにとぞ）」

長「貴様は、浄瑠璃の三味線を心得んか？」

乞「ほゥ、浄瑠璃の三味線とは？」

長「金は、ビタ一文、（口三味線で言って）デン、デン（※出ん、出ん）」

解説「浄瑠璃乞食」

一口に浄瑠璃と言っても、新内・清元・常磐津等と数多くありますが、どれも長唄・小唄などの唄物とは異なり、語りに重点を置いています。

代表的な浄瑠璃は義太夫節で、江戸時代、近松門左衛門と組み、大坂で人気を集めた、初代竹本義太夫が編み出した節が、時代を経るに連れて洗練され、演題の数を増やしながら、形を整え、令和の今日まで伝わる義太夫節となりました。

今でも大阪では、浄瑠璃と言えば、義太夫節を指すだけに、喉を押し潰すような発声法や、太棹の三味線の音色も、大阪人の心を揺さぶる要素が含まれているでしょうし、大阪人の気性が、浄瑠璃の声とマッチしていると思います。

この意見に異論を唱える方もおられましょうが、三重県松阪市の山間部で育った私から見ると、そのような芸に思えてならず、大阪人へ密着した浄瑠璃を題材にした落語が、当時の大阪で数多く創作されたのは、自然な流れと言えましょう。

東京落語も「寝床」「豊竹屋」「軒付け」「後家殺し」など、浄瑠璃に関するネタが上演されていますが、全てが上方落語からの移入と言っても過言ではなく、少しだけ浄瑠璃が出て来たり、パロディになっているネタもあり、「質屋芝居」「小倉船」などのように、歌舞伎の一幕を

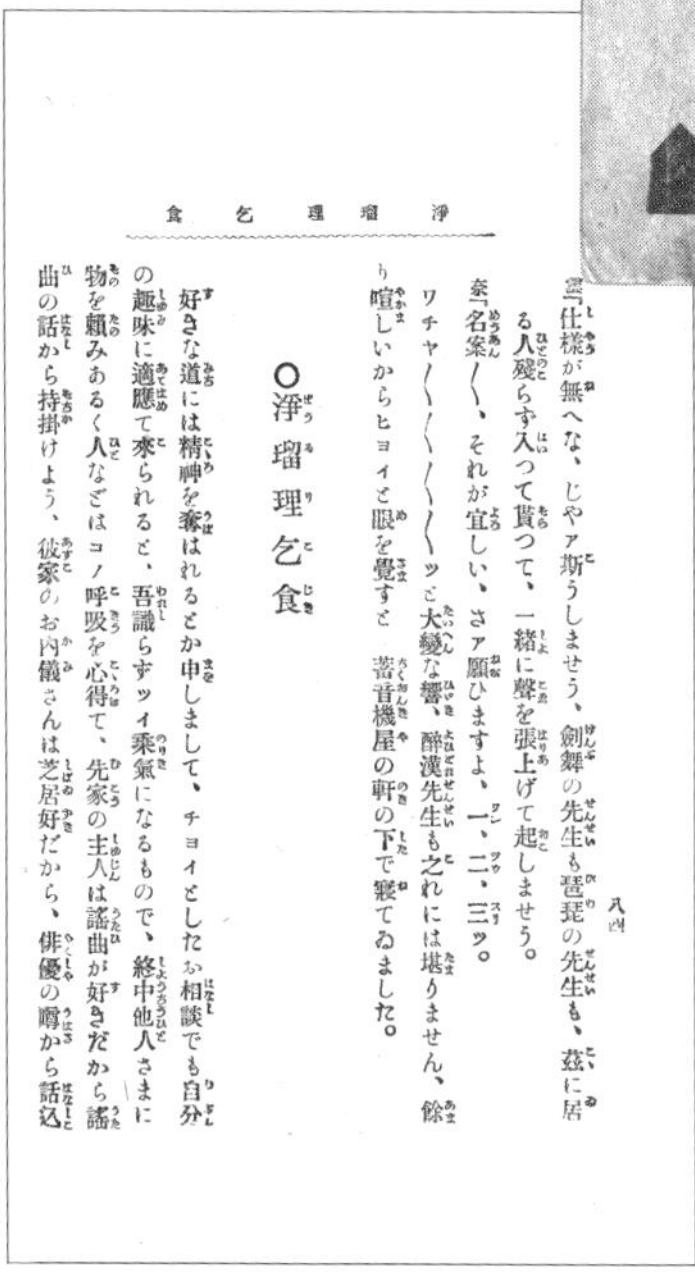

八四

浄　瑠　理　乞　食

雲「仕様が無へな、じやア斯うしませう、劍舞の先生も琵琶の先生も、玆に居る人殘らず入つて貰つて、一緒に聲を張上げて起しませう。

奈「名案〳〵、それが宜しい、さア願ひますよ、一、二、三ッ。

ワチヤ〳〵〳〵〳〵ッと大變な響、醉漢先生も之れには堪りません、餘り喧しいからヒヨイと眼を覺すと　蓄音機屋の軒の下で寢てゐました。

○淨瑠理乞食

好きな道には精神を奪はれるとか申しまして、チヨイとしたお相談でも自分の趣味に適應て來られると、吾識らずツイ乘氣になるもので、終中他人さまに物を賴みあるく人などはコノ呼吸を心得て、先家の主人は謠曲が好きだから謠曲の話から持掛けよう、彼家のお內儀さんは芝居好だから、俳優の噂から話込

『浪華落語真打連講演／名人落語と軽口揃』（文友堂書店、大正９年）の表紙と速記。

演じる時、噺家が浄瑠璃を語ることさえあるのです。

いずれにせよ、これらのネタを上演する場合、噺家に浄瑠璃の素養があると、説得力が増すのは、当然でしょう。

「浄瑠璃乞食」は、『浪華落語真打連講演／名人落語と軽口揃』（文友堂書店、大正九年）、『名人落語傑作集』（松要書店、昭和十四年）へ掲載されている短編が、ユニークな一席物になると思い、前半を付け加え、約十五分ほどのネタに仕立て上げました。

真面目に、くだらないことをすることで笑いを呼びましたが、登場人物が語る浄瑠璃も、少しは本物の匂いがしなければならないだけに、短編でありながら、油断の出来ないネタだと思います。

平成十四年十二月十九日、大阪梅田太融寺で開催した「第二五回／桂文我上方落語選（大阪編）」で初演しましたが、お客様が盛り上げてくださったお陰で、それなりの形になりました。

今後も、全国各地の落語会や独演会で上演しようと考えています。

植木屋娘

うえきやむすめ

或る寺の門前の植木屋で、主の名前が、幸右衛門。
結構な得意先が百軒もあり、家作（※貸家）や地所もあるという、裕福な植木屋。
別嬪の一人娘・お光が自慢の種で、寺の住職とは、至って、昵懇。

幸「和尚さん、こんにちは」
和「誰じゃと思たら、幸右衛門か。今日は、何の用じゃ？」
幸「節季やよって、書き出し（※請求書）を書いてもらいたい」
和「また、節季か」
幸「もし、そんな言い方をしなはんな。商人に節季は大事で、書き出しを百本書いてもらいたい。和尚さんの字は、評判が悪いわ。得意先へ持って行ったら、皆が『この書き出しは、戒名や塔婆の字に似てる』と言う」
和「世間様は、お目が高い。わしが書くと、どうしても、戒名や塔婆の字に似るのかな」
幸「納まってたら、どんならん。生きてる物を扱う植木屋の字が、戒名や塔婆の字に似てたら、困る。一寸、しっかりしなはれ！」
和「一々、偉そうに言いなはんな。幸右衛門は、字が書けんよって、わしが書いてる。そこへ置いといたら、暇を見付けて書くわ」
幸「悠長なことを言うてたら、どんならん。節季は、日が決まってる。それを外したら、いつ取れるか、わからん」
和「いつも急に言うてくるが、わしも用事がある。ほな、伝吉に行かして、書かせることにしょうか」
幸「居候の伝吉っつぁんは、字が書けるか？」
和「誰でも、自分と同じように思いなはんな。いつも伝吉と呼び捨てにしてるが、心の中では、様を付けてる。この寺で預かってるが、歴々の跡目。何れは世に出て、五百石の家督を相続せんならん。武家育ちで、字も立派に書く」
幸「伝吉っつぁんでも宜しいよって、直に来てもらいたい。ほな、御免！」
和「言うことだけ言うて、帰ってしもた。コレ、伝吉は居りませんか？」

伝「はい、何か御用で？」
和「植木屋が書き出しを書いてくれと言うて来たが、わしは用事があって、手が離せん。此方が植木屋へ行って、書いてもらいたい。幸右衛門は、口豪輩じゃが、腹の中は、何のわだかまりも無い、サッパリした男じゃ。何を言われても、気にせんように」
伝「心得ておりますし、行って参ります。（植木屋へ来て）お寺から参りました、伝吉で」
幸「おォ、伝吉っつぁん！　最前から、首を長して、待ってた。さア、上がって。一服は後で、先に書いてもらう。机の上へ、帳面や筆が揃えてあるわ」
伝「この帳面は、字が書いてございません」
幸「字が書けたら、自分で書くわ。わしが書けんよって、あんたに頼んでる」
伝「帳面へ筋が引いてあったり、チョボが打ってあります」
幸「筋一本が、百文。チョボ一つが、十文や」
伝「アノ、△は？」
幸「おォ、一貫や」
伝「ほな、○は？」
幸「あア、一分」
伝「ほゥ、●は？」

幸「一両ぐらい、わからんか！」
伝「言うてもらわなんだら、わかりません。それから、先方のお名前は？」
幸「それは、わしの心覚えになってる。言う通り、書いてくれたらええ」
伝「ほな、承知致しました。（筆を置いて）はい、書き終わりましてございます」
幸「えッ、書けた？　ほゥ、早いな！　こんなに早う書けるのに、クソ坊主は、二日も三日も引っ張りやがって。これからは、坊主へ頼まんと、あんたに書いてもらうわ。ほな、一杯呑んで。嬶、酒の支度をせえ！」

御馳走になり、帰った日をキッカケに、伝吉が植木屋へ遊びに来るようになったので、一寸したことでも、相談する。
伝吉も丁寧に応対するので、幸右衛門が腹の底から惚れ込んだ、或る日のこと。

幸「おい、嬶、嬶、嬶！」
嬶「まァ、烏やがな。大きな声を出して、何や？」
幸「ウチのお光は、去年十六、今年十七、来年十八と、世間で専らの評判！」
嬶「そんなことは、当たり前や」

幸「若い者が寄ると、お光の噂。お前は、パイライフみたいな顔をしてるけど」
嬶「パイライフて、何？」
幸「アンニャモンニャで、訳のわからん顔のことや。若い者が集まると、『植木屋の娘は別嬪になったよって、蹴倒そか、踏み割ろか』と、小便担桶(たんご)か、ドブ板みたいに吐かしてけつかる。植木へ虫が付いたら直すけど、娘の虫は直せん。難儀なことになる前に、お光へ良え養子をもろて、わしらが隠居をしょうと思うけど、どうや？」
嬶「まァ、結構な話やないか。何処かに、養子の当てでもあるの？」
幸「おォ、お寺の伝吉っつぁんが良えと思う」
嬶「伝吉っつぁんが養子に来てくれたら結構やけど、お光の気持ちは？」
幸「何ッ、お光の気持ち？　いや、お光に気持ちは無い！」
嬶「コレ、無茶を言いなはんな。お光にも、気持ちはあるわ」
幸「親が『伝吉っつぁんを、婿にする』と言うのに、グズグズ言わすか」
嬶「やっぱり、お光の気持ちを聞かなんだら」
幸「お光がグズグズ言うたら、ウチを放り出して、伝吉っつぁんを養子にもらう！」
嬶「実の娘を放り出して、赤の他人へ、家を譲る人があるか」
幸「そうなったら、仕方無いわ！　ほな、お前にも暇をやる」

嬶「まァ、嫌や！　この齢で、暇を出されて、何処へ行く？」
幸「伝吉っつぁんと、夫婦になったらええわ。二人で、わしを養え」
嬶「コレ、阿呆なことを言いなはんな。それより、お光の気持ちを聞かなんだら」
幸「よし、わしが聞く！　お光、此方へ来い。親が苦労してるのに、何を考えてる！」
嬶「一寸、待ちなはれ。ちゃんと、お光へ話をしたの？」
幸「あァ、まだや」
嬶「私が聞くよって、黙ってなはれ。お光ちゃん、ビックリしたやろ。お父っつぁんは、キョトの慌て者。お寺の伝吉っつぁんに養子に来てもろて、私らが隠居をしょうと思うの。あんたさえ良かったら、お父っつぁんが話をしに行ってくれる。あんたの気持ちは、どや？　まァ、真っ赤な顔をして。畳へ、のの字を書いてるわ」
幸「ほゥ、糊屋の看板にしょうと思て。字は書けんでも、それぐらいは知ってる。お光、伝吉っつぁんでええか？　黙って、頷いてるわ。伝吉っつぁんを養子にもろて来るよって、待っててえよ。(寺へ来て)和尚さん、こんにちは！」
和「誰じゃと思たら、幸右衛門かいな。また、節季か？」
幸「そう再々、節季は無いわ。ウチの娘のお光は、近所でも評判の別嬪や」
和「我が娘の自慢をしたら、親が阿呆に見えるわ」

幸「親は阿呆でも、娘は良え子を産んでる。お光は、去年十六、今年十七、来年十八と、世間で専らの評判。若い者が集まったら、『踏み割ろか、蹴倒そか』と、小便担桶か、ドブ板みたいに吐かしてけつかる。植木へ虫が付いたら直すけど、娘の虫は直せん。お光へ養子をもろて、わしと嬶が隠居をしょうと思うけど、どう思いなはる？」
和「ほゥ、良え話じゃ」
幸「和尚さんも、良え話と思うか？」
和「あァ、結構なことじゃ」
幸「ほんまに、結構か？（両手を出して）ほな、もらいまひょ！　伝吉っつぁんを、養子にもらいまひょ！」
和「養子の相手は、伝吉か？　それは、あかん」
幸「今、結構と言うた！」
和「相手が誰かわからんよって、結構と言うた。前も言うたが、伝吉は、五百石の跡目を相続せんならん身。他家へ、養子にやる訳には行かん」
幸「伝吉っつぁんは、頭が良えし、若い。ウチの秘伝の接ぎ木も根分けも教えて、大坂一の植木屋にする。二人が夫婦になったら、男前と別嬪やよって、良え子が引けるわ」
和「コレ、牛みたいに言いなはんな。いや、そんな訳には行かん」

幸「片意地なことを言わんと、お呉れ。和尚さんも、死んだ者の世話ばっかりせんと、たまには、生きた者の世話もしなはれ！」
和「コレ、ケッタイなことを言いなはんな」
幸「一寸、考えてみなはれ。若い夫婦は、直に子どもが出来る。初めての子どもは、滅多に育たん。直に、和尚さんの商売や。商いへ、身を入れなはれ」
和「一々、阿呆なことを言いなはんな。いや、そんな訳には行かん！」
幸「どうしても、あかんか？　ほな、要らんわ！　頭を下げて頼んでるのに、ゴジャゴジャ言いやがって。ほな、帰るわ。(家へ帰って) 今、帰った」
嬶「まァ、どんな塩梅？」
幸「あァ、あかん！」
嬶「初めから、あかんと言うてる。一人で、チョカチョカしてるだけや」
幸「クソ坊主が、伝吉っつぁんに話もせんと、あかんと吐かす。いや、わしは諦めん！伝吉っつぁんを呼んで、酒を呑まして、お光と二人切りにしょう」
嬶「一体、何を考えてる？」
幸「伝吉っつぁんが来たら、お前は風呂へ行け。わしが『あァ、思い出した！　得意先へ植木を持って行くのを、コロッと忘れてたわ』と言うて、二人切りにする。裏へ廻ると、焼板の塀に、節穴が開いてるよって、中を覗く。若い男と女子が、二人切り。酒が入ったら、伝吉っつぁんも男やよって、お光の手を握る。ほな、わしが飛び込んで、『コレ、伝吉っつぁん！　何で、お光の手を握りなはる。手を握ったら、子どもが出来るわ。さア、ウチへ養子に来い！』」
嬶「コレ、そんな無茶な話」
幸「いや、何でもええ。酒と肴の支度をして、伝吉っつぁんを呼べ！」
呼び出された伝吉っつぁんこそ、災難の塊を、総身へ受けたのと同じで。
伝「アノ、何か御用で？」
幸「おォ、伝吉っつぁん！　用事やのうて、一杯呑んでもらいたい。奥へ通って、お膳の前へ座って。直に、酒の燗が付く。嬶、風呂へ行け！　さア、風呂へ行って来い！」
嬶「えッ、お風呂？　最前、行って来た」
幸「あア、不細工な奴や。もう一遍、行って来い！」
嬶「所帯人が、日に二遍も三遍も行けるか」
幸「あア、何遍でも行って来い！　同じ風呂屋へ行くのは体裁が悪かったら、遠くの風呂屋へ行け！　伝吉っつぁん、嬶が風呂へ行きよった。『伝吉っつぁんが来たよって、行ったらあかん』と言うてるのに、どうしても行くと言うて、片意地な奴や。おい、お光。伝吉っつぁんへ酌をして、わしも注いでくれ。（酒を呑んで）あァ、思い出した！　得意先へ、植木を持って行くのを、コロッと忘れてたわ。届けるよって、二人で呑んどいて。あァ、直に帰って来る。直と言うても、ほんまの直やない。ゴジャゴジャとするぐらいの暇はあるよって、心配は要らん。あんたやよって、お光を任せるわ。伝吉っつぁんとお光と、お光と伝吉っつぁんと。あァ、暑いな！（植木鉢を持って）さァ、裏へ廻った。焼板の塀へ、節穴が開いてるのは、有難い。大工に、節穴が開いてると怒ったけど、開いてて良かった。（節穴を覗き、道を通る者へ気付いて）いえ、何でもない。どうぞ、お通り。自分の家を覗いてるよって、ケッタイな顔をしてるわ。（節穴を覗いて）二人並んで、座ってる。伝吉っつぁんは男前で、お光は別嬪。ほんまに、雛はんの夫婦みたいや。お光が、何か言い出した。『もし、伝吉っつぁん。ウチのお父っつぁんは、キョトの慌て者で』。親はキョトの慌て者でも、娘は良え子を産んでる。また、何か言い出した。『まァ、伝吉っつぁん。お一つ、如何？』。教えもせんのに、あんなことを言うようになった。お酌の仕方も上手いけど、何処かで仲居でもしてるか？　もっと、伝吉っつぁんの傍へ寄れ。伝吉っつぁんが、『お光っつぁんも、お一つ如何？』。伝吉っつぁんも、中々、やりよる。お光が盃を受ける所から、事が始まるわ。さァ、受けんか。何ッ、『アノ、私は不調法』。盃を受けなんだら、伝吉っつぁんが、ダレるわ。あァ、気の利かん女子や。子どもの頃から、女一通りのお茶・お花・縫針・琴・三味線は仕込んだけど、酒を仕込むのを忘れてた。お光が盃を受けんよって、伝吉っつぁんが、モジモジしてる。『お父っつぁん、お帰りやございませんな』。事が起こるまで、帰らん！　伝吉っつぁんが立ち上がって、『ほな、失礼します』。引き止めな、あかん！　『ほな、そういうことで』と、送りに立ってけつかるわ。おい、何をする！」

焼板の塀へ、顔を押し付け、顔半分が真っ黒けになってしもた。

幸「おい、お光！」

光「お父っつぁん、面白い顔！」

幸「いや、放っとけ！　親は面白い顔でも、娘は別嬪や。何ッ、鏡を見てみい？（鏡を見て）親は、顔まで苦労（※黒）して、娘の心配をしてるわ」

嬶「はい、只今」

幸「この忙しい時に、何処へ行ってた！」

嬶「まァ、何を言うの。あんたの言う通り、お風呂へ行ってた」
幸「所帯人が、日に何遍、風呂へ行く！」
嬶「そやけど、あんたが行けと言うよって」
幸「行ってもええけど、直に帰って来い！」
嬶「それで、どんな塩梅？」
幸「お光が、あかん！　大体、お前の躾（しつけ）が悪い！」
嬶「お光ちゃん、此方へ来なはれ。今度は、お母はんが叱られてるやないか。伝吉っつぁんの前で、どんな行儀の悪いことをしたの？」
幸「いや、行儀が良過ぎるわ！　一寸、お前の尻癖の悪い所を教えとけ！」
嬶「娘の前で、何を言いなはる。私が、何をしたと言うの？」
幸「まァ、何でもええ！　酒の一杯も呑めんとは、情け無い娘や」
嬶「あんたが一人で騒いでも、仕方無い。無い縁と思て、諦めなはれ」
幸「いや、諦め切れん！」

真っ黒な顔で、汗を掻いても、こればっかりは仕方無い。
それから、二、三の縁談はあったが、お光が気が進まんので、纏まらん。

その内に、「植木屋の娘は、男嫌い」という噂が立った、或る日のこと。

嬶「一寸、えらいことや！」

幸「おォ、火事か？」

嬶「落ち着いて、聞きなはれ。どうやら、お光のお腹が大きいらしい」

幸「何ッ、お光の腹が大きい？　お前が、あかん！」

嬶「これは女親の役やよって、謝ります」

幸「そやよって、いつも言うてる。『大きなっても、まだ、子どもや。飯を食う時は、傍へ付いて、給仕をしたれ』と言うてるのに、お櫃（ひつ）を当てがうよって、何ぼでも食べるわ。若い娘の腹が、ボテッと出てたら、恰好（かっこ）悪い」

嬶「食べ過ぎと違て、お腹へ出来た」

幸「ほゥ、出来物が？」

嬶「お出来と違て、酸っぱい物が食べたいようなことになって」

幸「ほな、何ぼでも食わしたれ。梅干しでも、夏みかんでも」

嬶「どう言うたら、わかる。アノ、妊娠！」

幸「ほゥ、鰊（にしん）か？」

嬶「いや、懐胎（かいたい）！」
幸「おォ、何が買いたい？」
嬶「コレ、何を言うてる。お腹へ、やや子が出来たの」
幸「お光の腹へ、子どもが出来た！　わァ、めでたい！」
嬶「何が、めでたいの。相手の男はんが、誰か知れん」
幸「あッ、えらいことや！」
嬶「今、気が付いたらしい。お咲さんが、『お風呂で見たら、様子が奇怪しい。大分、月が重なってる』と言うてはる」
幸「ど、ど、ど、どうしたらええ？」
嬶「ちゃんと、物も言えてないわ。お光を呼んで、私が聞く。あんたが聞いたら、怖がって、何も言わんようになる。あんたは、二階へ上がってなはれ」
幸「相手の男が誰かというのは、一番良え所や。お前が一人で聞くのは、ずるいぞ！」
嬶「何やら、講釈を聞くように言うてるわ。ほな、二階へ上がった所に居りなはれ。お光を段梯子の下へ呼び出して、相手の男はんが知れたら、上へ言うわ」
幸「二階へ聞こえるように、大きな声で言うてくれ。ほな、しっかり頼むわ。（踊って）ウチのお光は、ボテレンじゃ！　ウチのお光は、ボテレンじゃ！」

嬶「踊りながら、二階へ上がって行った。ほんまに、阿呆と違うか。一寸、お光ちゃん。大事な話があるよって、段梯子の下へ来なはれ。ウチは先祖代々、大事な話は、段梯子の下ですることになってる。さァ、そこへ座りなはれ。あんたは、お母(かあ)はんに隠してることがあるのと違うか？　何か、隠してるやろ？」
光「（俯(うつむ)いて）アノ、いえ」
嬶「コレ、隠さんでも宜しい。お咲さんに聞いて、よう知ってる。あんたは、お腹が大きいのやろ？」
光「（俯いて）お父っつぁんに知れたら、叱られる」
嬶「お父っつぁんには、怒らんように話をしたげるよって、正直に言いなはれ。あんたのお腹を大きしてやったのは、誰方や？」
光「（俯いて）アノ」
嬶「アノでは、わからん。相手の男はんは、誰方や？」
光「私のお腹を大きしてやったのは、お寺の伝吉っつぁん」
まさかと思う、お寺の伝吉っつぁんという名前を聞いた。
一寸でも早う、幸右衛門へ教えてやりたい。

嬶「ほな、何か！　あんたのお腹を大きしてやったのは、（二階へ向かって）お寺の伝吉っつぁんかいなァーッ！」

この声を聞くなり、二階から転んで落ちて来た。

幸「お光、逃げんでもええ！　あァ、よう取った！　あの取りにくい伝吉っつぁんを、よう取ったわ。おい、嬶。鰹節を掻いて、雑魚（じゃこ）を乗せたれ」

嬶「猫が、鼠（ねずみ）を捕ったみたいに言いなはんな」

幸「今度こそ、クソ坊主に、ゴジャゴジャ言わさん。伝吉っつぁんを、もろて来る！」

嬶「お寺へ行くのやったら、羽織の一枚も引っ掛けて行きなはれ」

幸「ほな、これを引っ掛けて」

嬶「それは、私の腰巻や」

幸「ややこしい所へ、腰巻を置くな。ほな、お寺へ行って来るわ！　（寺へ来て）和尚さん、こんにちは！」

和「また、来た。暫くの間、顔を見せなんだよって、助かってたわ。一体、何の用じゃ？」

幸「（笑って）わッはッはッは！　さァ、伝吉っつぁんを養子にもらいまひょ！」

和「こないだも言うたように、五百石の家督を相続せんならん」
幸「五百石が、八百石が、一万石でも、あかん！　ウチのお光は、ボテレンじゃ！」
和「伝吉が、お光っちゃんのお腹を大きした？　ほな、妊娠か？」
幸「鰊が、棒鱈が、数の子でも、あかん！　さァ、養子にもらいまひょ！」
和「伝吉は、五百石の跡目を相続せんならん」
幸「何を、ゴジャゴジャ言うてる。伝吉っつぁんは賢いよって、良え植木屋になるわ。ウチの秘伝の接ぎ木も根分けも教えて、得意先も譲る。直に、子どもが生まれるわ。男の子やったら、其方（そっち）へ廻して、五百石でも、八百石でも、継がしたら宜しい」
和「コレ、無茶を言いなはんな。侍の家を、勝手に取ったり継いだり出来ん」
幸「あァ、大丈夫！　接ぎ木も根分けも、ウチの秘伝ですわ」

解説「植木屋娘」

主人公・幸右衛門の底抜けに明るく、能天気な人柄へ、上方言葉の粘着性・味わい・大阪人の発声が加わることで、とても賑やかで、楽しいネタになっています。

東京落語で上演すると、幸右衛門がアッサリし過ぎる上、コントになりにくく、大袈裟(おおげさ)に演れば演るほど、わざとらしくなり、説得力が薄れてしまうでしょう。

無論、演者の腕にもよりますが、成功例を見たことがありませんし、上方落語では「幸右衛門のようなことを言ったり、行ったりしたい」と思えるような人物に仕上げてあるのです。

第二次世界大戦前、「このままでは、上方落語は滅びる。文字で残しておけば、後々、志のある者が復活をさせてくれると思う」と考え、私財を投入し、昭和十一年から四年間、「上方はなし」という雑誌を四十九冊刊行し、百近い速記を残した五代目笑福亭松鶴の十八番が「植木屋娘」でした。

五代目松鶴の予想通り、戦後、『上方はなし』を土台にし、数多くのネタが甦り、令和の今日まで、上方の名作落語が語り継がれることになったのです。

五代目松鶴の晩年、「植木屋娘」を病床で教わったのが、五代目桂文枝（※当時、桂あやめ）師で、その後、自身の十八番にもなりました。

六代目笑福亭松鶴・三代目桂米朝・二代目桂小南・二代目桂枝雀・二代目桂春蝶という師匠連も上演しましたが、高座へ掛けることが多かったのは文枝師で、幸右衛門のキャラクターの描き方が大胆で、可愛らしく、パワフルだったのです。

高校時代、神戸のサンテレビが制作した「上方落語大全集」という番組で、三代目桂小文枝時代の「植木屋娘」を、ネットしていた三重テレビで見ました。

大袈裟とも言えるほど、力で押し切る高座に圧倒されましたが、オチが理解出来ず、「あれだけ面白かったのに、最後は何？」という疑問が残ったのです。

ラストまで盛り上がったネタでも、「取りあえず、これで終わり！」という感じで、不時着に近い形で終了することも、落語では多いと言えましょう。

従来は、お光が妊娠したと、和尚に聞かされた伝吉が、「私は、五百石の家督相続をせねばならぬ身。彼方は、商売が植木屋。根が、拵え物かと存じます」と言うのがオチですが、上質ではなく、わかりにくい。

拵え物とは、昔、夜店などで、悪質な商人が売る植木のことで、根が無く、直に枯れる物が多かったそうですが、これをオチにすると、伝吉が悪者になり、爽やかさが無くなります。

文の家かしく（三代目笑福亭福松。京都在住）から教わり、東京で上方落語を普及させた、二代目桂小南師が「流石、植木屋さん。上手に、根廻しをしなさった」というオチに替えたり、他にも違うオチや演出もありましたが、どれも似たりよったりで、長年、米朝師は演ろうと思わなかったそうですが、キョトの慌て者と言われる幸右衛門の人柄が、何となく好きだったので、オチを改め、上演することになりました。

「四代目文團治の親父っさんの描き方が抜群に面白く、五代目松鶴は総合点で一番。落語を知らん田舎の団体客を、この噺で引き付けてしまったことがある。桂南天は、和尚が良かった。幸右衛門が金持ちという設定になっているが、それを強調しない方が良いと思う」と、米朝師は述べています。

キョトの慌て者の幸右衛門は、親から譲り受けた財産があったかも知れませんが、わが身一代で財産家になったとも思えないだけに、噺の最初に、真面目で、実直な人間という印象を与えてしまうのは得策とは言えないかも知れません。

しかし、真面目で、実直な性格なればこそ、娘のことで苦悩するとも思うだけに、演者の解釈で、幸右衛門の性格や環境を設定しても良いでしょう。

幸右衛門が女房へ、「お前は、パイライフみたいな顔」と言う件がありますが、「パイライフとは、何なのだろう?」と思い、米朝師に尋ねると、「わしも知らんけど、面白い言葉やよって、そのまま使てる」とのこと。

調べても、わからないことがあると、米朝師に尋ねましたが、さすがの米朝師でも知らないことがあると、「わしは知らんよって、知ってる人に聞いてくれ」「知ってる人は、どこにおられます?」「それも、知らん!」。

「わしが推測で間違いを教えたことを、誰かに言うやろ。その人が次の人に言うと、次々に間違いが広がっていく。それを避けるために、知らんことは知らんと言うようにしてる」とのことですが、これは大切な料簡で、年配になるほど、若者に質問されると、知らないとは言いにくく、曖昧なことを言ってしまうことが多いのです。

知らないことを、知らないと言える人は、知ってることは、余程、自信があり、的確に伝えてくれていると考えても、間違い無いでしょう。

結局、パイライフとは、わからないままだったのですが、最近、ネットで検索をすると、興味深い記事が出て来ました。

パイライフとは、悪魔・悪霊・邪神に分類されるべき存在で、災厄の前兆を体現した物だそうで、他の説明では、「作中世界に伝わる、都市伝説の怪物とも言われ、また、江戸末期の横浜近辺に住んでいた、中国南部出身の荷役夫の総称・牌来夫のような顔を言い、女性への顔の悪口だった」ということが掲載されていたのです。

信憑性という点で、責任は持ちかねますが、一応、このようなことが掲載されていたことだけは述べておきましょう。

第二次世界大戦前、東京落語では、噺の所々へ「エッヘッヘ」という笑い声を入れ、人気者になった七代目春風亭柳枝が、「植木屋の娘」という演題で、上演していました。

師匠（二代目桂枝雀）が、このネタを高座へ掛けたのは、私が入門した、昭和五十四年以降で、米朝師の許へ稽古に行く時、自宅から送り出した覚えがあります。

なぜ、このネタを上演する気になったかを聞かなかったことは悔やまれますが、幸右衛門を楽しく、可愛らしい父親に描きました。

師匠は、娘がいなかったので、仮想体験で、娘の父親を楽しんでいたのかも知れません。

平成二十七年四月二十一日、大阪梅田太融寺で開催した「桂文我上方落語選（大阪編）／強烈な三日間初日」で初演しましたが、上演時間に比べ、言葉の数が多いので、台詞を語り続けることが中心になり、大切な噺の世界の雰囲気が置いてきぼりになる危険性を感じている間に終わったように思います。

このようなタイプのネタも数多くあり、「寝床」「崇徳院」なども、この傾向があると言えましょう。

その後、落ち着いて、ゆったりと演じるように心掛けてから、多少は演りやすくなり、受けも良くなりました。

今後も、自らの齢に合う演り方で、このネタの面白さを表現したいと考えています。

昔と現在の結婚感や庶民感覚の違いを、他のネタより感じるかも知れないだけに、現在の感覚に近付くか、昔の風情・状況を重視するかは、演者の判断に委ねられるでしょう。

いずれにしても、幸右衛門の陽気さと、女房の誠実さ、お光の可愛らしさ、伝吉の真面目さ、和尚のホンワカした雰囲気を失ってはいけないと思いますし、未来永劫、陽気で、楽しいネタ

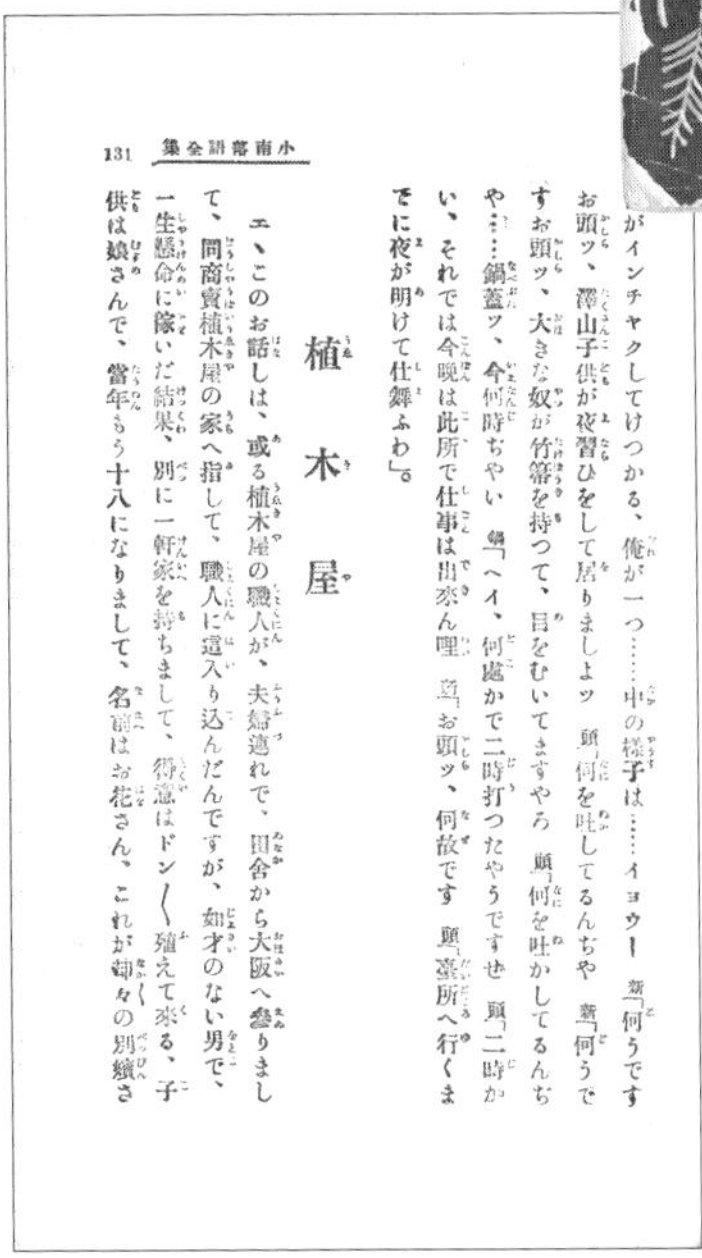

131　小南落語全集

がインチヤクしてけつかる、俺が一つ……中の様子は……イヨウー　新「何うです　お頭ツ、澤山子供が夜習ひをして居りましよツ　頭「何を吐してるんぢや　新「何うです　お頭ツ、大きな奴が竹箒を持つて、目をむいてますやろ　頭「何を吐かしてるんぢや……鍋蓋ツ、今何時ぢやい　鍋「ヘイ、何處かで二時打つたやうですせ　頭「二時かい、それでは今晩は此所で仕事は出來ん哩　新「お頭ツ、何故です　頭「臺所へ行くまでに夜が明けて仕舞ふわ」。

植木屋

エ、このお話しは、或る植木屋の職人が、夫婦連れで、田舍から大阪へ參りまして、同商賣植木屋の家へ指して、職人に這入り込んだんですが、如才のない男で、一生懸命に稼いだ結果、別に一軒家を持ちまして、得意はドン〳〵殖えて來る、子供は娘さんで、當年もう十八になりまして、名前はお花さん、これが仲々の別嬪さ

『かつら小南落語全集』(三芳屋書店、大正5年)の表紙と速記。

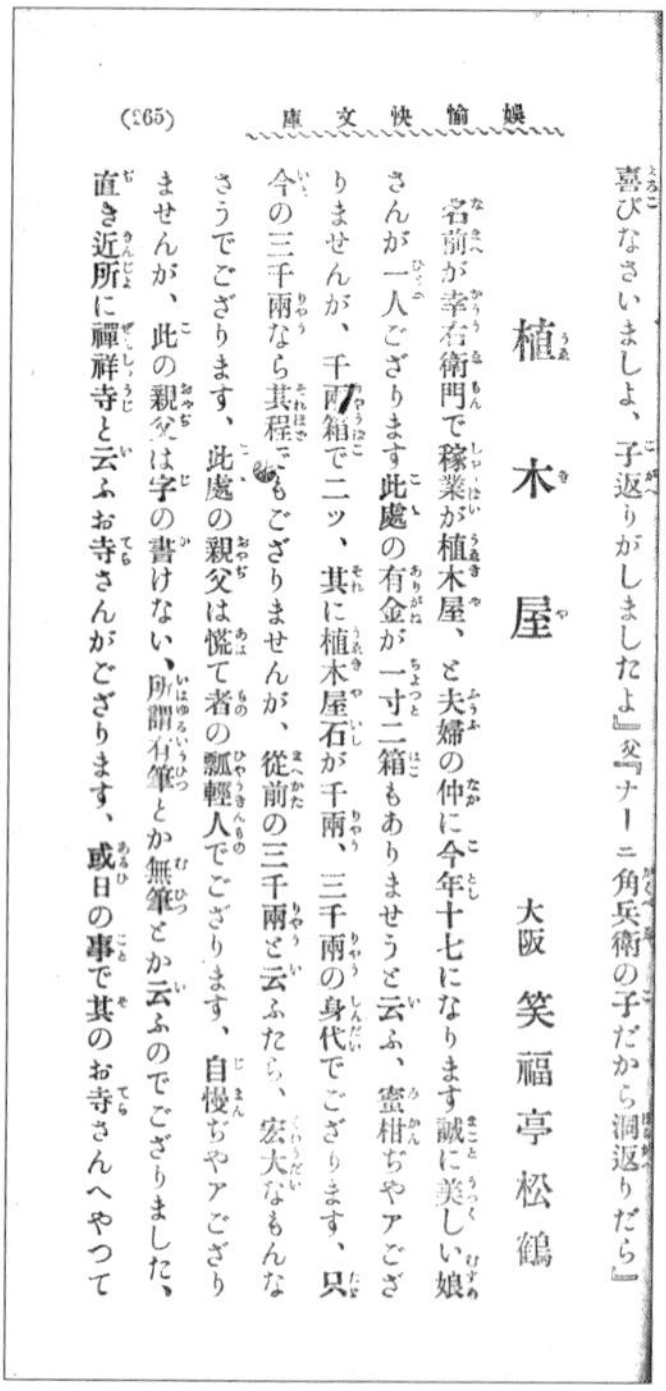

喜びなさいましよ、子返りがしましたよ』父『ナーニ角兵衛の子だから洞返りだら』

植木屋

大阪　笑福亭松鶴

名前が幸右衛門で稼業が植木屋、と夫婦の仲に今年十七になります誠に美しい娘さんが一人ござります此處の有金が一寸二箱もありませうと云ふ、蜜柑ぢやアござりませんが、千両箱で二ツ、其に植木屋石が千両、三千両の身代でござります、只今の三千両なら其程でもござりませんが、従前の三千両と云ふたら、宏大なもんなさうでござります、此處の親父は慌て者の瓢軽人でござります、自慢ぢやアござりませんが、此の親父は字の書けない、所謂有筆とか無筆とか云ふのでござりました、直き近所に禪祥寺と云ふお寺さんがござります、或日の事で其のお寺さんへやつて

『娯愉快文庫／柳家小さん落語集』（増田平和堂、大正９年）の表紙と速記。

『キング文庫／落語傑作集』（大日本雄辯會講談社、昭和12年）の表紙と速記。

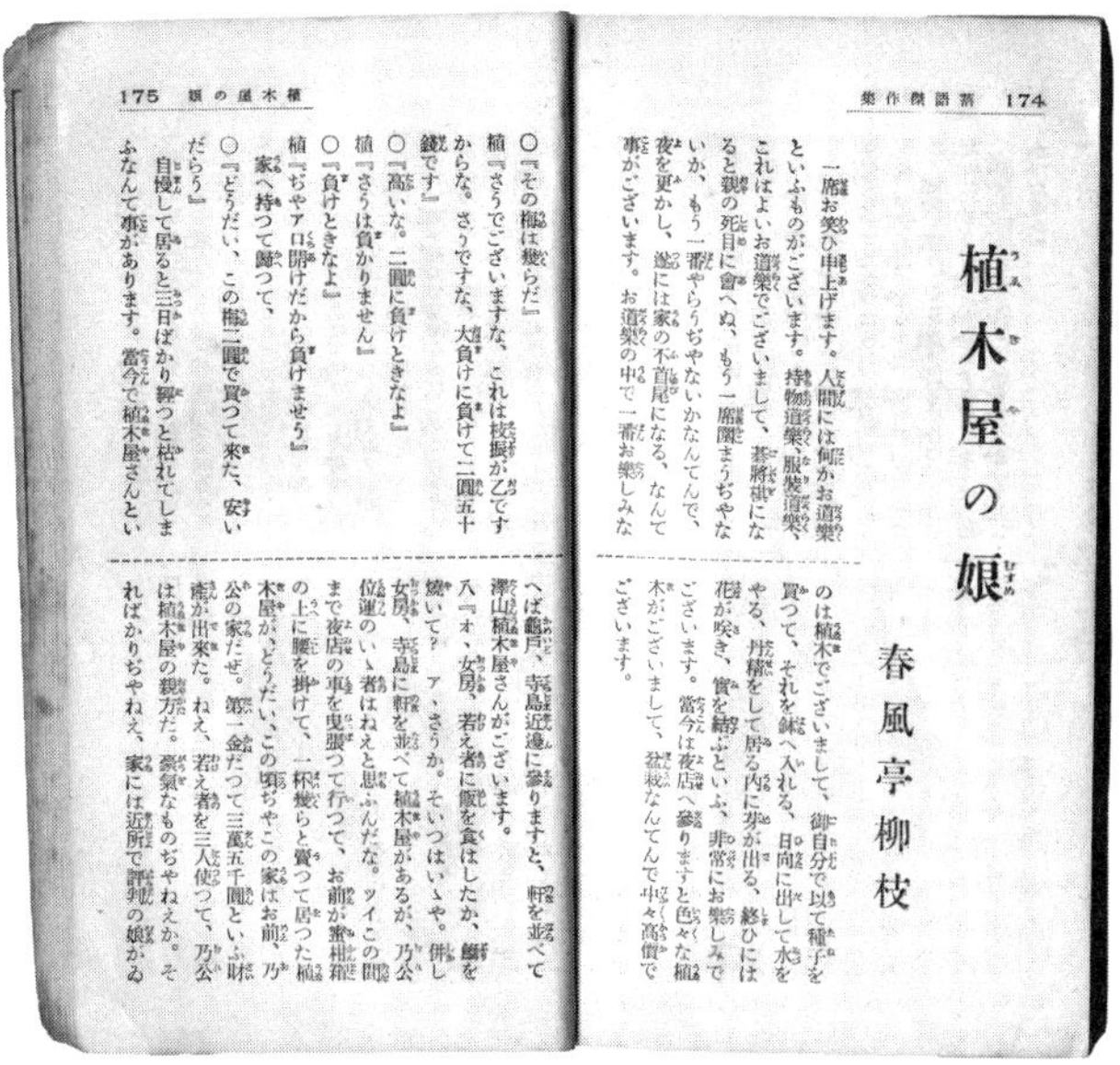

植木屋の娘

春風亭柳枝

一席お笑ひ申上げます。人間には何かお道樂といふものがございます。持物道樂、服裝道樂、これはよいお道樂でございまして、碁將棋になると親の死目に會へぬ、もう一席擲まうぢやないか、もう一番やらうぢやないかなんてんで、夜を更かし、遂には家の不首尾になる、なんて事がございます。お道樂の中で一番お樂しみなのは植木でございまして、御自分で以て種子を買つて、それを鉢へ入れる、日向に出して水をやる、丹精をして居る内に芽が出る、終ひには花が咲き、實を結ぶといふ、非常にお樂しみでございます。當今は夜店へ參りますと色々な植木がございまして、盆栽なんてんで中々高價でございます。

○『その植木は幾らだ』
植『さうでございますな、これは枝振が乙ですからな。さうですな、大負けに負けて二圓五十錢です』
○『高いな。二圓に負けときなよ』
植『さうは負かりません』
○『負けときなよ』
植『ぢやア口開けだから負けませう』
家へ持つて歸つて、
○『どうだい、この植木二圓で買つて來た、安いだらう』
自慢して居ると三日ばかり經つと枯れてしまふなんて事があります。當今で植木屋さんといへば龜戸、寺島近邊に參りますと、軒を並べて澤山植木屋さんがございます。

八『オ、女房、女房、若え者に飯を食はしたか、鮨を燒いて？　ア、さうか。そいつはいゝや。併し女房、寺島に軒を並べて植木屋があるが、乃公位運のいゝ者はねえと思ふんだな。ツイこの間まで夜店の車を曳張つて行つて、お前が蜜柑箱の上に腰を掛けて、一杯幾らと賣つて居つた植木屋が、どうだい、この頃ぢやこの家はお前、乃公の家だぜ。第一金だつて三萬五千圓といふ財産が出來た。ねえ、若え者を三人使つて、乃公は植木屋の親方だ。豪氣なものぢやねえか。それればかりぢやねえ、家には近所で評判の娘がゐる

「桂枝雀独演会」二代目桂枝雀のLPレコード（東芝EMI、昭和57年）。

「六代目笑福亭松鶴 上方はなし」のLPレコード（ビクター、昭和49年）。

として伝えることが、大切なのではないでしょうか。

第二次世界大戦前に刊行された速記本は、『松鶴の落語』（三芳屋書店、大正三年）、『かつら小南落語全集』（三芳屋書店、大正五年）、『娯愉快文庫／柳家小さん落語集』（増田平和堂、大正九年）、『キング文庫／落語傑作集』（大日本雄辯會講談社、昭和十二年）があります。

ＬＰレコード・カセットテープ・ＣＤは、二代目桂小南・六代目笑福亭松鶴・三代目桂米朝・四代目桂文紅・二代目桂枝雀・二代目桂春蝶等の各師の録音で発売されました。

親子の嫁入り
おやこのよめいり

甚「さア、此方へ入り。今日は、何の用じゃ？」
喜「ボチボチ、嫪をもらおと思て」
甚「ほゥ、結構な話じゃ。嫁は、何処から来る？」
喜「それが決まってないよって、あんたの顔で、一匹廻して」
甚「コレ、猫の子をもらうみたいに言うな。ところで、食い溜めはあるか？」
喜「食い溜めは無いけど、ウチの裏に、掃き溜めがある」
甚「一々、ケッタイなことを言うな。大体、お前の嫁になる女子は無いわ。阿呆で、ズボラで、甲斐性無し。その上、朝寝坊で、大食らい。顔色が悪て、鼻が胡座(あぐら)を掻いて、口が大きて、目が小さい。顎がしゃくれて、歯が出てる。折り紙付きの面白い顔やよって、嫁は来ん」

喜「嫁に来てくれなんだら、養子に行く」

甚「お前が行く気でも、もらい手が無いわ。持参金を積んでも、難しい」

喜「ほな、男妾(めかけ)になる！」

甚「もっと、難しいわ。相手の無い雌犬でも、尾を振らんと思う」

喜「わァ、ボロカスや。生涯、後家か？」

甚「男は後家と言わず、独身と言うわ。それが、身分相応と思え」

喜「あァ、情け無い！」

甚「コレ、大きな声を出すな。昔から、『割れ鍋にも、綴(と)じ蓋』という譬(たと)えがある。その内、似合いの女子を見付けたら、世話をしたる」

喜「嫁の世話をしてくれたら、あんたの内緒事は言わんわ」

甚「わしの内緒事とは、何じゃ？」

喜「ソレ、天王寺で逢うた女子。日が暮れやったよって、どんな顔か、わからなんだけど」

甚「あの時のことは、彼方此方で、しゃべってないやろな？」

喜「ウチの近所へ、虱(しらみ)潰しに言うて廻っただけや」

甚「あァ、一番悪い」

喜「近所の者が、『齢は取っても、色事は忘れん』と、褒(ほ)めてたわ」

甚「あァ、難儀なことになった。おォ、そうじゃ！　今、思い出した。お前に似合いの、良え女子が居る。齢は十八で、器量は十人並みじゃ」

喜「早速、嫁にもらうわ。一遍、会わして」

甚「いつでも、会わしたる。ウチの女子衆のお清を嫁にもらうのやったら、借家も付けて、月五円の手当ても渡すわ」

喜「えッ、そんな良え物も付くか！　嬲（なぶ）られてるようで、お尻（いど）こそばいわ」

甚「決して、嘘やない。いつから、嫁にもらう？」

喜「善は急げと言うよって、今晩から放り込んで」

甚「コレ、炭俵みたいに言うな。早い方が良えよって、今晩、連れて行く。呉々も言うとくけど、わしから金や借家をもらうことは、誰にも言うな。人に聞かれたら、『お清とは、半年前から、人目を忍んで逢うてました』と言うのじゃ」

喜「合点、承知！　家へ帰って、婚礼の支度をするわ！」

阿呆は喜んで帰り、風呂へ行き、掃除も済んだ頃、花嫁が来て、形ばかりの婚礼。

「四海、波静かに」と、謡（うたい）の一つも謡（うと）て、嫁に納まったが、日が経つに連れ、嫁の腹が迫り出すと、半年経ち、オギャッと生まれたのが、玉のような男の子。

阿呆は大喜びで、近所へ触れて廻る。

八「コレ、喜ィ公。子どもが出来たと聞いたけど、ほんまか？」

喜「あァ、八っつぁん。男の子が生まれて、喜んでる」

八「一遍、ここへ座れ。生まれたのは、誰の子どもか知ってるか？」

喜「嬶が産んだよって、わしの子どもや」

八「やっぱり、阿呆じゃ。お前の嬶と、いつから夫婦になった？」

喜「（呟いて）甚兵衛はんが言うてたのは、ここや。半年前から、人目を忍んで！」

八「人間の子どもは、十月経たんと生まれん。お前やのうて、甚兵衛の子どもや」

喜「えッ、ほんまか？」

八「『嬶はもろたけど、子どもまで付けていらんわ。子どもの養育料に、纏まった金を出せ！』と、甚兵衛に談判をして来い」

喜「おォ、行くわ！（甚兵衛の家へ来て）おい、甚兵衛！」

甚「大きな声を出して、何じゃ？　鉢巻に、尻からげをして。山吹から、親子丼が届いたけど、一杯食わんか？」

喜「親子丼は、一番好き！　ほな、よばれる。あァ、美味そうや！（親子丼を食べて）ほゥ、美味い！　朝から何も食べてないよって、有難いわ」
甚「良かったら、もう一杯食べなはれ」
喜「へェ、おおきに。（親子丼を食べて）あァ、美味い！　これは、山吹の親子丼で？
（食べ終わって）あァ、腹が膨れた！　おおきに、御馳走さん」
甚「それはええけど、何の用じゃ？」
喜「あァ、忘れてた。（大声を出して）おい、甚兵衛！」
甚「また、大きな声を出したな」
喜「嬶はもろたけど、子どもまで付けていらんわ！　さァ、子どもの。あァ、何料やった
か？　まァ、何でもええ。さァ、金を出せ！」
甚「何を言うてるか、サッパリわからん」
喜「此方も、わからんわ！」
甚「ひょっとしたら、養育料を呉れと言うてるのと違うか？」
喜「あァ、そのガキや」
甚「養育料やったら、お清を嫁にやる時、借家と、月五円ずつ渡してるわ。この上、何ぼ
欲しい？」
喜「あァ、それを聞いて来るのを忘れた。（揉み手をして）何ぼでも、お心持ち次第」

甚「ほんまに、頼り無い男じゃ。どうやら、悪い友達に煽(あお)られたらしい。誰に煽られたかを言わんと、月五円は渡さんわ」

喜「そんなことになったら、親子で暮らせん。ほな、正直に言うわ。八っつぁんが『いつから、嫁と夫婦になった？』と聞くよって、『半年前から、人目を忍んで』」

甚「コレ、阿呆！　あれから、半年も経ってるわ。何で、一年と言わん」

喜「あァ、そんな勘定になるか？」

甚「八の家へ行って、『一年前から、人目を忍んで』と、言い直しなはれ」

喜「ほな、そうするわ。（表へ出て）やっぱり、わしは抜けてる。（八の家へ行って）おい、喜ィ公！」

八「喜ィ公は、お前じゃ」

喜「あァ、そうか。おい、八公！　最前は、勘定間違いをしてた。よう考えたら、一年前から、人目を忍んでたわ」

八「甚兵衛が、そう言えと言うたか？」

喜「おォ、大当たり！」

八「コレ、何を吐かす。甚兵衛に親子をもろて、一杯食わされたな？」

喜「親子は、二杯食べた」

解説「親子の嫁入り」

明治末期から昭和初期まで、東西噺家の速記本を百冊以上も刊行したのは、東京の三芳屋書店ですが、上方の噺家の速記本は少なく、四代目笑福亭松鶴・初代桂小南・初代橘ノ圓・三代目桂文團治ぐらいでしょう。

その中で「親子の嫁入り」が掲載されているのは、入手困難な小型本『文團治落語全集』（三芳屋書店、大正五年）で、昨今では上演されないネタが、数多く掲載されています。『三友派作落語十八番』（岡本増進堂、大正四年）へも掲載されていますが、「親子の嫁入り」は、いつ頃から上演されていたかは、わかりません。

しかし、親子丼がテーマになっているだけに、明治以降に創作されたネタと、推測が出来ましょう。

いつ頃から、日本で親子丼が食べられるようになったかは不明だそうですが、親子丼の確認が出来る最古の文献資料は、明治十七年、神戸元町の江戸幸が出した新聞広告に、「親子上丼」「親子中丼」「親子並丼」という表記が見られるそうです。

また、東京日本橋人形町の軍鶏料理の名店・玉ひでが主張する説は、明治二十年頃、鳥寿き（※軍鶏鍋）の最後の〆として、鍋に残った煮汁を卵とじにし、白飯のおかずにして食べる客がおり、五代目店主の妻・山田とくは、それを丼飯とすることを考え出しましたが、「汁かけ飯を店で出すと、格が落ちる」という風潮から、出前専用の料理で提供されたということでした。

卵が高価だった頃、親子丼は高嶺の花で、いつも庶民が食べる料理ではなかったでしょう。

昭和三十年頃、サラリーマンの月給が、約一万五千円だった頃、卵一個が二〇円もした高級品で、バナナと並び、病気をした時の見舞いの品になっていました。

そのように考えると、このネタへ登場する甚兵衛は裕福であり、贅沢をしていたことが知れ、女子衆を妾にし、内々で遊んでいたことも納得が出来ます。

このネタで、出前で親子丼を頼んだ山吹は、近所の店かも知れませんし、他の落語にも出て来る、うどんの名店とも考えられましょう。

『阪府麺類商見立』(明治十八年)には、うどん屋の山吹は、三軒の記載があるそうです。

山吹が出て来る落語は「稲荷俥」もあり、「夜の九時頃、高津神社の表門辺りで、山吹という、うどん屋の灯りだけが、ポッと見えている」という描写があり、昭和初期には営業は止めていたようですが、第二次世界大戦前まで、店の看板や表構えは残っていたそうですから、余程、大阪人に愛された店だったのでしょう。

ちなみに、「日本人で古くから卵を食べていたのは、豊臣秀吉」と、キリスト教の宣教師の記録に残されているそうです。

このネタの甚兵衛は酷い人だけに、笑い事では済まないのですが、喜六のとぼけ具合と、「世

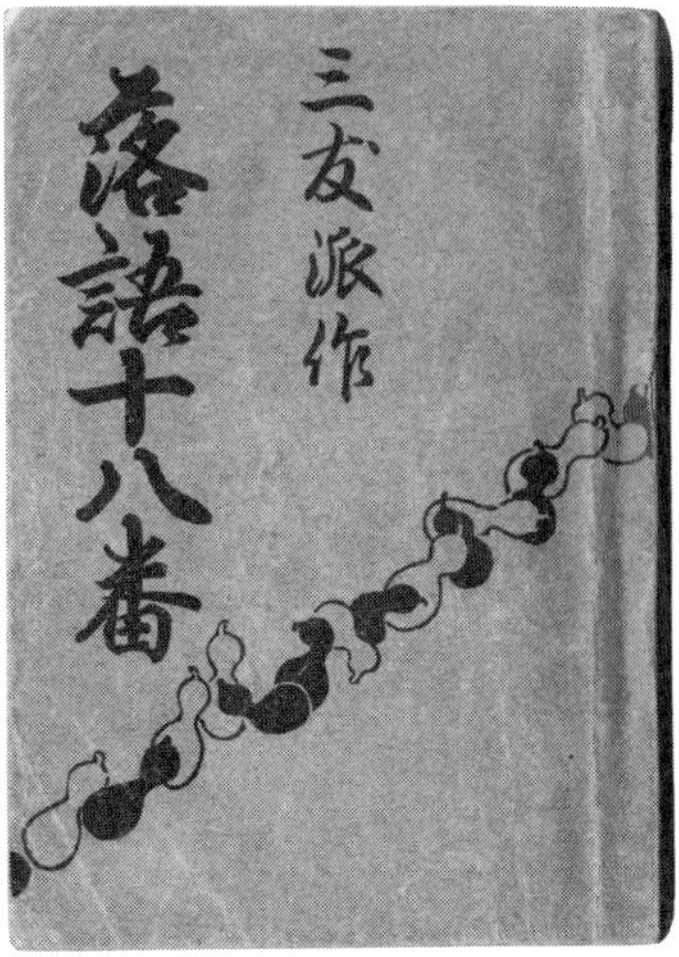

『三友派作 落語十八番』（岡本増進堂、大正４年）の表紙と速記。

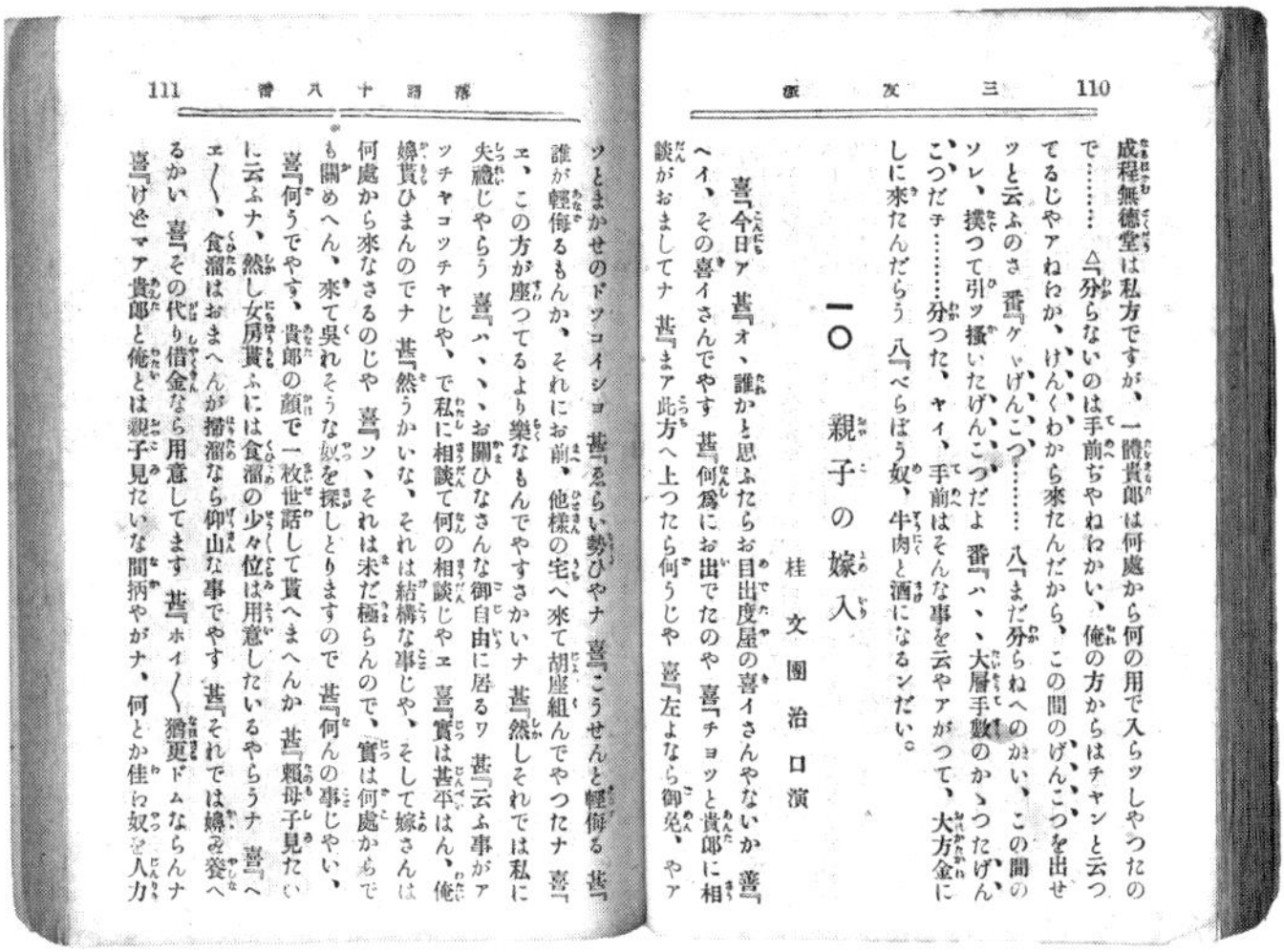
110 三友派

成程無徳堂は私方ですが、一體貴郎は何處から何の用で入らッしやつたので……　△『分らないのは手前ちやねねかい、俺の方からはチャンと云つてるじやアねねか、けんくわから來たんだから、この間のげんこつを出せッと云ふのさ　番『ケゝげんこつ……　八『まだ分らねへのかい、この間のソレ、撲つて引ッ掻いたげんこつだよ　番『ハ、、大層手數のかゝつたげんこつだ子……分つた、ヤイ、手前はそんな事を云やアがつて、大方金にしに來たんだらう　八『べらぼう奴、牛肉と酒になるンだい。

一〇　親子の嫁入

桂文團治口演

喜『今日ア　甚『オ、誰かと思ふたらお目出度屋の喜イさんやないか　喜『ヘイ、その喜イさんでやす　甚『何爲にお出でたのや　喜『チョッと貴郎に相談がおましてナ　甚『まア此方へ上つたら何うじや　喜『左よなら御免、やア

111 落語十八番

ツとまかせのドツコイショ　甚『えらい勢ひやナ　喜『こうせんと輕侮る　甚『誰が輕侮るもんか、それにお前、他樣の宅へ來て胡座組んでやつたナ　喜『エ、この方が座つてるより樂なもんでやすさかいナ　甚『然しそれでは私に失禮じやらう　喜『ハ、、お關ひなさんな御自由に居るワ　甚『云ふ事がアッチャコッチャじや、で私に相談て何の相談じやエ　喜『實は甚平はん、俺嫁貰ひまんのでナ　甚『然うかいな、それは結構な事じや、そして嫁さんは何處から來なさるのじや　喜『ソ、それは未だ極らんので、實は何處からでも關めへん、來て呉れそうな奴を探しとりますので　甚『何んの事じやい、喜『何うでやす、貴郎の顔で一枚世話して貰へまへんか　甚『賴母子見たいに云ふナ、然し女房貰ふには食溜の少々位は用意したいるやらうナ　喜『ヘエ〳〵、食溜はおまへんが播溜なら仰山な事でやす　甚『それでは嬶み養へるかい　喜『その代り借金なら用意してます　甚『ホイ〳〵猶更ドムならんナ　喜『けどマア貴郎と俺とは親子見たいな間柄やがナ、何とか佳い奴を入力

の中には、そんなこともある」という雰囲気で、甚兵衛に対する嫌悪感が薄れ、ストーリーを楽しんでいただけるのが、落語の面白い所でしょう。

平成二十二年一月二十三日、大阪梅田太融寺で開催した「第四〇回／桂文我上方落語選（大阪編）」で初演しましたが、親子丼が出て来るネタは珍しく、喜六の間抜け具合が面白かったらしく、お客様には好評でした。

私自身、そのような経験はありませんが、空腹で、激怒している時、目の前へ御馳走を出されると、しばらくの間、怒りを忘れるというのは、わからなくもありません。

そう言えば、「胴乱の幸助」という落語で、「噛み合いの喧嘩をしている犬の前へ、鰯の煮物を置いてやったら、喧嘩を忘れ、鰯を食べに掛かった」という台詞があります。

人間であっても、知性は本能に負けてしまうでしょう。

「持参金」など、男の道楽で、若い女性が翻弄される落語は数多くありますが、大抵、誰かと結婚し、一家を構えることになっています。

生涯、幸せな暮らしであってほしいのですが、その後の経過を語らない所が、落語の無責任さと、「これは嘘話ですから、心配をしないでください」という心が含まれていると考えるのは、落語へ肩を持ち過ぎでしょうか？

今の所、「このネタを聞くのは、嫌だ！」という意見をいただかないので、しばらくの間、このまま、上演していこうと考えています。

須磨の浦風

すまのうらかぜ

大坂今橋二丁目の金満家・鴻池善右衛門は、元来、鴻池屋善右衛門と言うそうで。

紀州侯の御用達を仰せ付かったが、紀州侯は派手好きと聞いてるので、何とか断りたい。

相手は紀州侯だけに、無碍（むげ）に断ることも出来ん。

取り敢えず、紀州へ善右衛門が赴き、紀州侯の御前へ出た。

殿「おォ、善右衛門。遠路遥々（はるばる）、よく参った。コリャ、善右衛門へ馳走を致せ！」

何が早いと言うて、大名の指図ぐらい、早い物は無い。

出される料理が、山海の珍味の上、紀州侯から直々に、盃を差された。

盃を頂戴すると、御用達を断りにくいが、「無礼討ちになっても、家名に関わることは無い」と、度胸を極め、呑んだ、食べた、いただいた、頂戴した。

ズブ六、ズブ十まで呑み、紀州侯の御前で、大の字になり、寝てしまう。

家「町人の分際で、無礼千万！」
殿「あァ、その儘で良い。長の道中、疲れが出たのじゃ。（羽織を脱ぎ、善右衛門へ掛けて）善右衛門、風邪を引いてはならんぞよ」

紀州侯が着ておられた羽織を、お掛けになった。

天下の紀州侯でも、金満家・善右衛門へは、ベンチャラをなさる。

感じ入った善右衛門が、「紀州侯のためやったら、命懸けで務めねばならん」と、御用達を引き受けた。

夏の盛り、鴻池の奉公人が、善右衛門の前へ集まる。

善「明後日、紀州のお殿様が、お越しになる。お持てなしに、良え趣向は無いか？　山海の珍味の段取りをしても、この暑さ。暑気(うんき)厳しき折柄、腐ってはいかん。極上のお持てなしをしたいが、何か思い付かんか？」

甲「これに勝る物は無いという持てなしが、一つだけございます。火に掛けた焙烙（ほうろく）へ、上等の薩摩芋を、五、六分の厚さに切って並べて、蓋をする。コンガリと焼き上がった所で、引っ繰り返して、パラパラッと塩を振った物を差し上げては如何で？　チョイチョイ食べますけど、これに勝る御馳走はございません」

善「そんな物を出しても、お食べにならんわ」

甲「ほな、私が頂戴します」

善「コレ、番頭どん。笑てんと、良え趣向は無いか？」

番「ほな、お炬燵（こたつ）を差し上げては如何かと存じます」

善「お殿様は、若君も姫君も居られる。お子達を差し上げても、お喜びにならん」

番「お子達やのうて、冬に使う炬燵で。炬燵櫓（やぐら）・炭壺も、ギヤマン・ビードロで拵えまして、炭壺へ水を張って、緋鯉を、二、三匹放り込むと、火に見えます。炬燵布団も、触っただけで、総身の汗が引く、薩摩上布の飛び切り上等。お殿様が、お炬燵へ、足をお伸ばしになる。炭壺の水で、踵（きびす）が濡れます。炭壺の緋鯉が跳ねて、お殿様の足へ水が掛かると、ヒンヤリして、誠に良え塩梅で」

善「ほゥ、面白い！　さぞかし、お殿様も喜ばれる」

番「雪景色も、御覧に入れては如何かと存じます。庭から築山（つきやま）へ、綿を敷き詰めて、雪降りの景色にすると、将に『宮本武蔵／木曽山中の場』。また、須磨の浦風を取り寄せてみては如何で。須磨の浦で吹く風は、涼しい。店の若い者と、出入りの者に、長持を百棹持たして、須磨の浦まで、上等の風を採りに行かせる。涼しい風が長持の中へ吹き込んだら、目張りをして持って帰って、お殿様の御前で、目張りを捲ると、座敷へ涼しい風が吹き込んで、良え塩梅になるかと存じます」

善「おォ、なるほど！　早速、採りに行ってくれるか」

番「目張りをしたり、糊を塗ったりする者が、一竿に、十人程要ります」

善「何人でも構わんよって、上等の涼しい風を採りに行きなはれ！」

早速、店の若い者と、出入りの者が、長持を百棹持ち、須磨の浦へ向かう。

夜通し走り、明朝、須磨へ着くと、浜辺へ長持を並べ、木蔭で休むと、大坂では吹いたことが無いような涼しい風が、ピューッ！

○「ソレ、今じゃ！　さァ、目張りの支度は良えか！」

△「あッ、痛い！　まだじゃと言うてるのに、蓋をするよって、指が挟まった」

○「スッと、抜いてしまえ！　相手は、金持ちや。指の一本や二本が千切れても、立て替えてくれる」
無茶を言いながら、百棹の長持へ、須磨の浦風を一杯詰め込んだ。
涼しい風が詰まった長持を担げ、兵庫の湊川の土堤まで帰る。
前の日、一日中走って、次の日、炎天下で照らされただけに、草臥れ果てた。
「一寸、休もか」と、土堤の上へ、長持を並べ、横になる。
○「あァ、暑い！　百棹の風があったら、一棹ぐらい使てもええわ。一寸、目張りを捲ったろ。（目張りを捲って）ベリベリベリッ！（風に吹かれて）あァ、涼しい！　ほんまに、生き返ったような。（見廻して）あァ、風が止まった。涼しい風は、一寸しか入ってないわ。もう一棹ぐらい、大丈夫。（目張りを捲って）ベリベリベリッ！（風に吹かれて）あァ、涼しい！　皆も、目張りを捲れ。百棹もあるよって、二、三棹、使てもええわ。今、二棹使た」
辰「ほな、もう一棹だけ使おか。（目張りを捲って）ベリベリベリッ！（風に吹かれて）あァ、極楽！（屁を落として）プゥーッ！　気が緩んだら、腹も緩んだ」
○「頭から風を浴びて、下から風を出す奴があるか。屁の勢いが強いよって、ケッタイな温い風が、良え塩梅の風を蹴散らしてしもた」
辰「あァ、済まん。（屁を落として）プゥーッ！」
○「また、落としよった。皆、起きんか。担げて来た長持に、良え塩梅の風が詰まってる。目張りを捲って、涼しい風に吹かれたらええわ」
☆「（目張りを捲って）ベリベリベリッ！（風に吹かれて）あァ、良え塩梅や」
★「（目張りを捲って）ベリベリベリッ！（風に吹かれて）おォ、極楽！」
○「皆が使たら、持って帰る風が無くなる。何ッ、目張りがしてある長持が無くなった？あァ、えらいことじゃ。ここは風が無いし、須磨まで採りに帰ったら、明日の朝までに間に合わん。持って帰って、目張りを捲って、須磨の浦風が出なんだら、命に替えて、お詫びをせなあかんわ。須磨の浦風の代わりに、詰め込む風は無いか？」
△「どんな風でも良かったら、屁を詰めて帰ろか？」
○「おい、阿呆なことを言うな！　涼しい風と違て、屁は温い風や」
△「持って帰る内に、冷めるかも知れん」
○「須磨の浦風は勢いがあったよって、目張りを剥がしたら、良え風が出て来た。屁に、出て来る勢いがあるか？」
△「最前、辰が屁を落とした時、涼しい風を蹴散らした。屁（※兵）力とは、これや」

○「仕方無いよって、そうしょうか」

苦し紛れに、阿呆なことを考えた。

そうと決まったら、近所の百姓を叩き起こし、芋や牛蒡(ごんぼ)をもらうと、芋を食べては、腹を揉み、牛蒡を齧(かじ)っては、飛び廻り。

腹一杯屁を溜め込み、百棹の長持へ吹き込みよった、垂れよった、コキよった、詰めよった。

百棹の長持へ、目一杯、屁を詰め込み、明朝、大坂今橋二丁目の鴻池宅へ帰る。

紀州侯の御屋敷は、天神橋南詰を東へ入った所にあったそうで。

紀州侯は、家来を三十人連れ、お越しになる。

鴻池善右衛門は、奉公人一同と、羽織・袴(はかま)で、お出迎え。

殿「コリャ、善右衛門。鴻池は旧家故、珍物があると聞く故、楽しみに致しておる」

善「お恥ずかしいことながら、お炬燵は如何でございます?」

殿「夏の炬燵とは珍物故、所望である」

善「襖を、お開け申せ。座敷へ設えましたお炬燵へ、お入りを」

殿「炬燵櫓へ布団が掛けてあるが、蒸し殺しに致す所存か? 五十五万五千石の城主であらば、後へ引けん。（布団を捲り、足を炬燵へ入れて）おォ、冷たい！（布団の中を見て）コリャ、善右衛門。この炬燵は、気に入ったぞ！」

善「ハハッ、有難き幸せで。冬景色も、お目に懸けます。コレ、障子を開けなはれ！」

殿「（庭を見て）築山から、離れ座敷が、一面の雪景色。おォ、天晴れ！」

善「この上は、須磨の浦風を取り寄せてございます」

殿「おォ、所望である！」

善「ソレ、須磨の浦風じゃ！」

紀州侯の前へ並べた、百棹の長持の中は、芋を食べては、腹を揉み、牛蒡を齧っては、垂れ出した屁で一杯。

「ソレッ！」という声と共に、長持の目張りを捲ると、紀州侯と善右衛門の鼻先へ、ケッタイな匂いが、フワゥーッ！

殿「（扇子を広げ、鼻を覆って）コレ、善右衛門。この須磨の浦風は、如何致した？」

善「誠に、申し訳ございません。厳しく取り調べました後、お詫びを申し上げます」

殿「いや、叱ってやるな。暑気厳しき折柄、須磨の浦風が腐ったと相見える」

解説「須磨の浦風」

この落語の演題になっている須磨について、少しだけ申し上げておきましょう。

現在の兵庫県神戸市須磨区は、瀬戸内海を臨む、須磨の浦で名高い、白砂青松の景勝地であり、海岸縁の町で、夏は涼しく、昔から保養地も数多くありました。

風光明媚で、名所旧跡の多い観光地になり、古歌・物語・軍記の舞台になっていたことで、物見遊山の地だけではなく、古典文学を偲んで訪れた文人墨客も、数多くいたのです。

松尾芭蕉が「月はあれど　留守のやう也　須磨の夏」「月見ても　物たらはずや　須磨の夏」「海士の顔　先みらるるや　けしの花」、与謝蕪村は「春の海　ひねもすのたり　のたり哉」という句を残しましたが、百人一首七八番の源兼昌の「淡路島　かよふ千鳥の　鳴く声に　幾夜ねざめぬ　須磨の関守」という、『源氏物語第十二帖／須磨』の和歌が、須磨を一番有名にしたと言えましょう。

須磨について、もっと詳しいことを知りたい方は、『須磨の歴史』（神戸女子大学史学研究室、平成二年）を一読されることを、お勧めしておきます。

江戸時代の須磨は、中国街道に沿う利点や、名刹・須磨寺（上野山福祥寺）の参詣で賑わい、夏になると、涼を求め、大坂・京都などから、大勢の方が避暑に訪れました。

大坂の市中では吹かないような涼風が、須磨辺りの売り物だったことから、「須磨の浦風」という落語が創作されたと思われ、東北から中国地方まで広く分布している、「和尚と、小僧の日本昔話」などが土台になったと言われていますが、それに紀伊徳川家初代藩主・徳川頼宣と、大坂を代表する金満家・鴻池善右衛門を入れ込んだのですから、噺全体が大層な構成になっています。

鴻池善右衛門については、当全集第七巻の「鴻池の犬」の解説で述べましたから、そちらで確認してくださいませ。

紀伊徳川家初代藩主・徳川頼宣についても、少しだけ述べると、徳川家康の十男で、慶長七年に生まれ、寛文十一年に没し、享年七十。

元和五年七月、兄・二代将軍徳川秀忠の命で、駿府（※現在の静岡）から和歌山へ転封されましたが、それは秀忠の三男・忠長（ただなが）を駿府城へ置き、尾張徳川の義直（よしなお）や頼宣と同格の大名にしたかったからだと言われています。

また、幕府の支配を確立させるため、畿内や伊勢地方の動向に目を光らせることや、江戸と大坂を直結する幹線航路（※南海路）を押さえる必要があり、江戸・大坂間の航路の約半分となる紀伊半島の沿岸を、最も信頼出来る大名の所轄にしようと考えたのも、もう一つの理由と考えられました。

頼宣の所領は、高野山寺領の約二万石を除く、紀伊國三七万四千石余りと、伊勢國松坂・田丸・白子の三領十八万石余り、大和國千石余りの五五万五千石。

同時に、大坂が幕府直轄領となり、大坂城代が置かれ、畿内や近国にも、徳川一門や、譜代大名が配置されました。

一カ月後の八月、頼宣は紀伊へ入国しましたが、家臣の総数は、二五三八人。『元和五年御切米帳簿』には、同心・小者を除く、諸士・小役人は七二九人と記されていますが、この人数は、入国後に召し抱えた家臣も含まれているので、駿府から連れてきた家臣の数は、更に少なかったと言われています。

頼宣の藩政は、親藩でありながら、他の大名と同じで、軍役は課せられましたが、軍事的出勤は無く、寛永元年、二条城や大坂城の修築用材の献上、同六年、江戸城の石垣修築等の御手伝普請が主でした。

在国と在府を一年ずつ、参勤交代を繰り返したため、江戸には藩主や家臣が使用する屋敷（紀州藩邸）があり、赤坂邸を上屋敷とし、他にも数カ所の屋敷を置いたことで、江戸詰めの藩士も多かったようです。

父・家康の影響で、頼宣も数多くの儒学者を召し抱えました。

著名な学者は、京都・大坂・江戸で活躍し、地方へ行こうとしませんでしたが、紀伊は京都・大坂へ近く、御三家の一つだったことも、第一級の学者を招くことができた理由でしょう。

江戸時代前期の儒学者・李梅渓門下の石橋生庵が、寛文七年、年寄（家老）三浦家へ召し抱えられ、御前議などの役務、読書生活の様子、貸本屋・家族・家臣の消息などを記した『家乗』を著し、紀州藩の学問水準の高さを示しました。

この書には、江戸落語の創始者・鹿野武左衛門の出生地が記してあります。

「須磨の浦風」の内容で、須磨の浦の涼風を長持へ詰め、大坂まで持ち帰るという発想に、登場人物の誰もが待ったを掛けなかったことと、それが遂行された上、成就するという結果に、昔から観客が首を傾げなかったことは、不思議とも言えましょう。

まして、大坂へ帰る途中、長持の中の風を使い切り、屁を詰めて帰った上、紀州侯の前で、長持の蓋を開けると、悪臭が広がるのは、科学的に考えると無理があります。

なぜ、この内容が許され続けてきたのでしょうか？

落語は現実味のある世界を楽しむことばかりではなく、日本昔話を聞いている気分に浸りながら、ＳＦが成立する場合もあり、、そのような気分で接すれば、「須磨の浦風」も、ネタの世界で遊べるのではないかと考えられます。

そんなことでもなければ、疑問を感じた時、思考停止となり、その世界を想像することも出来なくなるでしょう。

大人になるに連れ、夢の世界から現実の方に傾き、日本昔話の世界に矛盾を感じ、具体的に表現してある小説に移行していくのも、無理はありません。

しかし、「須磨の浦風」の他、「地獄八景亡者戯」「苫ケ島」「花の都」「月宮殿星の都」「小倉

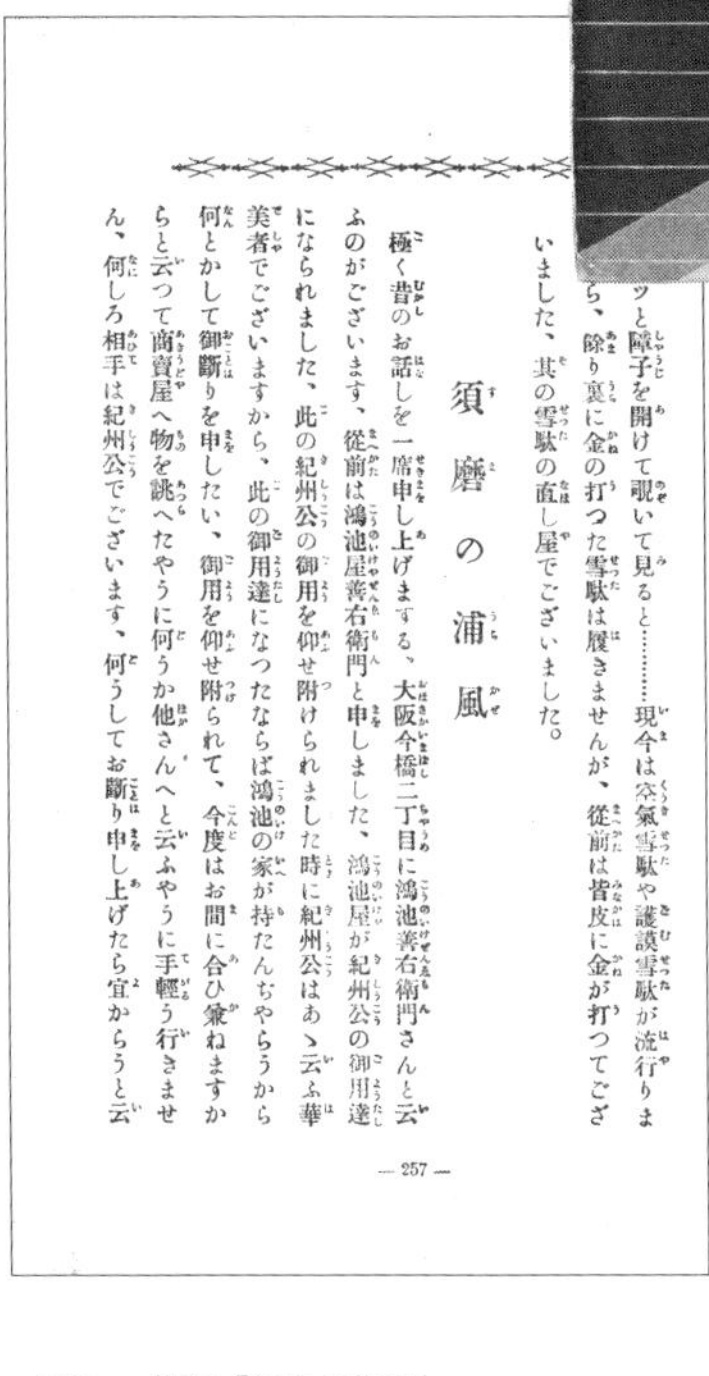

ツと障子を開けて覗いて見ると………現今は空氣雪駄や謹讀雪駄が流行りまら、除り裏に金の打つた雪駄は履きませんが、従前は皆皮に金が打つてございました、其の雪駄の直し屋でございました。

須磨の浦風

極く昔のお話しを一席申し上げまする、大阪今橋二丁目に鴻池善右衛門さんと云ふのがございます、従前は鴻池屋善右衛門と申しました、鴻池屋が紀州公の御用達になられました、此の紀州公の御用を仰せ附けられました時に紀州公はあゝ云ふ華美者でございますから、此の御用達になつたならば鴻池の家が持たんぢやらうから何とかして御斷りを申したい、御用を仰せ附られて、今度はお間に合ひ兼ねますから云つて商賣屋へ物を誂へたやうに何うか他さんへと云ふやうに手輕う行きません、何しろ相手は紀州公でございます、何うしてお斷り申し上げたら宜からうと云

— 257 —

『松鶴の落語』（三芳屋書店、大正３年）の表紙と速記。

上方
はなし
第四集
昭和十一年七月一日發行（每月一回一日發行）第四集 定價十錢

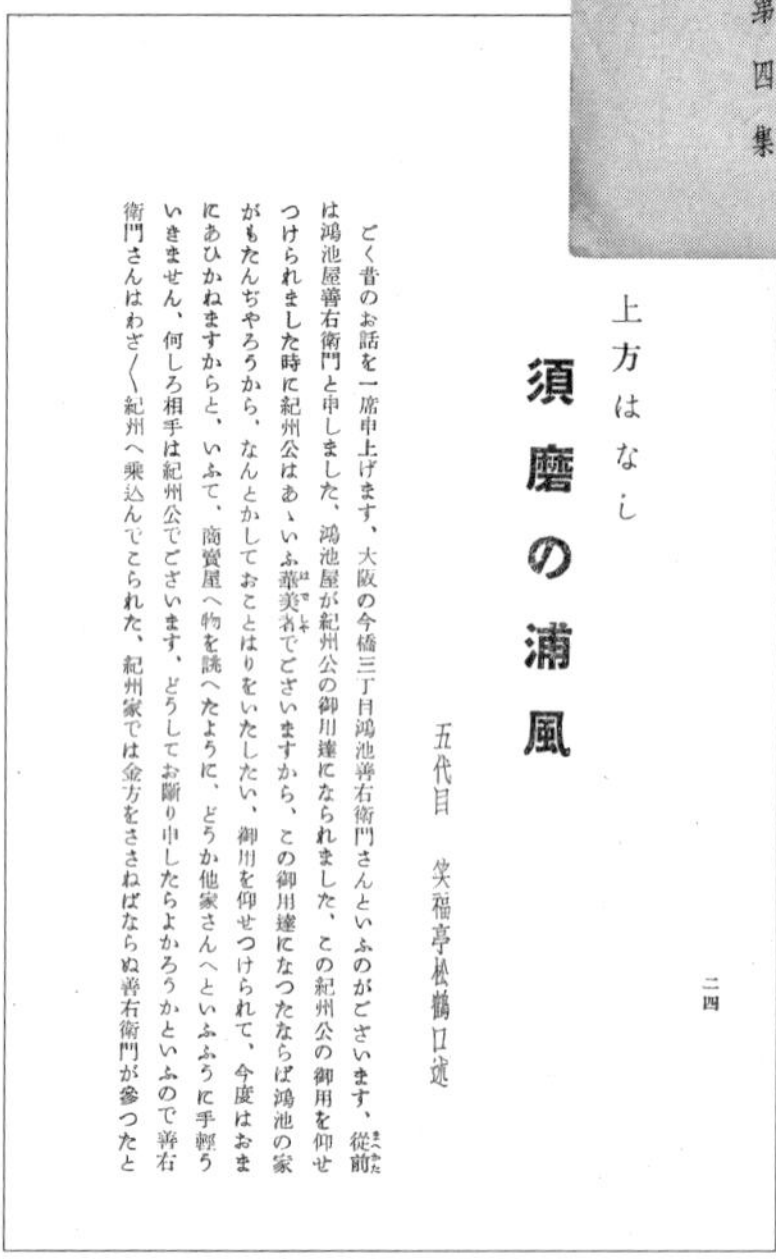
上方はなし

須磨の浦風

五代目　笑福亭松鶴口述

　ごく昔のお話を一席申上げます、大阪の今橋三丁目鴻池善右衛門さんといふのがございます、従前(まへかた)は鴻池屋善右衛門と申しました、鴻池屋が紀州公の御用達になられました、この紀州公の御用を仰せつけられました時に紀州公はあゝいふ華美者(はでしや)でございますから、この御用達になつたならば鴻池の家がもたんぢやろうから、なんとかしておことはりをいたしたい、御用を仰せつけられて、今度はおまにあひかねますからと、いふて、商賣屋へ物を誂へたように、どうか他家さんへといふふうに手輕ういきません、何しろ相手は紀州公でございます、どうしてお斷り申したらよかろうかといふので善右衛門さんはわざ〳〵紀州へ乗込んでこられた、紀州家では金方をさゝねばならぬ善右衛門が參つたと

二四

『上方はなし』第四集（樂語荘、昭和11年）の表紙と速記。

船」「島巡り」など、疑問を感じずに楽しむことこそ、人間の想像力を（創造力も）養うことだと思いますが、いかがでしょうか？

昭和五十七年八月二日、大阪府茨木市唯敬寺本堂で開催した「雀の会」で初演しましたが、暑い日で、上演中、汗が止まらなかったことを覚えています。

第二次世界大戦前に刊行された速記本は、『松鶴の落語』（三芳屋書店、大正三年）があり、雑誌は『上方はなし』第四集（樂語荘、昭和十一年）へ掲載されました。

千両みかん

せんりょうみかん

番「若旦那、お暑うございます。お加減は、如何で？」

若「良うなったと言いたいけど、相変わらず。（溜め息を吐いて）ハァーッ！」

番「昔から、『病いは、気から』と申します。御両親だけやのうて、御親戚や御近所も、心配してはりますわ。一日も早う、達者になっていただきますように」

若「自分の身体は、自分が一番わかる。あかんと思うよって、両親を宜しゅうに」

番「また、心細いことを仰る。若旦那に何かがありましたら、御当家は暗闇で。最前の先生は、大坂一と、噂の高い御名医。『若旦那の病いは、医者や薬では治らん、気病いじゃ。お腹の中で、思い詰めてることを叶えてやらなんだら、病いは治らん』と仰って、お帰りになりました。何か、思い詰めてることでもございますか？」

若「流石、大坂一の御名医。確かに、思い詰めてることがある。唯、こればっかりは、とても叶えられん、大それた望み。言うも不幸、言わぬも不幸。同じ不幸やったら、黙って、死んでしまおと思て」
番「私が聞いて、叶えられんと思いましたら、誰にも申しません。万が一、手立てがあったら、段取りをします。私にだけ、仰れ」
若「幼い頃から世話になった番頭に強情を張ったら、罰が当たる。ほな、聞いてもらう。欲しい物が、一つある。柔らかな、色艶(つや)の良え、ふっくらとした」
番「ヘェ、お幾つぐらいの？」
若「あァ、一つでも構わん」
番「えッ、一つ！　赤子では、仕方無い。やっぱり、十七、八」
若「私が言うてるのは、女子と違う。柔らかな、色艶の良え、ふっくらとした、紀州みかんを食べたら、どれだけ美味しいかと思て、患(わずろ)てしもた。こんなことは、誰にも言えん。とても叶えられん、大それた望み」
番「もし、何を言うてなはる。何で、早う仰らん。裏長屋の小倅でも、そんなことで患いませんわ。お望みやったら、この部屋を、みかん詰めにでもして差し上げます」
若「ほんまに、食べられるか？　急に、お腹が空いた。鰻を、五人前言うて」
番「一遍に食べたら、身体に毒ですわ。暫くの間、お待ちを。（座敷を出て）金持ちの倅は、何を言い出すかわからん。（親旦那の前へ来て）旦さん、聞いて参りました」
旦「あァ、御苦労さん。伜は、どんなことを言うてた？」
番「『言うも不孝、言わぬも不孝』とか、『とても叶えられん、大それた望み』と仰るのを、宥めたり、すかしたりしましたら、『欲しい物が、一つある』と仰る。柔らかな、色艶の良え、ふっくらとした」
旦「いつまでも、子どもと思てた、わしが阿呆やった。先方は、お幾つぐらいの？」
番「さァ、そう思いなはるやろ。若旦那が欲しいのは、女子と違て、みかんが食べたい。みかんを食べたら、どんなに美味しいかと思て、患たそうで」
旦「それで、何と言うてくれた？」
番「『裏長屋の小伜でも、そんなことで患わん。お望みやったら、この部屋を、みかん詰めにでもして差し上げます』と申しましたら、『急に、お腹が空いた。鰻を、五人前言うて』やなんて。御病気全快、間違い無しでございます」
旦「今日、幾日じゃと思う。六月の二十一日、土用の最中。何処に、みかんがある？」
番「あッ！　順季を、ウッカリ」
旦「いや、ウッカリでは済まん。『叶えられん、大それた望み』と言うのも、無理は無いわ。辛抱してた所を、安請け合いをしたよって、張り詰めてた気が緩んだ。無いと言うたら、ガッカリして、死んでしまうかも知れん。そうなったら、直に手は下さんでも、番頭は、倅殺しの下手人。お恐れながら、お上へ訴えて出る。親殺し・主殺しは、一番罪が重い。町内引き廻しの上、逆さ磔！」

番「もし、そんな阿呆な！」

旦「唯、大坂も広い。何処かに、一つぐらいあるとも限らん。今から、探しに行きなはれ」

番「ほな、そうします！　磔だけは、御猶予を！（表へ出て）あァ、えらい陽射しや。暗い所から出て来たら、目が見えん。若旦那の部屋へ入る時も、汗を拭いてた。取り敢えず、八百屋で聞いてみよか。（八百屋へ入って）えェ、御免」

八「へェ、お越しやす」

番「お宅に、アノ。みかんは、ございませんか？」

八「えッ、みかん？　嬶、みかんを知ってるか？　やっぱり、あのみかんしか知らんな。お宅が仰るのは、冬、皮を剥いて食べる、あのみかんを買いに来なはった？　表の用水桶へ、西瓜が二つ、三つ放り込んである。その横へ、頭を突っ込みなはれ。四、五日、暑さが厳しかった。こんな人が出て来るのも、無理は無い。さァ、帰りなはれ！」

番「へェ、御免。（八百屋を出て）汗を拭きながら、みかんを探してたら、奇怪しいと思われるわ。もう一軒、行こか。（別の八百屋へ入って）えェ、御免」
○「ヘェ、お越しやす」
番「お宅に、アノ。みかんは、ございませんか？」
○「何ッ、みかん？　あァ、其方の御方。それは余り物で、安してます。ヘェ、子芋ですか？　此方に新芋が出てて、美味しい。お宅は邪魔やよって、退きなはれ。こんな暑い時、みかんを買いに来るやなんて。嬲りに来やがったら、承知せんで！」
番「ヘェ、御免。（八百屋を出て）嬲りに来たのと違うけど、そう思われるのも、無理は無い。礫柱が、チラチラと見えるわ。（別の店へ入って）えェ、御免」
鳥「ヘェ、お越しやす」
番「先に言うときますけど、嬲りに来た訳やない。暑さで、奇怪しなったのとも違いますわ。アノ、お宅に。（溜め息を吐いて）ハァーッ、無いと思う！」
鳥「それでは、わからん。一体、何を買いに来なはった？」
番「お宅に、みかんはございませんか？」
鳥「えッ、みかん？　それやったら、八百屋へ行きなはれ。ウチは、鳥屋ですわ」
番「アノ、みかんを産むような鳥」
鳥「いや、そんな鳥があるかいな」

番「（泣いて）無かったら、困る！」
鳥「とうとう、泣き出した」
番「ケッタイなことを、お聞きします。お宅は、磔を見はったことがありますか？」
鳥「いきなり、何を聞きなはる？」
番「お宅の御親戚で、磔になった人」
鳥「いや、そんな人は無いわ。子どもの時、一遍だけ見ました。磔を見た後、熱が出て、三日寝込んだと、親から聞きましたわ。アレを見たら、二度と悪いことをしょうという気にはならん。グルッと、竹矢来が組んであって、怖い物見たさに、大勢が取り囲んでます。十文字に組んだ木が寝かしてあって、それへ目隠しをしてある罪人を括り付けて、お尻の所へ木を挟んで、動けんようにする。グゥーッと起こして、地べたへ埋め込んで、磔柱の前で、役人が罪状を読み終わると、罪人の目の前で、二人の男が、ドキドキするような槍を持って立ってて、二本の槍を、チャリンと合わせるわ。目隠しをされてても、この音を聞いただけで、気が遠なるそうで。合わせた槍を、左右へ引く。弾みを付けて、肋の三枚目を、ズブーッ！」
番「（卒倒して）ウワァーッ！」
鳥「あァ、引っ繰り返ってしもた。誰か、水を持っといで。いや、昔の話ですわ」

番「いや、昔やない！　みかんが無かったら、そんな目に遭う」
鳥「コレ、阿呆なことを言いなはんな。余程、みかんの要る人や。ほな、天満へ行きなはれ。いろんな問屋が並んでる中、みかん問屋が一軒あって、毎年、腐るのを承知で、みかんを囲てると聞いてる。その店へ行ったら、一つぐらい残ってるかも知れん」
番「天満を、コロッと忘れてた！　ほな、行って来ます！」

暗闇に、一筋の光を見付けたような思いで、走って来たのが、天満のみかん問屋。

番「此方は、みかん問屋で？」
み「ヘェ、左様でございます」
番「お宅に、みかんはございませんか？」
み「ヘェ、おます」
番「(店へ駆け上がって)売って、売って、売って！」
み「下駄を履いたまま、上がりなはんな！　確かに、囲てあります。暑さが厳しいよって、どうなってるか。一寸、お待ちを。コレ、定吉。三番蔵に、三箱残ってたよって、見に行きなはれ。(煙草を喫って)ほんまに、厳しい暑さですな。家の中で座ってても、汗が流れますわ。定吉、どや？　何ッ、あかんか。皆、汁が流れてる。今、お聞きになったような塩梅。折角ですけど、どうぞ、余所さんで」

番「余所にあるぐらいやったら、お宅へ来んわ！（泣いて）アァーッ！」

み「あァ、泣き出した。余程、みかんの要る御方や。コレ、定吉。一番、マシな箱を持って来なはれ。目の前で見たら、諦めが付く。そこへ、ぶっちゃけなはれ。えらい匂いで、グチャグチャになってるわ。（火箸で、選り分けて）これは尻が腐って、此方は横へ穴が開いてる。（みかんを持って）ほゥ、調べてみんならん。一つだけ、無傷があった。艶と言い、香りと言い、採り立てと変わらん」

番「売って、売って！」

み「一寸、落ち着きなはれ！　お宅のために探したよって、買うてもらいますわ」

番「改めて、御礼に伺います。気持ちだけ、ここへ置きますわ」

み「一寸、お待ちを。二分を、お出しになった。旬の頃やったら、二分もあったら、何箱も買えますけど、時期外れの品。二分では、お売りすることは出来ません」

番「あァ、ウッカリしてました。高いのは承知ですけど、お幾らで？」

み「顔色を変えて、買いに来なはった。何で、みかんが要ります？」

番「ウチの若旦那が、みかんが食べたいという病気になりまして。ウッカリ、食べられると、請け合いました。手廻らなんだら、気を落として、死んでしまう。私は主殺しで、逆さ磔になります。みかんがあったら、人間二人の命が助かりますわ」
み「ほな、持って帰って、若旦那に食べさしたげなはれ。お代は、一文も要りません」
番「いえ、何ぼか言うていただきたい。時期外れの品が高いのは、承知の上で。手前共も、船場では、一寸は名の知れた店。必ず、買わしていただきます」
み「いや、お金やない。あァ、さよか。そこまで仰るのやったら、買うていただきます。ウチも、商いをさしてもろた方が宜しい。みかん一つ、千両いただきます」
番「えッ、千両！　もし、人の足許を見るようなことを」
み「コレ、ケッタイなことを仰るな。ウチは今日まで、人様の足許を見るような商いはしたことが無い。天満で一軒の、みかん問屋。いつ、お客様がお越しになっても、みかんが無いとは言えん。毎年、腐るのを承知で、みかんを囲いますわ。皆、腐ったら、今年も暖簾へ元入れをしたと思て、諦めます。一つでも残ったら、千箱の中の一箱、一箱の中の一つへ、皆の値段を掛けさしてもらう。商人冥利（あきんどみょうり）、一文の損も出来ん。上げる・もらうやったら、只で差し上げます。売り買いとなったら、一文も損は出来ん。お宅も商人やったら、この道理は、おわかりやと思います」
番「仰ることは、御尤（ごもっとも）で。千両は、高いことはございません。私さえ、磔になったら済むことで。どうも、お邪魔を致しました。（店へ帰って）旦さん、遅なりまして」
旦「コレ、番頭。顔色が悪いが、みかんは無かったじゃろな？」
番「いえ、ございました」
旦「えッ、あったか！」
番「私が片意地なことを言うたばっかりに、みかん一つが、えらい値になりまして。覚悟は出来てますよって、お上へ突き出していただきますように」
旦「番頭は、みかんがあると請け合うたよって、それで宜しい。一体、何ぼじゃ？」
番「へェ、千両で！」
旦「何ッ、千両？　おォ、安い！　何万両を出そうが、倅の命は、金では買えん。亀吉、千両箱を持って来なはれ。（千両箱を置いて）さァ、これで買うといで」
番「（卒倒して）フワァーッ！」

何遍も、気を失う番頭で。

菰で包み、千両箱か何かわからんようにすると、丁稚車へ乗せ、運んで来たのが、最前の天満のみかん問屋。

千両箱と引き替えに、みかん一つを、大事に持って帰る。

番「旦さん、このみかんでございます」
旦「おォ、見事な品じゃ。早う、伜に食べさしてやっておくれ」
番「へェ、そう致します。（若旦那の部屋へ来て）若旦那、お待たせ致しました」
若「あァ、番頭。最前は、済まなんだ。あんたが慰めで言うてくれてるのを、子どもみたいに、真に受けて。こんな暑い時、みかんがある訳が無い」
番「これが、目に入りませんか？　色といい、艶といい、香りといい、採り立てと、一寸も変わらん、紀州みかんがありました」
若「えッ、あったか！　番頭、苦労したやろな」
番「私より、旦さんへ御礼を仰れ。みかん一つが、何ぼと思いなはる？　一つ、千両でございます。平生、しぶちんの。（口を押さえて）始末屋の旦さんが、千両を投げ出しなはった。親の心を有難う思て、いただきなはれ。ほな、皮を剥きます。皮かて、五両や十両ぐらいの値打ちはある。丁度、十袋ありますわ。みかん一袋が、百両！　筋かて、一分や二分の値打ちはある。どうぞ、お召し上がりを」
若「ほな、よばれる。お父っつぁん、お母はん、いただきます。（みかんを食べて）あァ、美味しい！　確かに、この味や。あァ、美味しい！」

番「二百両、三百両！　おォ、怖ァ！」

若「あァ、美味しかった！　これで病いが治ることは、間違い無い。スッとして、頭の中の雲が晴れたような。ここに、三袋あるわ。一つは、お父っつぁん。一つは、お母はん。後の一つは、番頭が食べて」

番「お心の籠もりました、お言葉。御両親へ、お伝え致します。（廊下へ出て）世の中、こんなことがあるとは思わなんだ。みかん一つが、千両！　何か、悪い夢を見てるような。十二の齢から、御当家へ奉公して、来年、暖簾分けをしてもらう時、出してもらえるのが、三十両か五十両。間違ても、百両は出してもらえまい。如何に、我が子が大事と言うて、みかん一つが千両！　冥加の程が、恐ろしい。ここに、三百両ある。来年の別家が、五十両。みかん三袋が、三百両。来年まで待って、五十両。ここに、三百両。あァ、暑い！（額の汗を拭って）ええい、ままよ！」

番頭、みかん三袋を持ったまま、ドロンしてしもた。

解説「千両みかん」

三重県松阪市の山間部で生まれ育った私の幼い頃の楽しみは、祖母と近鉄特急へ乗り、四日市市の親戚へ遊びに行くことでした。

父は、男四人兄弟の長男で、次男が三重県四日市市南日永へ養子に行ったので、時折、祖母が訪れていたのです。

従兄弟(いとこ)と遊ぶのも面白かったのですが、一番の楽しみは、松阪駅や四日市駅、近鉄特急の車内で購入する、おやつ・ジュースでした。

夏場は、冷凍みかんを売っており、細長い網の袋の中へ、凍ったみかんが五つ入っていましたが、凍ったみかんの皮を剥き、一袋ずつ外し、口の中へ入れた時の冷たさは、令和の今日では感じられないほど、爽やかで、強烈な冷たさであり、祖母が「こんな暑い時、みかんが食べられるのは、本当に幸せや」を言っていたことが、忘れられません。

「千両みかん」のように、夏の暑い日、みかんが食べたいと悩み、患った大家の若旦那を、「そのような人が、この世の中におるか?」と、首を傾げる方もあるでしょうが、食べ物への欲求は強烈で、日本人の年配に、カレーやラーメンが好きな人が多いのも、子どもの頃に美味しく思ったことが、大きく影響していると思います。

小学四年生の年末、幼い妹が交通事故で亡くなり、五年生になってから、祖母が倒れ、寝たきりになってしまい、暗い毎日が続きました。

家族一同で、祖母の面倒を見るのは大変でしたが、明るさを失いたくなかったのか、祖母の前で、覚えた落語を演じることで、私の気も散じ、祖母も喜んだのです。

その時、祖母が気に入ったのは、「地獄八景亡者戯」と「千両みかん」。

書籍・ＬＰレコード・ラジオの録音などで覚えましたが、我ながら、子どもの頃は記憶力が抜群で、細かく覚えたのを聞き、祖母が言ったのは、「昔の人の言葉を、よう知ってるな」。

小学生の頃から馴染みが深く、祖母との思い出も含め、強烈に記憶に残っているネタが、「千両みかん」。

原話は、『鹿の子餅』（明和九年、江戸版）の「蜜柑」。

＊＊＊＊

分限な者の息子、照りつづく暑さにあたり大煩ひ。

なんても食事すすまねば、打寄って、なにぞのぞミはないかとのくらうがり。

何にもくいたうない。

そのうちひいやりと、みかんなら喰たいとのこのミ。

安い事と買にやれど、六月の事なれバ、いかな事なし。

爰に須田町に、たつた一つあり。

一つて千両、一文ふつかいてもうらす。

もとより大身代の事なれバ、それでもよいとて千両に買、さああがれと出せバ、むす子うれしがり、まくらかろく起上り、皮をむいた所が十袋あり。

にこにこと七袋くひ、いやもふ、うまふてどふもいへぬ。

これハ、お袋様へあげてたもと、のこる三袋、手代にわたせば、手代、その三ふくろをうけ取て、みちから欠落

＊　＊　＊　＊　＊

石川雅望の『しみのすみか物語』（文化三年）下巻になると、もっと具体的になります。

＊　＊　＊　＊　＊

価二百両せる柑子の事

某の大納言の太郎君、いたく病はせ給ひておものもつやつやきこしめさず、御館の人々足も

空になしてあわてて惑い読経の法師祓の巫(かんなぎ)等かたかたに罵り騒ぐ、かくて日数ふれどもよろしうも見えさせ給はねば父の大納言御枕近く寄り給ひて如何にかう物もきこし召さで憂目をば見せ給ふ、何にまれ少しは物きこしめしてよと御泪にむせびて宣へば太郎君息の下に何欲しとも思い侍らず、されどあながちに宣ふ事のわりなければせめて柑子一つ食べて見まじと宣ふ。

そは嬉しくあるなりとてとく人走らせて求め給ひけれど水無月の頃なりければ都の限、商人の家、あなぐり求めつれどなしとのみ申す、大納言いらち給ひて来、千々の宝も何か惜からぬ唯価を募りて求めて来、と仰せ給ふ。

秦の武安という者辛うじて伏見のほとりにて柑子七つ求めて来ぬ。

価黄金二百両とか聞えし、とく進め奉りけれど僅に七つばかりをだに参らす、されど僅ばかりいささかの物だにきこしめさざりけるを今日ばかり物参り給へる。

嬉しかりけりとて武安には重く勧賞ありて褒めさせ給ひけりさて残りたる柑子は珍らかなる物なればとて野に在す尼君の御許へ参らすべしとて復武安を御使にて出したて給ふ、武安が下部柑子の入りたる筺(かたみ)を持ちて行きけるが七の価二百両と聞きて心に思ひけるは六にても良き価の物あり、此盗みて人に売らましかば良き価を得ましと思ひて武安が道に休らひ居る暇を窺ひてかの値打ち担げて何方ともなく逃げ失せけり。

この痴人(しれもの)如何なる価をか得たりけむ、訝し。

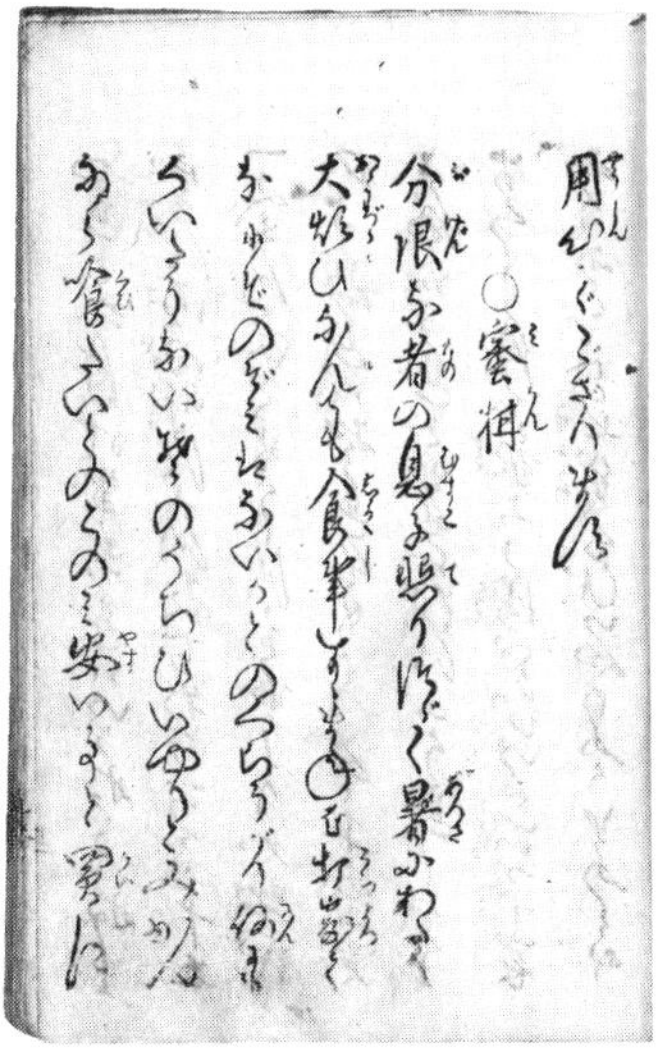

『鹿の子餅』（江戸版、明和９年）の速記。

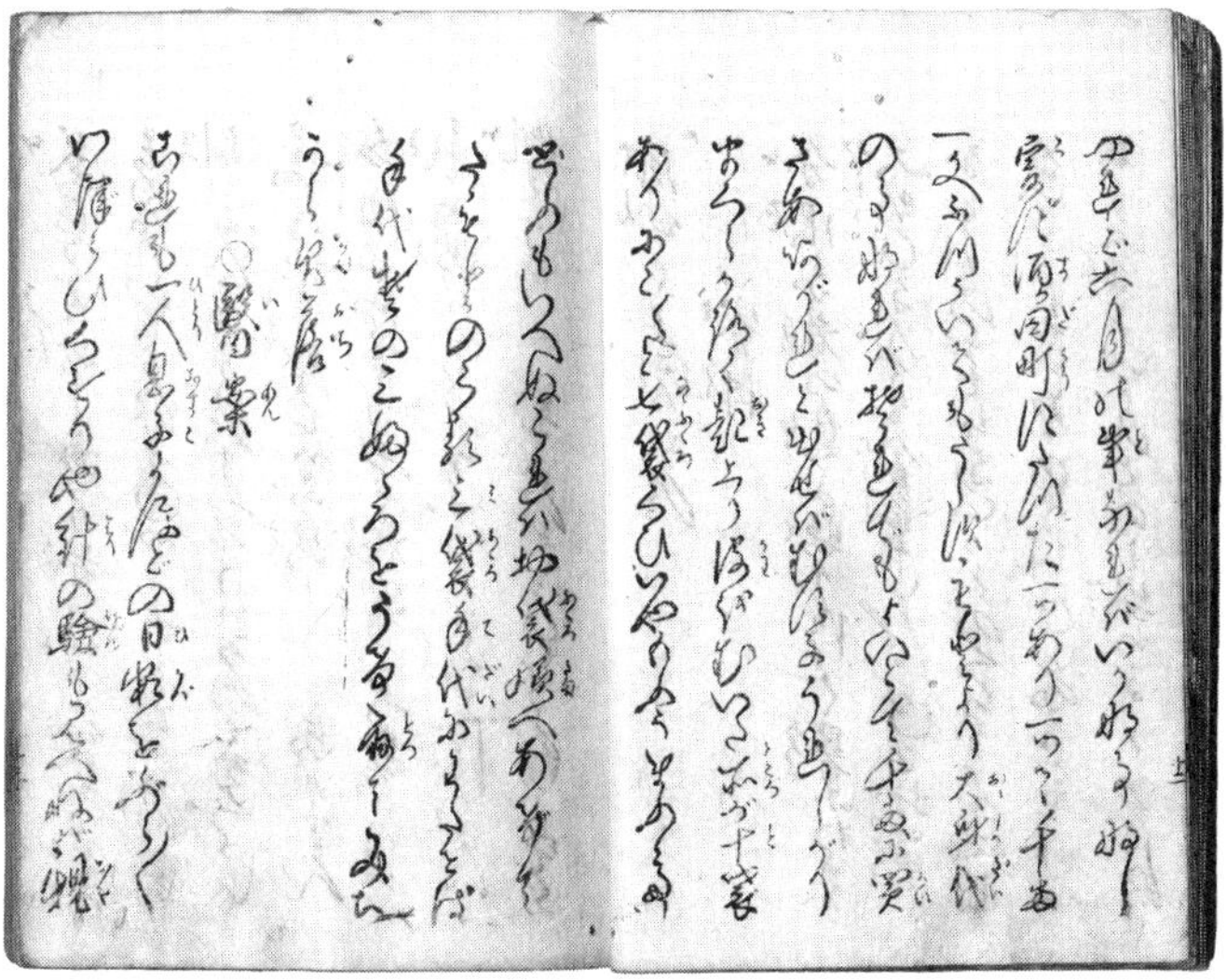

＊＊＊＊＊

平成八年五月二十七日、大阪梅田太融寺で開催した「第七回／桂文我上方落語選（大阪編）」で初演しましたが、後日、この時に来られたお客様から、電話をいただいたことを述べておきましょう。

この方の友人が精神を病んだことで、「落語を聞けば、気が散じるだろう」と思い、連れて来られたのですが、「千両みかん」で、若旦那が悩んでいる姿を見て、気が重くなったとのことです。

その時、「落語は、精神を治療する芸ではなく、せめて、0か、0以上に、気が上がっていなければ、楽しみにくいのです。落語を聞いて、精神の治療になったという方がおられるかも知れませんが、私は存じません。病気を治されてから、落語を聞いていただく方が良いと思います」と申し上げました。

来ていただいたお客様へ、心苦しい返答でしたが、これ以上の答えを思い付かなかったので、そのように伝えると、「よく、わかりました。その意見を友達へ伝えて、病気を治してから、改めて、寄せていただきます」と仰った後、本当に病気を治され、落語会へ来てくださったのです。

千両箱は、小判の二十五両包みが四十個や、一分金の固まりを入れた、木製で、鉄帯を格子状に打ち付けてある保管箱ですが、十両の大判の百枚入りもありました。

令和の今日の貨幣価値で換算すると、七千万円～一億円という所でしょうか。

江戸時代の旧暦のネタだけに、六月が真夏で、土用の最中でも、理屈には合います。

青物は野菜類、赤物は果物の総称で、天満青物市場は、天満橋北詰の西の大川沿いに、承応二年から開設され、昭和六年、大阪中央卸売市場の創設で収容されるまで、淀川の水運を利用し、各地から青果物を集荷し、賑わったそうです。

また、磔という残酷な刑罰の様子を紹介しているネタも、珍しいと言えましょう。

若旦那の病いを心配し、立ち直ってもらいたいと考えている番頭が、軽はずみな発言から、自分の命が危なくなり、若旦那のことより、自分が助かりたい一心で、夏場の大坂の町で、みかんを探し歩くのです。

八代目林家正蔵師は、上方落語界の名人・二代目桂三木助から教わり、天満のみかん問屋を、江戸神田多町（たちょう）のみかん問屋・万屋惣兵衛へ改めました。

「林家正蔵　はなしの世界」その一（東芝ＥＭＩ、昭和四十九年）では、万右衛門とし、蔵の中で大勢の奉公人がみかんを探す時、ハメモノ（※お囃子入り）で「四丁目」を入れましたが、そのような演出が上方落語にあったのかどうかは知りませんし、レコードの解説では、この演出を良しとしていますが、これは賛否が分かれるでしょう。

みかんが出て来る落語は、意外に少なく、「千両みかん」の他は、「みかん屋」「九年母」ぐらいで、みかんを食べる仕種を見せる落語も、ほとんどありません。

冬の風物詩とも言える果物だけに、もっと落語の題材になってもいいと思いますし、皮を剥いたり、みかんの袋を食べたり、酸っぱい時、顔をしかめたりする姿は、絵になると思うのですが、小噺も含め、一席物のネタは、極めて少ないと言えましょう。

柿・桃・栗など、果物を食べるネタは少なく、野菜の料理も多いとは言えません。

落語の食べ物は、蕎麦・うどん・餅が多く、呑み物は、酒・茶・水となりましょう。

講釈や浪曲では、江戸時代の紀州の大富豪・紀伊國屋文左衛門の物語が有名です。

江戸のふいご祭へ間に合わせるため、ボロ船・梵天丸へ八万籠のみかんを積み、嵐の中を命懸けで、紀州から江戸へ向かった物語を浪曲にした、関西浪曲師・梅中軒鶯童の名演が評判を呼び、SPレコードも爆発的に売れたことで、語り芸の中で、みかんと言えば、浪曲の「紀伊國屋文左衛門」が、一番知られることになりました。

関西浪曲界の重鎮・天龍三郎師が亡くなってから、「紀伊國屋文左衛門」を上演する者が少なくなったのは残念です。

「千両みかん」も、東京落語で聞く方が多くなりましたが、上方落語は上演時間も長く、演者に貫禄が求められるだけに、若手で演じる者も少なくなり、ベテランも高座へ掛けることが減ったのでしょう。

第二次世界大戦前に刊行された速記本は、「番頭の苦忠」という演題で掲載されている場合

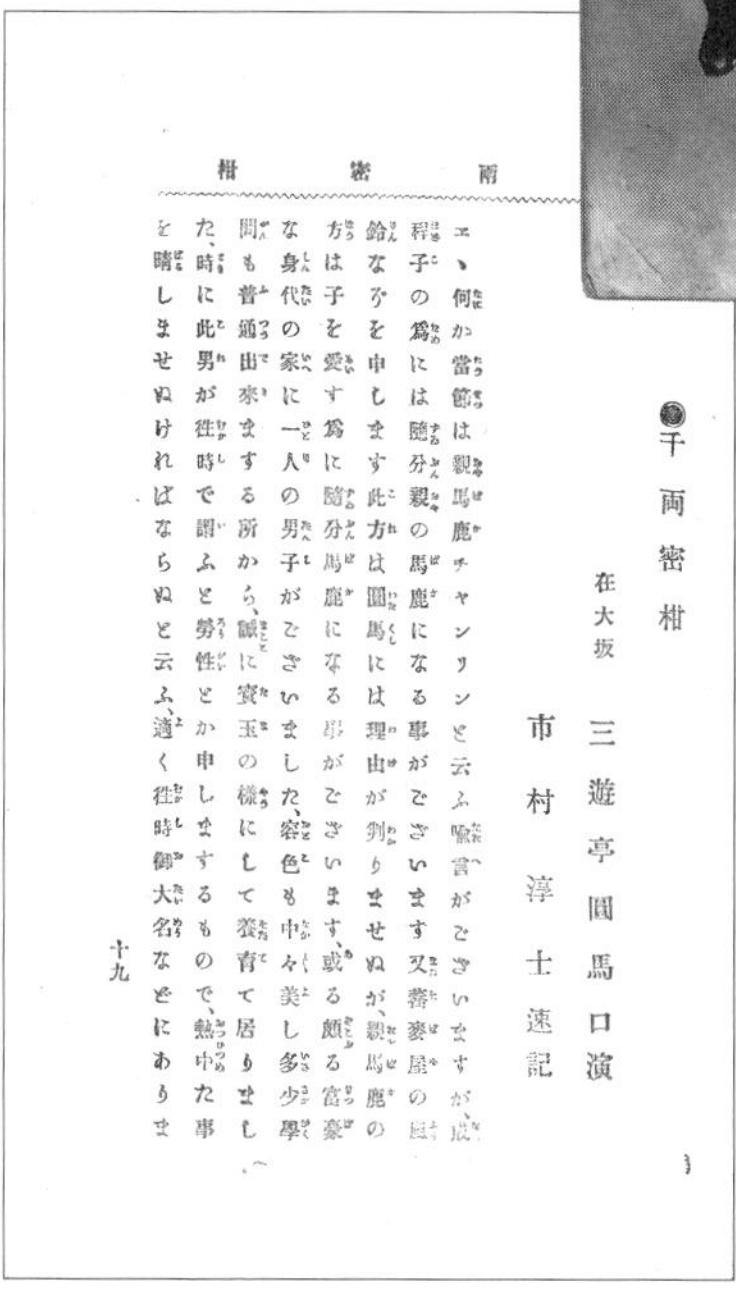
兩　密　柑

●千両密柑

在大坂　三遊亭圓馬口演

市村淳士速記

エヽ何か當節は親馬鹿チャンリンと云ふ譬言がございますが、成程子の爲には隨分親の馬鹿になる事がございます又蕎麥屋の風鈴なぞを申します此方は圓馬には理由が判りませぬが、親馬鹿の方は子を愛す爲に隨分馬鹿になる事がございます、或る頗る富豪な身代の家に一人の男子がございました、容色も中々美し多少學問も普通出來まする所から、誠に寶玉の樣にして養育て居りました、時に此男が徃時で謂ふと勞性とか申しまするもので、熱中た事を晴しませぬければならぬと云ふ、適く徃時御大名などにありま

十九

『滑稽落語揃』（朗月堂書店、明治32年）の表紙と速記。

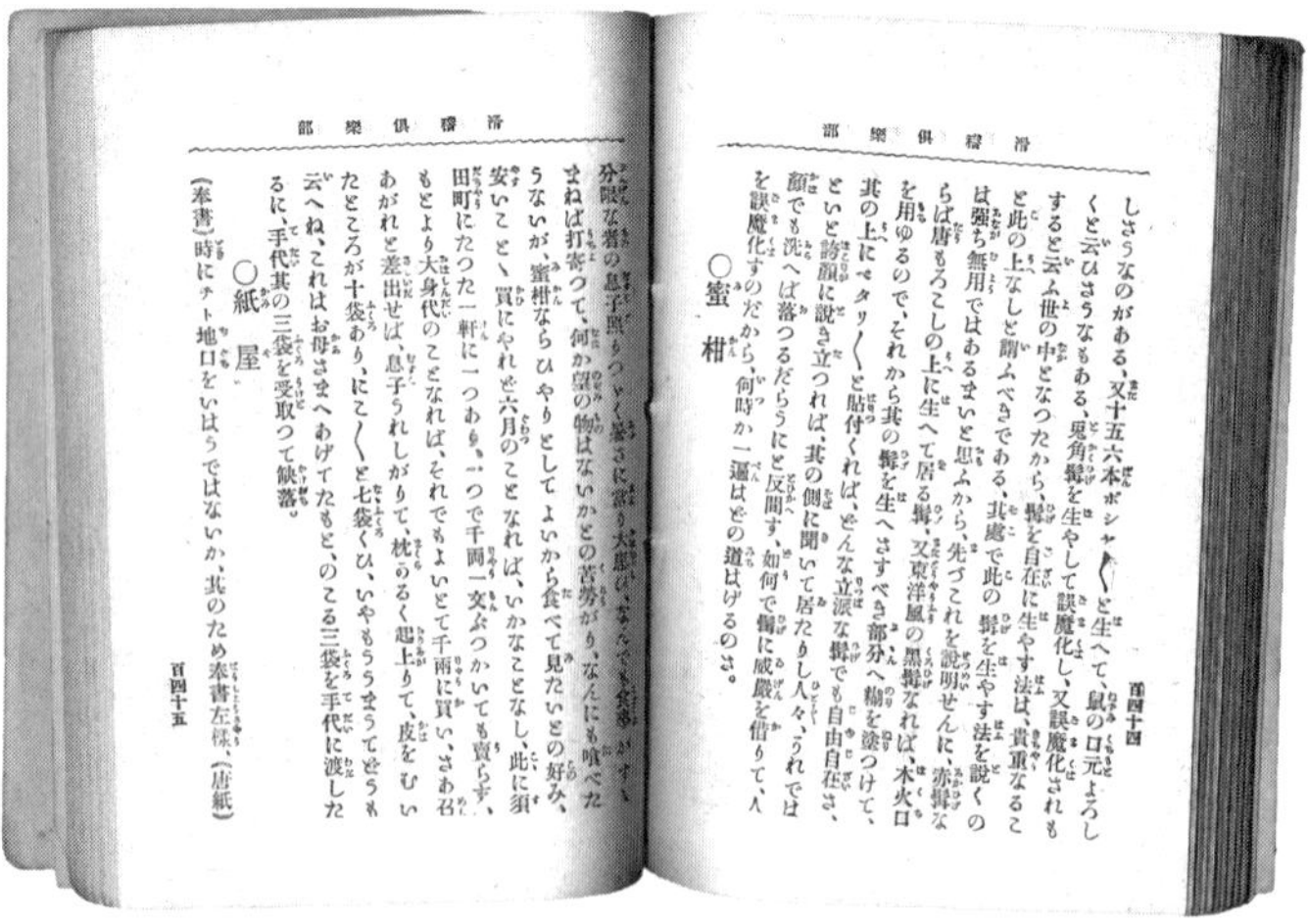

滑稽倶樂部

百四十四

しさうなのがある、又十五六本ボシヤ〱と生へて、鼠の口元よろしくと云ひさうなもある、兎角髯を生やして誤魔化し、又誤魔化されもすると云ふ世の中となつたから、髯を自在に生やす法は、貴重なること此の上なしと謂ふべきである、其處で此の髯を生やす法を説くのは強ち無用ではあるまいと思ふから、先づこれを説明せんに、赤髯ならば唐もろこしの上に生へて居る髯、又東洋風の黒髯なれば、木火口を用ゆるので、それから其の髯を生へさすべき部分へ糊を塗つけて、其の上にベタリ〱と貼付くれば、どんな立派な髯でも自由自在さ、といと誇顔に説き立つれば、其の側に聞いて居たりし人々、うれでは顔でも洗へば落つるだらうにと反問す、如何で髯に威厳を借りて、人を誤魔化すのだから、何時か一遍はどの道はげるのさ。

○蜜柑

滑稽倶樂部

分限な者の息子照りつゞく暑さに堪り大悶ひ、なんでも食事がすゝまねば打寄つて、何か望の物はないかとの苦勞がり、なんにも喰べたうないが、蜜柑ならひやりとしてよいから食べて見たいとの好み、安いことゝ買にやれど六月のことなれば、いかなことなし、此に須田町にたつた一軒に一つあり、一つで千両一文ぶつかいても賣らず、もとより大身代のことなれば、それでもよいとて千両に買い、さあ召あがれと差出せば、息子うれしがりて、枕あるく起上りて、皮をむいたところが十袋あり、にこ〱と七袋くひ、いやもううまうてどうも云へね、これはお母さまへあげてたもと、のこる三袋を手代に渡したるに、手代其の三袋を受取つて缺落。

○紙屋

〔奉書〕時にチト地口をいはうではないか、其のため奉書左様、〔唐紙〕

百四十五

『滑稽倶楽部』（金櫻堂・松陽堂、明治33年）の表紙と速記。

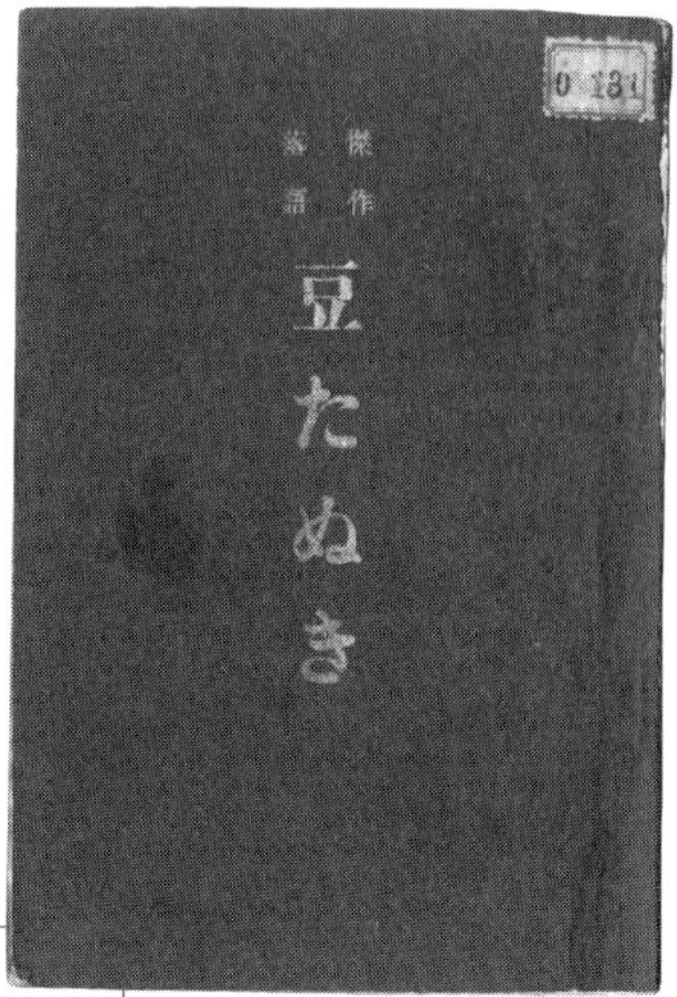

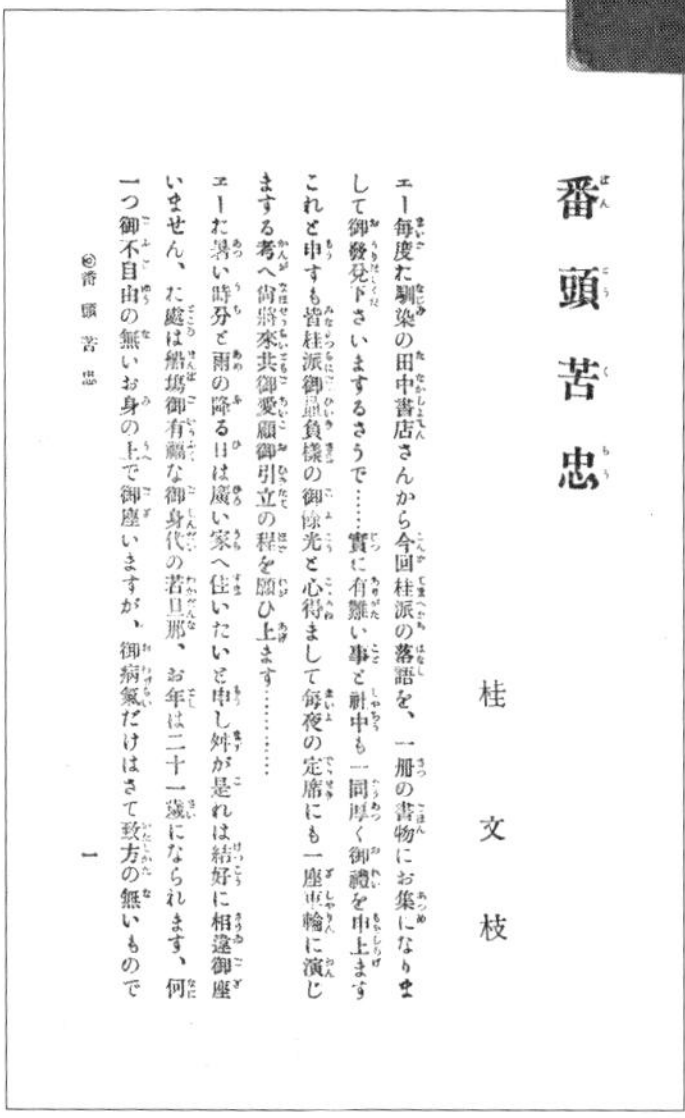

番頭苦忠

桂文枝

エー毎度た馴染の田中書店さんから今回桂派の落語を、一冊の書物にお集になりまして御發兌下さいまするさうで……實に有難い事と社中も一同厚く御禮を申上ますこれと申すも皆桂派御贔負様の御除光と心得まして毎夜の定席にも一座車輪に演じまする考へ尚將來共御愛顧御引立の程を願ひ上ます………

エーた暑い時分と雨の降る日は廣い家へ住いたいと申し升が是れは結好に相違御座いません、た處は船場御有福な御身代の若旦那、お年は二十一歳になられます、何一つ御不自由の無いお身の上で御座いますが、御病氣だけはさて致方の無いもので

◎番頭苦忠　一

『傑作落語／豆たぬき』（登美屋書店、明治43年）の表紙と速記。

小圓朝落語全集　151

…定九郎を見た事が無ヱ、さア是は今日の褒賞だ、此煙草入を遣るよ　仲「有…しします」ホロ〱と涙を流しました、傳九郎も共に嬉し泣に泣て　傳「仲藏や今日演た定九郎は末世の手本に遺すよ　仲「親方本統でございますか　傳「又しても疑ぐるか、本統だ　仲「本統ならば道具屋を歸します。」

千兩蜜柑

世の中は日に日に進んで參りまして、二人で一人を運んだのを此度は一人で二人を運ぶ、然うかと思ふと馬車なぞと申して馬に曳せて多くの人を運ぶ、馬車は遲いと云ふので電車、それから又自働車、近頃では空を翔廻ると云ふ、實に大したものでございます、斯樣に進歩いたしましたにつれてお子供樣のお悧巧になつた事、手前共がまだ幼少の折は十歳位に成つても青涕をたらして、蜻蛉を追掛て居りましたもので、其が只今のお子さんは　○「君此の一二年で我國も長足の進歩をしたネ」懇

『三遊亭小圓朝落語全集』（三芳屋書店、大正５年）の表紙と速記。

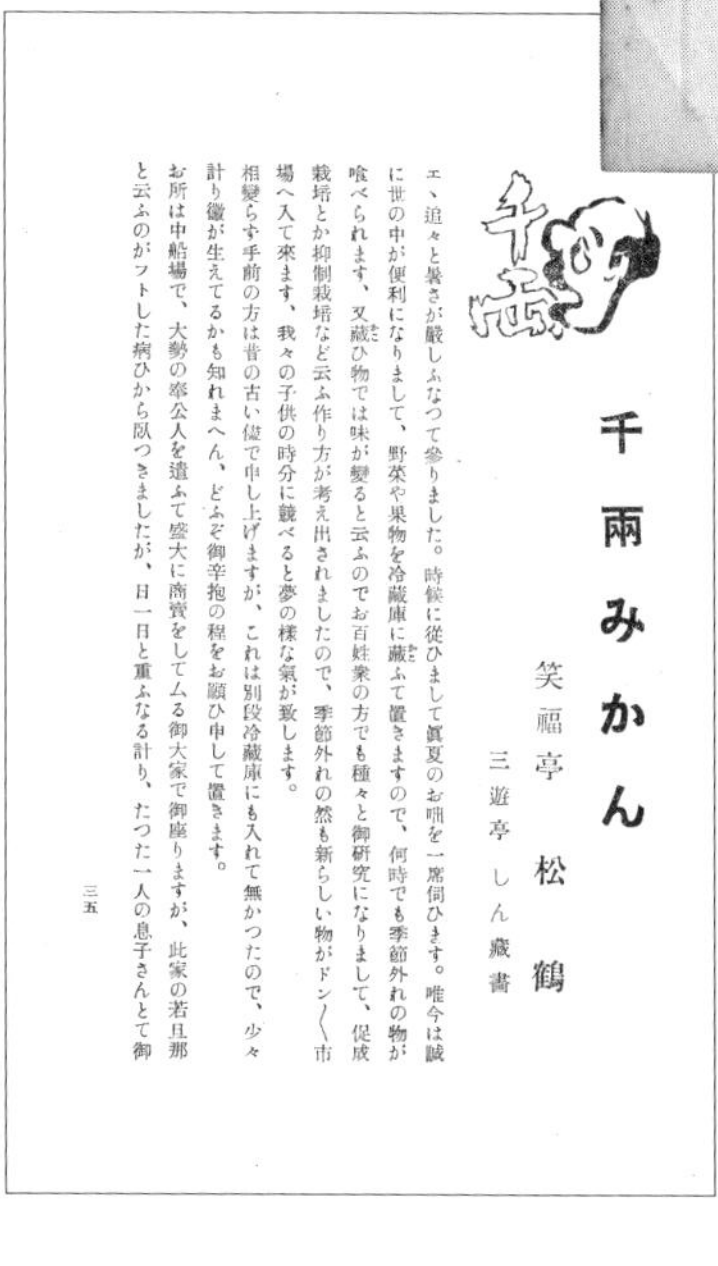

千兩みかん

笑福亭松鶴

三遊亭しん藏書

エ、追々と暑さが嚴しふなつて參りました。時候に從ひまして眞夏のお咄を一席伺ひます。唯今は誠に世の中が便利になりまして、野菜や果物を冷藏庫に藏ふて置きますので、何時でも季節外れの物が喰べられます、又藏ひ物では味が變ると云ふのでお百姓衆の方でも種々と御研究になりまして、促成栽培とか抑制栽培など云ふ作り方が考え出されましたので、季節外れの然も新らしい物がドン〳〵市場へ入て來ます、我々の子供の時分に競べると夢の様な氣が致します。

相變らず手前の方は昔の古い儘で申し上げますが、これは別段冷藏庫にも入れて無かつたので、少々計り黴が生えてるかも知れまへん、どふぞ御辛抱の程をお願ひ申して置きます。

お所は中船場で、大勢の奉公人を遣ふて盛大に商賣をしてムる御大家で御座りますが、此家の若旦那と云ふのがフトした病ひから臥つきましたが、日一日と重ふなる計り、たつた一人の息子さんとて御

三五

『上方はなし』第27集（樂語荘、昭和13年）の表紙と速記。

『林家正蔵はなしの世界』その一（東芝EMI、昭和49年）。

もあり、『滑稽落語揃』（朗月堂書店、明治三十二年）、『滑稽倶楽部』（金櫻堂・松陽堂、明治三十三年）、『傑作落語／豆たぬき』（登美屋書店、明治四十三年）、『三遊亭小圓朝落語全集』（三芳屋書店、大正五年）、『名作落語全集／開運長者編』（騒人社書局、昭和四年）などで、雑誌は『上方はなし』第二七集（樂語荘、昭和十三年）へ掲載されています。

LPレコード・カセットテープ・CDは、五代目古今亭志ん生・八代目林家正蔵・十代目金原亭馬生・三代目桂米朝・二代目桂枝雀等の各師の録音で発売されました。

土橋萬歳

どばしまんざい

若「コレ、定吉。割木を持って、目を剥いて、何をしてる？」

定「今、若旦那の張り番をしてます。御番頭に『しっかり、若旦那を見張っとけ。出て行くことなさったら、向こう脛を、ドツいても構わん』と言われてるよって、楽しみにしてます。どうぞ、お出ましを」

若「コレ、何を言いくさる。此方へ入って、お茶を啜り。羊羹も、ブ厚う切った。さァ、二十銭の銀貨も上げる」

定「昔から、『美味き物　食わす人に　油断すな　直に後腹　痛む物なり』と言います。座敷へ呼び込んで、私の生き肝でも取ろと思て」

若「お前の生き肝が、何に効く。此方へ入って、割木を置いて、お茶を啜り。羊羹も摘んで、二十銭も直しとき。その代わり、此方の無理も聞いてもらいたい。お前も知ってるように、親父が怒って、座敷から出られんことになった。今日は、芸妓・舞妓・幇間が、中筋の大梅（だいうめ）というお茶屋へ集まって、顔が揃たら、難波の一方亭へ、御飯を食べに行く相談が出来てる。払う物は払てあるよって、行かんでもえぇけど、わしが行かなんだら、皆が仏様の居らん、お堂のお守りをしてるようなことになるわ。一方亭へ行って、段取りをして帰って来たら、都合が良え。一時間か二時間、目を瞑って」

定「一寸、待ちなはれ。若旦那が出はったら、私も仏様の居らん、お堂のお守りをしてることになるし、私が怒られます」

若「そう思て、布団を敷かした。座布団を二枚丸めて、枕許へ置いて、箒（ほうき）を挟んで、布団を被せると、コンモリとして、人が寝てるみたいに見える。『おい、若旦那は？』と聞かれたら、『今、寝てはります』と言うてくれたら、誤魔化せるわ。それだけのことをしてくれたら、お前の好きな笹巻きの寿司を仰山買うて来たる。藪入りに、土産の一つも持たせるよって、一寸だけ行かして」

定「笹巻きの寿司に、藪入りの土産？　ほんまに、直に帰って来はりますか？」

若「一時間か二時間ぐらいで、向こうの段取りをしたら、直に帰って来る」

定「笹巻きの寿司を、呉々も宜しゅうに！」

若「一々、大きな声を出すな！　心配せんでも、直に帰って来るわ」

丁稚を丸め込み、若旦那は裏木戸から、スッと逃げ出した。

番「コレ、亀吉。若狭屋のお葬式の行列が、いつ出るか、見て来てくれるか。今日は、親旦那が風邪気味で、わしが名代で、行列へ立たなあかん。行くのが遅れたら、親旦那の顔へ泥を塗ることになる。早う、見て来なはれ」

亀「（戻って）直に行列が出そうで、皆の名前を呼んではります」

番「あァ、えらいことじゃ！　ほな、支度をせなあかん。葬礼用の麻裃（あさがみしも）が入れてある、上下挟（じょうげばさ）みを持っといで。亀吉と定吉は、替わりなはれ。亀吉は背が低いよって、わしの後ろで、大きな上下挟みを担げて、ヒョコタンヒョコタンと歩くと、周りの御方が笑いなさる。亀吉が若旦那の張り番をして、定吉が行列へ随（つ）いて行くのじゃ」

亀「へェ、わかりました。（離れへ来て）今から、定吉っとんと入れ替わるわ」

定「ほゥ、何で？　あァ、そうか！　ほな、この割木を渡しとく。お前は、直に居眠りをする。その間に、若旦那が逃げ出しはったら、此方まで叱られるわ。若旦那は、休んではる。妙に起こしたら、機嫌が悪なるわ。しっかり、張り番をせえ。（離れを出て）あァ、上手いこと行った！　必ず、亀吉は居眠りをするわ。『お前が居眠りをしてる間に、若旦那が出て行きはった』と言うて、ドツかれて、泣き寝入りに寝てしまう。若旦那が帰って来はったら、笹巻きの寿司がもらえる。何で、こんなに上手に行く。（踊って）あァ、チャンチャカチャン！」

番「コレ、何を踊ってる。早う着替えて、随いて来なはれ」

その頃の葬式は、白い麻裃を付け、葬礼差しを腰へ差し、行列を組み、送った。真っ白の麻裃を、イロと呼ぶのが面白い。

番「播磨屋でございますが、遅なりまして。本日は、主の塩梅が悪なりまして、私が名代で参りました。間に合わんことでございますが、宜しくお願い致します」

定「皆様方、えらい遅なりまして！」

番「コレ、お前は黙ってなはれ！」

上下挟みという裃入れを担げ、定吉が後を随いて来る。

千日前から、阿倍野へ墓地が移ってからは、船場から遠い道程（みちのり）になった。

不人情な世の中やなかっただけに、誰も文句を言わんと、行列を組み、阿倍野まで歩くと、野辺の送りを済ませる。
平服へ着替え、麻裃を上下挟みへ入れ、ゾロゾロ帰って来ると、橋筋(はっすじ)(※心斎橋筋)へ掛かり、戎橋を渡った。

定「もし、番頭はん、何か、忘れてございませんか?」
番「今日は、気が急(せ)いてるよって、忘れてるかも知れん。何か、気が付いたか?」
定「ここを通ったら、いつも丸万で、一杯呑みはります。小田巻か何かを取ってくれはって、『店へ帰ったら、ケツネをよばれたと言うとき』と言うて。今日は、そのお言葉がございませんよって、お忘れになってるのやないかと思て。誰方にも、御都合がありますよって、小田巻きやのうて、うどんだけでも結構で」
番「いや、忘れてる訳やない。お前が若旦那の張り番やったら、心配はせんわ。亀吉は居眠りをするよって、その間に出て行かれたら、親旦那に申し訳無い。今日は、気が急くよって、別の日に食べさせるわ」
定「そんなことを言わんと、一寸だけ! 早う帰っても、若旦那は出てはるかも知れん」
番「そんなことになったらあかんよって、早う帰りたい」
定「そんなに慌てんでも、若旦那は出てしもた頃と思いますわ」

番「おい、そんな頃があるか」
定「必ず、出てはります！　請け合いますよって、丸万へ寄って」
番「コレ、定。お前、出したな？」
定「いえ、出しますかいな。私は、そんな阿呆なことはせんわ。亀吉っとんやったら、二十銭をもろて、出したかも知れん」
番「何ッ？　ほゥ、なるほど。お前は賢いよって、そんな阿呆なことはせん」
定「へェ、当たり前ですわ。私のことを、皆が賢いと言うてくれます」
番「あァ、お前は賢い。亀吉は、どんならん。ところで、定吉。若旦那が、亀吉を騙して抜け出したら、何処へ行きはると思う？　それがわかったら、小田巻やないわ。寿司へ、茶碗蒸しを付けるが、わかるか？」
定「寿司に、茶碗蒸し！　ほな、一生懸命に考えますわ。若旦那が出はったら、中筋の大梅というお茶屋へ行きはると思います。芸妓・舞妓・幇間が仰山集って、難波の一方亭へ御飯を食べに行きはると思いますわ」
番「ほゥ、なるほど。ほんまかどうか、今から行って、見て来る」
定「見に行かんでも、間違い無い。早う、寿司と茶碗蒸し！」
番「行かな、わからん。お前は先へ帰って、『番頭は、得意先を、二、三軒廻って、日が暮れに帰ります』と言いなはれ。決して、要らんことは言いなはんな」
定「アノ、寿司と茶碗蒸しは？」
番「あァ、見て来てからじゃ」
定「番頭はんの仰ることは、頼り無いわ。何やったら、煙草入れを預かります」
番「コレ、何を言いくさる。さァ、帰りなはれ」

定吉を先へ帰すと、番頭は大急ぎで、難波の一方亭へ来た。
初めての店は入り辛く、店の表を、ウロウロウロウロウロ。

若「もっと、大きな物で、グゥーッと呑まんか」
甲「私らばっかりに呑まさんと、若旦那も呑みはったら」
若「今から呑むと、後が保たん。初春から、陰気な座や。さァ、唄の一つも唄いなはれ」
甲「ほんまに、堪忍。暮れから、呑み通しの唄い通し。一寸も、良え声が出ん」
若「初めから、良え声やないわ。さァ、唄いなはれ」
甲「ほな、姐ちゃん、お願いします」〔ハメモノ／福寿草。三味線で演奏。※初春や、日向に直す福寿草。めでたき春の、長閑さや。花の心は、移り気な。つい蕾さえ、開き初め〕

若「初春に因んだ、良え唄や、舞も、品がある。さァ、盃を廻しなはれ」
番「(店へ入って) えェ、御免」
○「へェ、お越しやす」
番「船場の播磨屋の若旦那が、お越しやございませんか?」
○「はい、それやったら。(口籠もって) いえ、お越しやございません」
番「今、はいと仰いましたし、若旦那のお履物がございます。播磨屋の若旦那とは、古い付き合いで。東堀の灰屋常次郎と申しまして、お約束が出来てます」
○「東堀の灰屋常次郎さんで、古いお付き合い? ほな、お越しかも知れん」
番「そんな、ジャラジャラしたことを仰らんように。どうぞ、宜しゅうに」
○「一寸、お待ちを。(二階へ上がって) アノ、若旦那」
若「おォ、どうした? ここに居るのを、何で灰常さんが知ってる? あァ、大梅へ寄ったか。灰常さんは、気の置けん人や。一八に繁八、灰屋さんを迎えに行きなはれ」
一「へェ、承知致しました! (下へ降りて) これはこれは、灰屋の旦さんで。私は幇間の一八で、此方が繁八と申しまして。末永い御贔屓を、お願い申し上げます。播磨屋の若旦那が、お待ち兼ねでございまして。どうぞ、お上がりを」
番「私が通りましては、お座が白けます。若旦那に、ここまで来ていただきますように」

一「それでは、我々の役が立たん。コレ、繁。灰屋の旦那を、二階へお連れしなはれ」
繁「（番頭の尻を押して）どうぞ、此方へ」
番「もし、何をしなはる！」
一「（座敷へ戻って）もし、若旦那。灰屋の旦那を、お連れ致しました」
若「ほゥ、珍客の御入来（ごじゅらい）。一体、何処で聞きなはった？　廊下で頭を下げてんと、いつも挨拶無しに、ズカズカと入って来なはる。さァ、顔を上げて。あッ、お前は番頭！」
番「もし、若旦那。申し訳ございませんが、次のお部屋まで来ていただきますように」
若「いや、何も言うな！（笑って）わッはッはッは！　ウチの番頭が、友達になりすまして、わしらを調伏（ちょうぶく）に掛けよった。番頭へ、盃を持って行きなはれ」
甲「どうぞ、お一つ」
番「今日は、お酒をいただきに参ったのではございません。若旦那、次のお部屋まで」
若「あァ、わかってる！　一つだけ、盃を受けて。そうせんと、芸人が照れるわ」
番「芸人が照れるやなんて、情け無い。今朝のことを、お忘れになりましたか？　親旦那がお怒りになって、私が間へ立って、御意見をさしていただいたことを」
若「いや、忘れてない。この場は、一つだけ！」
番「私が蔭になり、日向になり、お庇（かば）い申しておりますのに」

若「あァ、わかってる！」
番「『今日だけは、大人しゅうしていただきますように』と申しましたのに、あなたという御方はな！」
甲「(口三味線をして) シャシャシャシャ、シャンリンリン！」
番「コレ、誰方です！　私は、真面目に言うてるのに」
若「取り敢えず、一つだけ。ええい、喧しいわ！　大人しゅう言うてたら、調子に乗りやがって！　こんな所まで来て、恥を掻かした。番頭が、何程偉い？　高（たか）が、丁稚の功を経た奉公人や。わしは道楽者でも、店の一人息子。親父が死んだら、竈（かまど）の灰まで、わしの物になる。親父の意見も聞かん者が、奉公人が何万言（げん）費やしても、蚊が刺した程にも思わん。『番頭、番頭』と立ててたら、良え気になりやがって。お前みたいな奴は、顔も見とない。(番頭の胸を突いて) 去（い）ね、去ね、去ね！」

余程、腹が立ったか、廊下を「去ね、去ね、去ね！」と、番頭の胸を突き、梯子段の所で、「さァ、去ね！」と突くと、ガラガラガラ、ドシィーン！
○「もし、大丈夫で？」

番「(腰を摩って) 不器用な人間で、怪我(けが)一つ出来ん」
○「そんなことは、不器用な方が宜しゅうございます。今日は、お帰りになった方が良えみたいで。若旦那は、お酒が入ってます。御機嫌も、お悪い」
番「こうなると思て、下へ降りていただくように申しましたら、二階へ上げられて。今日は、親旦那の首尾が良うない。早い目に、お帰し下さいますように」
履物を突っ掛け、表へ出たが、二階では、何が面白いのか、ワッという笑い声。

番「若いよって、無理も無いが、あんな物やないと思うがな」
若「(酒を呑んで) こんな所まで来て、呑んでる酒が不味(まず)なった。あんな奴が、親父の気に入りと思うだけで、腹が立つわ」
一「ほんまに、不粋(ぶすい)な人ですな。あの人は、商いの方も、もう一つと違いますか？」
若「今日は早い目に帰るつもりやったけど、気が変わった。もう、ここから動かん！」
一「おォ、そうそう！　鉄眼寺(てつげんじ)の達磨(だるま)はんと、根比べをしなはれ」
若「大きな奴で、グゥーッと呑むわ」
一「その勢いで、ワァーッと騒いで、お宅の身代を潰そ」

若「コレ、阿呆なことを言うな。そんなことは出来んけど、ここも気詰まりになった。いっそのこと、座替わりをする。ほな、北へ行こか」
甲「今から、北まで？」
若「酔うた勢いで、フラフラと歩いて行ったらええ。さァ、行こか」
甲「皆、座替わりやそうですわ」
若「さァ、草履を出して。皆、随いて、来いよ、来いよ。〔ハメモノ／伊勢の陽田。三味線・大太鼓・当たり鉦で演奏〕表は、真っ暗や。さァ、提灯を照らして」
一「若旦那、此方でございます。どうぞ、此方へ」
若「コレ、美代鶴。一寸、手を引いて」
美「一八っつぁん、御免なはれ」
一「（袖で、目を隠して）目の毒、目の毒」
若「一八も、フラついてるわ。コレ、君勇。一寸、一八の手を引いてやれ。幇間が、芸妓に手を引いてもらえるやなんて、有難う思え。あァ、コリャコリャコリャ！」

上機嫌で来たのが、難波の土橋。
その頃、難波に、有名な土橋があったそうで。

そこまで来ると、橋の袂（たもと）から、ヌゥーッと現れたのが、手拭いで頬被（ほうかぶ）りをし、尻からげに、長い物を抜いた、怪しい男。

番「さァ、追剥（おいはぎ）じゃ！」〔ハメモノ／凄き。銅鑼・大太鼓で演奏〕
甲「キャーッ！　もし、どうしょう？」
一「どうも、こうもあるか。危ないよって、逃げなはれ！」
甲「ほな、若旦那は？」
一「いや、若旦那どころやない。命あっての物種（ものだね）やよって、逃げよ、逃げよ！」
番「（若旦那の襟（えり）首を掴（つか）んで）さァ、コリャ！」
若「命ばかりは、お助けを」
番「命なんか、狙わんわ」
若「身ぐるみ脱いで、差し上げます」
番「着てる物に、目は付けん」
若「有金は、皆、差し上げます」
番「そんな目腐れ金を、誰が欲しいか」
若「お望みは、何です？」

番「今日限り、お茶屋遊びを止めてもらいたい！」
若「何と、ケッタイな追剥で」
番「ケッタイな追剥の顔を、（頬被りを取って）篤と御覧じませ」
若「あッ、番頭！　あァ、ビックリした。皆、戻っといで！　追剥は、ウチの番頭や」
番「驚かして、済まんことで。落ち着いて考えたら、わかりますわ。何処の世界に、追剥が『さァ、追剥じゃ！』と言うて、出て来ます？　あの人らが逃げて行く時、言うたことを聞きなはったか？　『いや、若旦那どころやない。命あっての物種やよって、逃げよ、逃げよ！』。アレが、あの人らの本音やと思います。平生は、『あんたやなかったら、夜も日も明けん。若旦那、坊ン坊ン、スポポン！』と申しますが、いざとなったら、誰一人、若旦那の身を庇てくれる者は無かった。あの人らの言うことを聞いてたら、末始終、えらい目に遭いますわ。これで、おわかりになりましたか？」
若「確かに、番頭の言う通りや。無駄な金を遣て、阿呆やった。『これに懲りて、お茶屋遊びは止める』と言うたら、気に入るか知らんけど、まァ、嫌じゃわい！」
番「えッ、何でです？」
若「おい、番頭。何か、勘違いをしてないか？　追剥や盗人の用心のためやったら、相撲取りか、剣術遣いを連れて歩くわ。あの連中は、座敷で機嫌を取るのが勤めや。座敷へ呼んでも、座布団も敷かんし、夏場でも襟を合わして、寒い頃でも、火鉢へ手も出さん。そこまでして、機嫌を取るのが仕事の連中が、何で、わしを守らなあかん。お前も、お客から、お金をいただいて、それ相応の品物を渡す時、腕一本、足一本、命まで付けて渡すか？　小生意気な意見がしたかったら、もう一寸、世間を見て来い！　顔を見てるだけで、ムカつくわ。（番頭の額を叩いて）ええい、コレ！」

番「もし、何をしなはる！」

若「手で叩いたら、痛いわ。（雪駄を脱ぎ、持って）さァ、有難いと思え。南地五花街を踏み荒らした雪駄で、お前のド性根の入るようにしたるわ。（雪駄で、番頭の額を叩いて）コウ、コウ、コウ、コウ！」〔ハメモノ／ツケ〕

番「（手拭いで、額を押さえて）あァ、痛い！　眉間が割れて、『播磨屋の番頭の眉間には、傷がある』と言われたら、帳場へ座れません。（手拭いを見て）若旦那、私の眉間を！」

若「おォ、割った。朝な夕なに鏡で見て、今のことを思い出すようにしたわ」

番「（脇差しへ、手を掛けて）ウッ！」

若「刀の柄へ、手を掛けたな。ほゥ、わしを斬る気か？　主人が奉公人に斬られたら、面白い！　さァ、斬ってもらおか！」

番「いえ、そんなつもりやございません。今日は親旦那の名代で、葬礼の行列へ立って、腰へ葬礼差しを差してます。若旦那を斬るやなんて、滅相も無い」
若「刀の柄(つか)へ手を掛けたら、わしを斬るつもりやろ？　どうやら、刀の扱いを知らんな。刀という物は、(刀を、鞘から抜き掛けて)こういう具合に」
番「もし、何をしなはる。コレ、危ない！」
若「さァ、こういう具合に。(刀で、肩を斬って)あッ、わしを斬った！　あァ、人殺し！」
番「(若旦那の首へ左手を廻し、口を塞いで)若旦那、何ということを仰る！　この辺りには、米食う虫が仰山住んでます。いや、若旦那を斬る訳が無い。(刀を見て)あッ、しもた！　斬るつもりとて無かったが、刀を引く時、思わず、鞘走ったわ。こうなりゃ、毒食や皿まで。末始終、お店のためにならん御方。直に、私も参ります。ええい、南無阿弥陀仏！」〔ハメモノ／渡り拍子。三味線・〆太鼓・能管で演奏。若旦那を斬る時の見得で、ツケ〕
若「(石を投げて)あァ、人殺しィーッ！」
番「ええい！」〔ハメモノ／止めを刺す場で、ツケ〕
若「ウゥーン！」〔ハメモノ／ドロドロ。大太鼓で演奏〕
定「(揺すって)もし、若旦那！」
若「ウゥーン！」

定「わァ、唸ってはる。（揺すって）もし、若旦那！」
若「（目を覚まして）あッ、定吉か？　ここは、何処や？」
定「離れの座敷で、寝てはります」
若「えッ、土橋は？」
定「土橋なんか、ありません」
若「ほな、番頭は？」
定「お帳場で、帳合いをしてはります」
若「直に、ここへ呼んで」
定「何やら、ケッタイな具合や。（帳場へ行って）もし、番頭はん！」
番「ウゥーン！」
定「わァ、此方も唸ってはる。帳面へ筆を立てて、帳面が真っ黒けや。もし、番頭はん！」
番「（目を覚まして）あッ、定吉か？　ここは、何処や？」
定「あァ、同じことを言うてはる。番頭はんは、お帳場の中です」
若「ほな、土橋は？」
定「こんなことが、流行ってるか？　若旦那が、奥の離れで呼んではります」
番「よし、直に行く！（離れへ来て）もし、若旦那！」

若「おォ、此方へ入って。今、怖い夢を見た」
番「私も帳場で、ウツラウツラしながら、恐ろしい夢を見ました」
若「夢の中で、定吉を丸め込んで、この座敷を抜け出して」
番「その後、難波の一方亭へ行きなはった」
若「そこへ番頭が来て、わしが二階から突き落としたわ」
番「土橋で、若旦那を殺して。(口を押さえて) ほな、同じ夢を見ましたか？　お茶屋遊びを止めていただきたいという、私の思いが届きました」
若「あァ、おおきに。今度ばかりは、目が覚めた。もう二度と、お茶屋遊びはせん。しっかり、店のことを考えるわ」
番「やっと、私の願いが叶いました。夢が、ほんまやったら、どんなことになります？」
若「わしみたいな極道者は、居らんようになった方が、店のためになるけど、番頭が居らんようになったら、ウチは暗闇や。親殺し・主殺しは、一番罪が重い。どう軽う見ても、重罪で、死刑は免れん」
定「(泣いて) エェーン！」
若「いつも憎たらしいことを言うてる定吉が、番頭が重罪で死刑と聞いたら、泣いてる。コレ、定吉。心配せんでも、夢の話や」

定「いえ、そやございません！　重罪で死刑やったら、ウチのお父っつぁんは、どんな目に遭うと思て」

若「お父っつぁんは、何や？」

定「重罪どころか、大和の萬歳です」

解説「土橋萬歳」

高校時代に購入した『古典落語大系』第八巻（三一書房、昭和四十四年）へ掲載されていた速記で、このネタを初めて知りました。

その頃は、学業より落語に熱中し、速記本・ＬＰレコードでネタを覚え、落語クラブの顧問の先生や、クラブ員に聞いてもらっていましたが、当時、細かく覚えたネタは、噺家になってから、大いに役立ったことは間違いありません。

内弟子の頃、師匠（二代目桂枝雀）に「『学生時代に覚えたネタは、役に立たん』と言う人もいるけど、そうは思わん。それを後に役立てたら、財産になる」と言われたことで発奮し、内弟子が明けてから、学生時代に覚えたネタの形を少しずつ整え、師匠に直してもらい、ネタ数を増やして行ったのです。

最初に「土橋萬歳」の速記を読んだ時、何が面白いのか、サッパリわからず、魅力も感じませんでしたが、お茶屋の雰囲気・商人の心意気・主従関係などが、高校生に理解出来る訳もなく、当時、そのように感じたのは、当然だったかも知れません。

「土橋萬歳」を高座へ掛ける噺家は少なく、私も大気圏外のネタでしたが、出会いのキッカケは、どこにあるかわからず、四代目桂文我を襲名した平成七年頃、東京の知人が送ってくれた、TBS落語会（落語研究会）のビデオに、二代目桂小南師が演じる、白黒映像の「土橋萬歳」が入っていたのです。

小南師は、ハメモノ（※お囃子入り）を入れずの口演でしたが、非常にわかりやすく、改めて、このような内容だったのかと思い、桂米朝師のLPレコードを聞き直した時から、高座へ掛ける意欲が湧いてきました。

早速、米朝師へ稽古をお願いすると、「ほゥ、ケッタイなネタが演りたいのやな。本か何かで覚えたら、それを聞かしてもらうわ」とのことで、その後、米朝師のお宅で稽古を付けていただいたのが、平成十年十一月十六日、月曜日の午後二時。

細かい手直しを受け、仕種も習い、上演許可が出たので、十二月十四日、大阪梅田・太融寺で開催した「落語VS楽語」（真言宗高野派別格本山常福寺前住職／故・松尾光明氏との、落語と法話の会）で、初演しました。

上演して感じたことは、若旦那は道楽者でも、言うことに筋が通っているという点で、後日、これを米朝師へ述べると、「わしも、そう思う。番頭が若旦那のことを思う気持ちはわかるけど、若旦那の言うことも一理あるよって、誰が正しいか、わからんな」と仰り、安心した次第です。

このネタは、ネックになることも多く、ドラマチックな物語の最後を、夢で片付けるという、一番安直な結末や、オチも上等とは言い難く、夢から醒めた後、若旦那が改心する構成も、落語らしくないと言えましょう。

しかし、セピア色のお茶屋の雰囲気に、「夏祭浪花鑑／長町裏の場」のパロディの面白さが加わり、野暮な意見をしても、若旦那と店を、心から思う番頭が引き起こす行動の実直さは、令和の今日の人間が忘れ掛けている、日本人の根本気質が見えるように思うだけに、「このような料簡があれば、嬉しい」という気になりながら、落語の世界へ浸れるのではないでしょうか。

どこの高座でも掛けられるネタではないだけに、機会を見付け、時折、上演する程度ですが、しばらくは、米朝師から教わった通りに上演することが最良のように思いますし、自然に何かが見付かった時、それが加われば良いと考えています。

第二次世界大戦後、この噺の演者は、立花家花橘・桂文團治のみで、四代目米團治が晩年に、一、二度手掛けましたが、持ちネタとして固める所までには行きませんでした。

『上方はなし』に、五代目笑福亭松鶴の速記が掲載されていますが、それは米團治の筆で、松鶴は上演しなかったそうです。

このネタには、ハメモノが四カ所入ります。

一方亭の二階で、若旦那・芸者・幇間が遊ぶ場面で演奏する曲が、上方唄「福寿草」。初春に唄われることが多く、「初春や、日向に直す福寿草。めでたき御代の、長閑かさや。花の心は、移り気な。つい蕾さえ、開き初め」という歌詞。

この曲で舞う地唄舞も、ハンナリとした振りが付き、上方の上品な雰囲気が、舞台を包み込

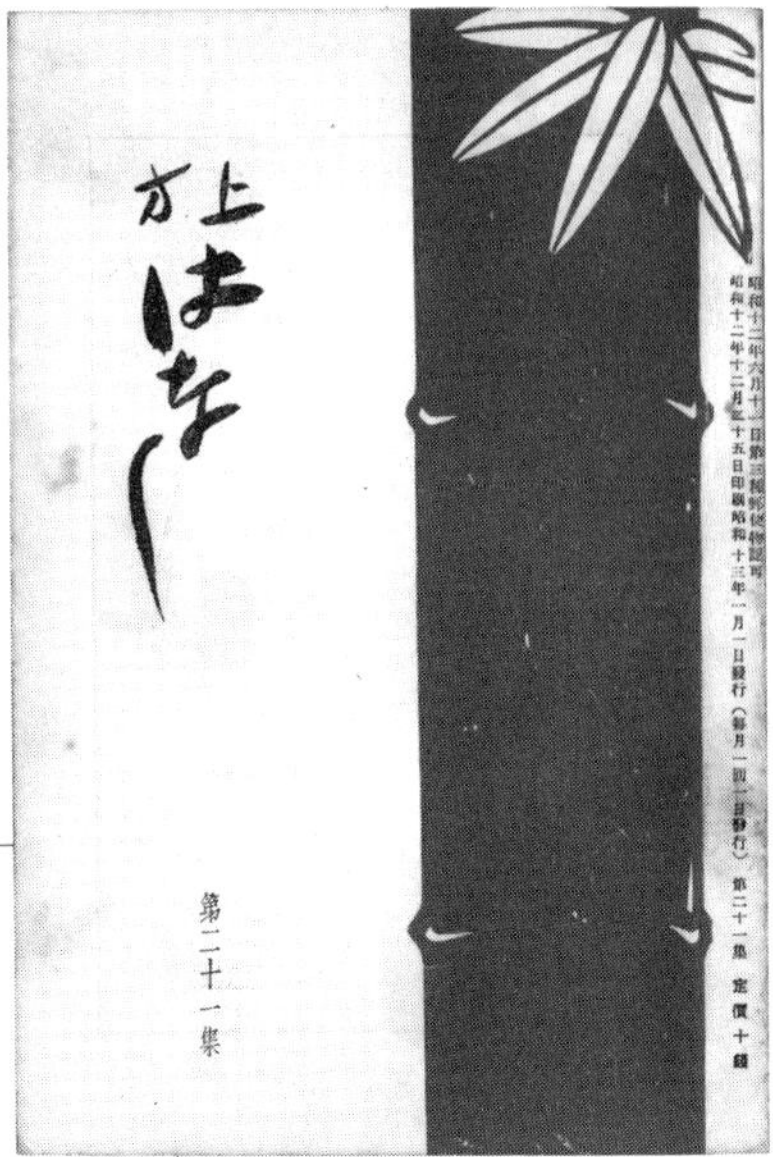

上方はなし
第二十一集
昭和十二年六月十一日第三種郵便物認可
昭和十二年十二月廿五日印刷昭和十三年一月一日發行（毎月一回一日發行）第二十一集 定價十錢

一八

土橋萬歳

笑福亭 松鶴 口演
朝賀大鱗 書

へイ、どうぞ相變りませずお引立の程をお願ひ申します、何か新年に相應しいお噺をと心得まして、土橋萬歳と云ふのを一席御機嫌を伺ひます。此の萬歳も、三河萬歳、東京萬歳、名古屋萬歳、大和萬歳と其土地々々で多少演り口が違ひまして、お正月には家々の軒先へ行て芽出度い柱建てなどを唄て歩いた物でござります。此内の名古屋萬歳と云ふの丈けは時とんぼ無しに流し歩いて居りましたが、段々普通の數へ唄位では人も相手にせぬ處から、鳥渡輕口の眞似事の様な事を演り出し、時たま場末の寄席などで興行をする様に成りました。是れが玆一寸前頃まで豪い勢ひで流行した漫才の始まりで有る事は、誰方もよふ御存じて御座りますが、元は太夫と才藏とがハツキリ分れて有つて、太夫は松に鶴の模様を畫いた裃。才蔵は棕櫚樹の黒紋附に荒い縦縞のカルサンをはきましてな、大阪附近では

『上方はなし』第21集（樂語荘、昭和13年）の表紙と速記。

むように感じられます。

福寿草は、全国各地の山に生える、キンポウゲ科の多年草で、黄色の可愛らしい花。幸福と長寿を兼ねた名称だけに、昔から正月の祝い花として、栽培されました。「福寿草」のハメモノは、三味線・唄を、お座敷で、実際に演奏している雰囲気を出すように務め、鳴物は入れません。

端唄の「一声」「梅の栄」も使われたそうですが、「福寿草」の方が、初春の気分が出て、ネタの雰囲気にも合うでしょう。

難波の土橋で、番頭が若旦那を殺すシーンに使用されるのが、「渡り拍子」。座布団の上で、立ち廻りの振りをし、花道の付け際まで走って行く所で、ツケを打ち、大きく極まるのがキッカケで、「渡り拍子」の演奏が始まります。

殺す方・殺される方を演じ分け、若旦那の上へ跨がり、止めを刺すと、大太鼓をドロドロと打ち、夢から醒めることになりますが、三代目桂文團治は「渡り拍子」の代わりに、「槍さび」を唄わせ、唄一杯で、立ち廻りを見せました。

能囃子に「渡り拍子」があり、桔梗御門祭礼御上覧の時、この囃子で橋を渡られたことから、この名称が付いたと言われ、主役が舞台へ出る時などの「下り羽」の一種ですが、歌舞伎では、人物の出入りや、遊女の道中にも使われ、「夏祭浪花鑑／長町裏の場」で、團七九郎兵衛が、義父・義平次を殺すシーンで使用されることが知られています。

「渡り拍子」は、頭・地・曲という鳴物の手で構成され、三味線へ合わせ、鳴物を組み合わせてあり、明治から昭和初期の上方落語界の大立者・初代桂枝太郎の出囃子にも使われました。他のネタでは、「軽業」で、軽業師が舞台へ出る場面に使用され、三味線は落ち着いて弾きますが、「土橋万歳」の立廻りでは、少し早く演奏しなければなりません。

鳴物は、〆太鼓で決められた手を打ち、大太鼓・当たり鉦は入れず、笛は能管で「渡り拍子」の唱歌を吹きます。

若旦那が、土橋へ向かう時のハメモノの「伊勢の陽田」は、当全集第一巻の「網船」で、土橋の上で、番頭が若旦那を襲い掛ける時に演奏する「凄き」は、当全集第四巻の「毛布芝居」で解説していますので、そちらで確認してください。

葬礼行列が出て来る落語は、「質屋芝居」「古手買い」などがありますが、上方の葬礼で差す刀を、葬礼差しと言い、腰へ一本、刀を差しており、麻の上下は、白い葬礼用の礼服の裃で、白い物だけに、忌み言葉で、「イロ」と呼んだのでしょう。

商家の番頭が腰へ刀を差していることは、旅の道中や、葬礼以外には無いだけに、このようなネタの設定になったと思われます。

難波の土橋は有名で、講談や浪曲の「木津の勘助」にも登場し、一方亭・丸万・鉄眼寺も、実在です。

元来、江戸時代が舞台だったのを、明治時代に置き替えられたのでしょうが、葬礼の風習なども変わりが無いだけに、不自然ではありません。

先年、亡くなった、日本一の演芸研究家・山本進氏が、「このネタは、六代目三遊亭圓生師が演りたがっていた。四代目桂文團治師に習ったそうですが、実際に上演はしなかったようです。東京落語で上演した噺家は、私は知りません」と仰いました。

しかし、二代目三遊亭遊三が上演したらしく、明治三十年代半ば、上方落語界の初代笑福亭福松が上京した時に門弟となり、自らも下阪し、再び、東京へ戻り、二代目三遊亭遊三を襲名した後、「土橋萬歳」を東京落語へ直し、『三遊亭遊三落語全集』(三芳屋書店、大正四年)へ掲載しています。

下阪した頃、上方ネタを数多く仕入れたようで、『三遊亭遊三落語全集』には「土橋萬歳」の他、「鶴満寺」「裏の裏」なども掲載していますし、それらの速記を読むと、見事に東京落語として、成立しました。

第二次世界大戦前に刊行された、他の速記本は、『滑稽落語名家名人揃』(明文舘書店、大正十三年)、『傑作揃落語全集』(榎本書店・進文堂、大正十四年)があり、雑誌は『はなし/水無月之巻』(明治四十一年)、『上方はなし』第二一集(樂語荘、昭和十三年)などに掲載されています。

LPレコード・カセットテープ・CDは、二代目桂小南・三代目桂米朝などの各師の録音で発売されました。

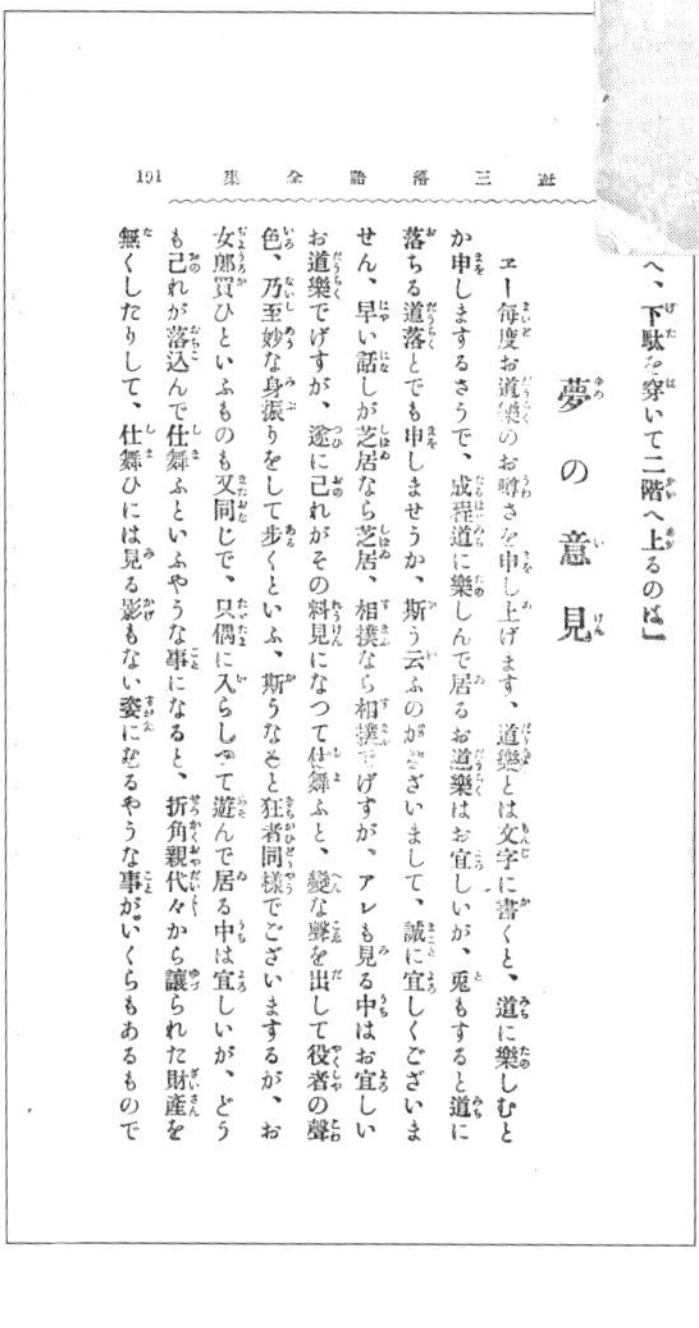

へ、下駄を穿いて二階へ上るのは」

夢の意見

エー毎度お道樂のお噂さを申し上げます、道樂とは文字に書くと、道に樂しむとか申しまするさうで、成程道に樂しんで居るお道樂はお宜しいが、兎もすると道に落ちる道落とでも申しませうか、斯う云ふのがございまして、誠に宜しくございません、早い話しが芝居なら芝居、相撲なら相撲でげすが、アレも見る中はお宜しいお道樂でげすが、遂に己れがその料見になつて仕舞ふと、變な聲を出して役者の聲色、乃至妙な身振りをして歩くといふ、斯うなそと狂者同樣でございまするが、お女郎買ひといふものも又同じで、只偶に入らしつて遊んで居る中は宜しいが、どうも己れが落込んで仕舞ふといふやうな事になると、折角親代々から讓られた財産を無くしたりして、仕舞ひには見る影もない姿になるやうな事がいくらもあるもので

『三遊亭遊三落語全集』（三芳屋書店、大正4年）の表紙と速記。

重罪犯　　　曾呂利新左衛門

話の主人公は船場の若旦那、餘りの茶屋遊びに親御も持て餘し、意見の爲めご有つて當分は裏の離座敷へ押込隱居を云ひ付けました、尤も縁側の所には丁稚の定吉が、割木を持つて立番をし、若旦那の外出を喰止めて居ります　若『コレ定吉、一寸ここ迄お出で　定『へエ何であすか　若『何だお前は、割木なんか持つて何うするのだ　定『あんたが飛出さん樣、張番をしてゐまんね　若『驚ろいたな何うも時にお前にチヨイと賴みが有るんだが、何うだ聞いて與れんか　定『何う云ふ賴みだす、事と品によつては聞いても宜しうおます　若『番人口調に成つて居やがる、おい定吉、こゝに二十錢あるから、之をお前に遣るよ　定『いえ要りません　若『何でそんな事云ふんだ　定『喰せ物に油斷するな云ひますさかい、左う云ふ物を頂きますと、直ぐ後腹が痛みます　若『何を云つてるんだ　定『げど二十錢遣るよつて、

『滑稽落語名家名人揃』（明文舘書店、大正13年）の表紙と速記。

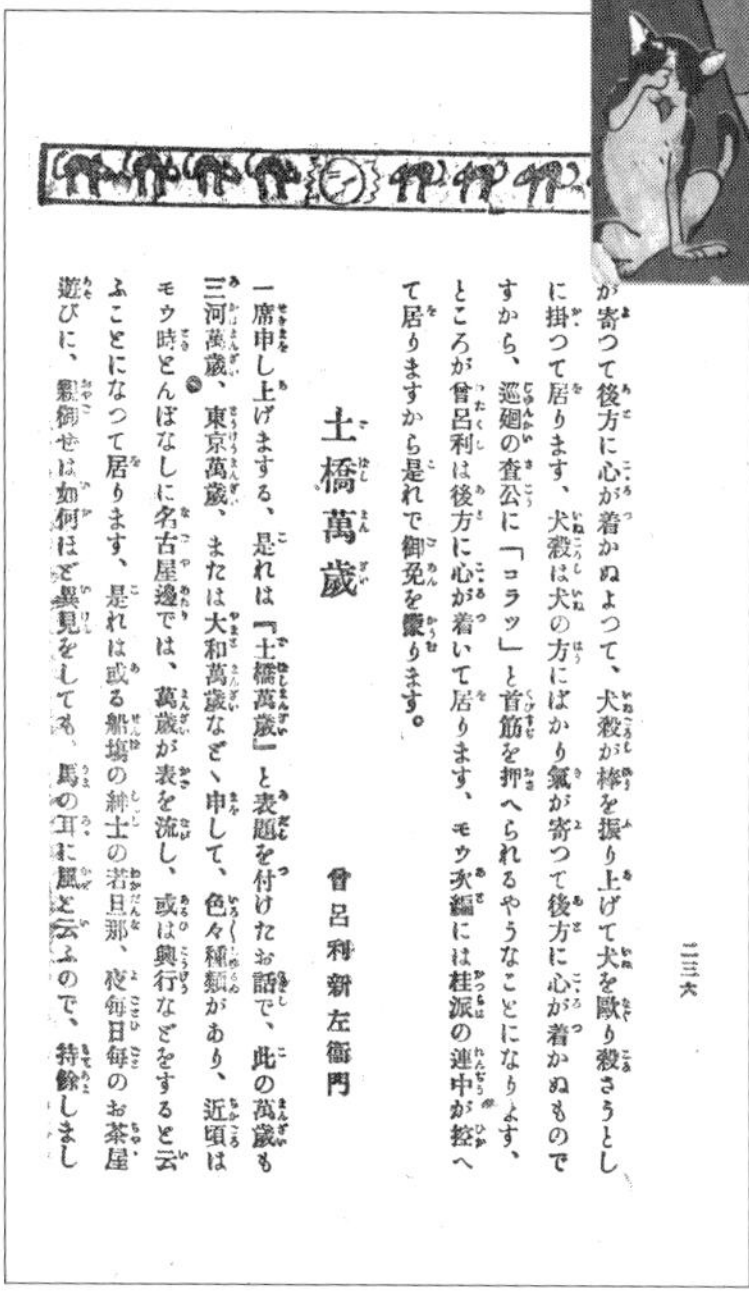

二三六

が寄つて後方に心が着かぬよつて、犬殺が棒を振り上げて犬を毆り殺さうとしに掛つて居ります、犬殺は犬の方にばかり氣が寄つて後方に心が着かぬものですから、巡廻の査公に「コラッ」と首筋を押へられるやうなことになります、ところが曾呂利は後方に心が着いて居ります、モウ次編には桂派の連中が控へて居りますから是れで御免を蒙ります。

土橋萬歳

曾呂利新左衛門

一席申し上げまする、是れは『土橋萬歳』と表題を付けたお話で、此の萬歳も三河萬歳、東京萬歳、または大和萬歳など丶申して、色々種類があり、近頃はモウ時とんぼなしに名古屋邊では、萬歳が表を流し、或は興行などをすると云ふことになつて居ります、是れは或る船場の紳士の若旦那、夜毎日毎のお茶屋遊びに、親御せは如何ほど異見をしても、馬の耳に風と云ふので、持餘しまし

『傑作揃落語全集』（榎本書店・進文堂、大正14年）の表紙と速記。

『桂小南集』其の七（CBSソニー、昭和50年）。

抜け雀

ぬけすずめ

相州小田原宿の小松屋清兵衛という宿屋の前へ立ったのが、年の頃なら、三十手前。
顔色は浅黒く、鼻は高て、目は涼しげで、口許の締まった、男前の侍。
黒羽二重の五ツ所紋付、仙台平の袴を穿いてるが、黒羽二重が羊羹色に焼け、白抜きの五ツ紋が薄汚れてるだけに、赤紋付、鼠色の五ツ紋になった。
帯の芯が出て、蛇の脱け殻みたいで、袴も浜辺で若布を干してるように見える。

侍「あァ、許せよ。暫くの間、滞在致したい」

亭「へェ、有難う存じます」

侍「小田原と申す所は、大久保加賀守、十一万三千石の御領地。風光明媚で、名所古跡も多いと聞く。暫くの間、滞在致す。事と次第に依っては、十日余りになるやも知れん。

先に五両程、預け置く方が宜しかろうな？」
亭「誰方様に限らず、お勘定は御出立の節、纏めていただくことになっております」
侍「おォ、左様か。食す物は細かく申さんが、酒は上等を頼む」
亭「吹けば飛ぶような宿屋でございますけど、上酒を吟味致しております」
侍「ほゥ、結構！　ところで、湯は沸いておるか？」
亭「只今、沸き立てでございます」
侍「湯の後で、一献傾ける。酒を一升、支度致せ。然らば、厄介になるぞ！」
亭「どうぞ、お上がりを。コレ、お濯ぎを持って来ォーッ！」

風呂へ入ると、部屋で一升の酒を平らげ、ゴロッと横になる。
明くる朝、早う起き、朝飯時に一升呑み、「腹ごなしに、ブラブラして参る」。
昼過ぎに帰ると、「あァ、腹が減った！　飯にする故、一升頼む」。
酒を煽ると、横になり、日が暮れに風呂へ入り、一升呑んで寝て、また、夜中に一升。
これを、十日も繰り返したので、宿屋の女房が、ボヤキ出した。

嬶「二階のヒョロビリは、どうするつもりや？」

亭「ヒョロビリとは、何じゃ？」
嬶「二階のお客の着物は、ヒョロッとよろけたら、ビリッと破れるよって、ヒョロビリ」
亭「おい、ケッタイなことを言うな」
嬶「いや、言いともなる。夫婦で大坂から出て来て、小さな旅籠（はたご）を持つことが出来た。ケッタイな客も仰山泊まったけど、ヒョロビリぐらい、変わった客は無いわ。毎日、四升ずつ呑んで、勘定のカの字も言わん。宿代を、もろて来なはれ」
亭「『御出立の節、纏めて』と言うたよって、そんな訳に行かん」
嬶「要らんことを言うよって、後で困るわ。どう見ても、一文無しのカラッケツ。私が、もろてくるわ。（二階へ来て）えェ、お客様」
侍「女将、良い所へ来た。昨夜の鰹は美味であったぞ。今宵も、鰹で呑みたい」
嬶「その前に、お話がございます。お勘定が、五両程溜まっておりまして。お泊まりの節、主が『御出立の節、纏めて』と申しましたけど、酒屋の払いに、酒代を一両だけ、お立替え下さいませ」
侍「同じことであらば、皆、払う方が宜しかろうが、細かい物が無い」
嬶「大きい物でございましたら、細かい物に崩して参ります」
侍「コリャ、落ち着いて考えよ。細かい物の無い者が、大きな物がある訳は無い！」

嬶「ハァ、何です？　最前、払た方が宜しかろうと仰いました」
侍「しかしながら、払うとは申しておらん。早い話が、一文無しじゃ」
嬶「暫く、お待ちを！（下へ降りて）コレ、大概にしなはれ！　あのお客は、一文無しと言うてるわ。どうするつもりや、アンニャモンニャ！」
亭「ほな、わしが行ってくるわ。（二階へ来て）えェ、お客様」
侍「おォ、主。一体、何じゃ？」
亭「家内が申し上げました通り、一両だけ、酒代を入れて下さいませ」
侍「大きい物も、細かい物も無い。屑屋へ着物を見せると、二十文にしかならんと申したが、それでは少し足らん」
亭「少し所か、足許へも及びませんわ。お泊まりの節、『先に五両程、預け置く方が宜しかろう』と仰いました」
侍「それが無い故、困っておる！（笑って）わッはッはッは！」
亭「笑ても、仕方無いわ！　初めから、一文無しで？」
侍「当てが無く、泊まった訳ではない。当ては、三つあった。表を歩いておる時、金を拾わんとも限らん」
亭「頼り無い、当てや」

侍「逗留中、身共が死ぬやも知れん。そうならば、宿代は払わんでも済む」
亭「段々、心細なって来た。後一つは、何です？」
侍「この宿屋一統が死に絶えれば、払わんでも済む」
亭「もし、阿呆なことを言いなはんな！　ほんまに、何ともならんので？」
侍「あァ、何ともならん！」
亭「一々、偉そうに言いなはんな！　一文無しで、何方へ行くつもりで？」
侍「江戸へ参る所存であるが、宿屋の払いが出来ずば、この家(や)を発(た)つことも出来ん」
亭「お宅の顔を見て暮らすのも辛(つら)いよって、抵当(かた)を置いて、出て行きなはれ」
侍「抵当と申して、何も無い。あの衝立は、白無地じゃな」
亭「一文無しの表具屋が泊まった時、宿代の代わりに拵えました。ウチは、チョイチョイ一文無しが泊まる宿屋で。書の先生が泊まったら、何か書いてもらおと思て」
侍「身共が、絵を描いてやる」
亭「いえ、結構で。白無地の衝立は、買い手が付く。下手に絵を描かれると、値打ちが下がる。絵描きは、別の名前を持ってるそうですけど、何という名前で？」
侍「貴様如き、唐変木(とうへんぼく)に申しても、仕方無かろう」
亭「宿代を踏み倒されて、唐変木と言われるとは思わなんだ」

侍「硯を洗い、筆洗にする故、水を入れた器を持って参れ」
亭「悪いとも、何とも思てないわ。（硯と器を置いて）ヘェ、持って来ました」
侍「硯と器に、水が入っておらん！　唐変木にも、程がある！　貴様のような者を、アンニャモンニャと申す！」
亭「嬶が言うてる文句を、二階で聞いてたのと違うか？」
侍「早々に、水を入れて参れ！」
亭「ヘェ、そうします。（座敷を出て）嬶に怒られ、客に怒られ、唐変木や、アンニャモンニャと言われて。唯、アンニャモンニャは可愛らしい。段々、嬉しなって来た。（座敷へ戻って）ヘェ、水を入れて来ました」
侍「早々に、墨を磨れ！」
亭「墨ぐらい、自分で磨りなはれ」
侍「身共が磨ると、手が草臥れ、筆が震える。そのようなことも、わからんか！　日本一の、スットコドッコイ！」
亭「スットコドッコイは、格が上がったみたいに思うわ」
侍「肩へ力を入れ、磨ってはいかん。肩の力を抜き、柔らかに磨り下ろすのじゃ」
亭「あァ、難儀や。（墨を磨り、嗅いで）この墨は、良え匂いがするわ」

侍「鼻だけは、人間並らしいな」
亭「ほんまに、阿呆らしなって来た。（墨を磨って）へェ、これで宜しいか？」
侍「おォ、御苦労！　確か、五両であったな？　然らば、見ておれ！」

筆へ墨を含ませ、衝立を睨んでたが、筆を執り上げると、ツツツツツッ！

侍「（筆を置いて）さァ、描けた！　我ながら、良い仕上がりである」
亭「一体、何の絵で？」
侍「この絵が、わからんか？　貴様の顔の真ん中に、二つ光っておる物は、何じゃ？」
亭「へェ、目です」
侍「見える目か、見えん目か？　見えん目であらば、刳り貫き、陰干しに致せ。然らば、煙草入れの緒〆にでもなるわ。この絵は、雀じゃ」
亭「そう言うと、雀に見えて来ました」
侍「雀一羽が一両、五羽で五両じゃ！」
亭「いや、高いわ！　焼鳥屋へ行ったら、二百文で食べ切れんぐらいある」
侍「コリャ、そのような物と一つになるか。宿代の代わりに描いたが、江戸からの帰り、五両程を用立て、引き取りに参る。焼失は止むを得んが、必ず、売ってはならん」
亭「墨を零したような絵を、誰が買うか」
侍「然らば、再会を楽しみに致しておる」
亭「もう、二度と来なはんな！」

雀の絵の下へ、小さな印を捺して、出て行った後、宿屋の夫婦は大喧嘩。

嬶は、フテ寝で、明くる朝、起きて来ん。

主が二階へ上がり、雨戸を開けると、サァーッと、朝日が射す。

チュチュチュチュチュと、五羽の雀が、表へ飛び出すと、朝日を浴びながら、飛び廻る。

「あァ、可哀相なことをした。夕べ、雨戸を締める時、雀を締め込んだらしい」と言いながら、座敷の掃除を始め、部屋の隅へ置いてある衝立を見ると、真っ白。

「夕べ、裏返しに置いたか」と思い、衝立を引っ繰り返すと、裏も真っ白！

「ヒョロビリが、雀を描いたはずや」と思う所へ、表を飛び廻ってた雀が飛んで帰り、衝立の中へ飛び込むと、チュチュチュチュチュと飛び廻り、ピタッと納まった。

亭「(下へ降りて) おい、嬶！ (舌が吊って) スッスッスッスッスッ！」

嬶「とうとう、頭まで奇怪しなった。頼り無いのは辛抱するけど、奇怪しなったのは、治せんわ。えッ、衝立の絵の雀が抜け出た？　朝早うから、寝惚けなはんな！」

亭「信用せんのやったら、明日の朝、お前が二階の雨戸を開けたらええわ」

次の日の朝、嫌がる嬶を、二階へ引っ張って行った。

雨戸を開け、サアーッと朝日が射し込むと、衝立の雀が、チュチュチュチュ！

嬶「まァ！（舌が吊って）スッスッスッスッ！」

亭「おい、同じように言うな！　わしが言うたことは、嘘やなかろう」

この噂が広がると、衝立の雀を見るため、お客が小松屋へ集まる。

☆「絵に描いた雀が、衝立から抜け出ると聞いたよって、泊めて」

亭「どうぞ、お上がりを」

★「雀のお宿は、此方で？」

亭「いつの間に、そんな名前が付きました？　どうぞ、お上がりを」

その日から大繁昌した上、「明朝、小田原の殿様が、お忍びで参られる。衝立の絵を御覧に相なる故、泊まりの客は罷りならん」という報せがあった。

主が大掃除をして待つと、大久保加賀守が、お越しになる。

殿様の前であろうが無かろうが、衝立の雀は同じことで、二階の雨戸を開け、朝日が射すと、チュチュチュチュチュと、表へ飛び出し、彼方此方を飛び廻り、サァーッと戻ると、ピタッと衝立へ納まる様子を見て、大久保加賀守は大喜び。

○「主、これへ出よ！　殿の御意に叶い、『希代の名作故、千両にて買い上げて遣わす』と申しておられる」

亭「えッ、千両！　かたじけのうございますけど、お売りする訳には参りません。衝立はウチの物でも、絵はヒヨロビリの物で」

○「ヒヨロビリとは、何じゃ？」

亭「ヘェ、雀の絵を描いた者の名前で。雀の絵を描いて、出て行く時、『この絵は、売ってはならん。江戸からの帰り、引き取りに来る』と申しまして」

○「ほゥ、左様か。その者が参らば、丁重に扱い、即刻、城中へ知らせよ。無断で発たさば、その分には捨て置かんぞ！」

亭「ヒョロビリが参りましたら、直に申し上げます」

大久保加賀守が、千両の値を付けたという噂が広がると、泊まり客が増えた。

一「相部屋でもええよって、泊まらして」
亭「何処の部屋も一杯で、廊下へ布団を敷いて、お休みでございます」
一「階段へ腰を掛けて、朝まで過ごすわ」
亭「三段目の右が、一人分だけ、空いてます」

大繁盛すると、宿屋の嬶も機嫌が直る。

嬶「あの御方が泊まりはった時、『この御方は、何処か違う！』と思た」
亭「おい、嘘を吐け！　ヒョロビリという綽名（あだな）を付けたのは、お前じゃ」
嬶「おヒョロビリに、格上げしょうか？」
亭「一々、ケッタイなことを言うな」

暫く経った頃、黄八丈の着物、黒縮緬の羽織、立派な大小を腰へ差した、六十過ぎのお武家が、供を連れ、小松屋を訪れた。

老「小松屋清兵衛とは、その方宅かな？　絵に描いた雀が抜け出るという噂を聞いて参ったが、見せては呉れまいか？」

亭「朝日が当たらなんだら、衝立から抜け出して参りません」

老「絵を見れば、それでよい。（金を出して）これは些少であるが、茶代じゃ」

亭「ヘェ、有難う存じます。どうぞ、此方へ。（二階へ上がって）衝立は、これでございます」

老「（衝立の絵を見て）ほゥ、なるほど。或いはと思うたが、間違い無い。この者ならば、これぐらいの絵は描く」

亭「この衝立へ、千両の値が付きました」

老「千両で求めるのは、大久保加賀守様とな。小田原の殿様は、絵の心得が無い。描いた絵には、手落ちがある。暫く致すと、この雀は死ぬぞ」

亭「もし、縁起の悪いことを仰いませんように。絵に描いた物が死ぬとは、ケッタイで」

老「死なん物が、何故、飛んで出る？　衝立から抜け出る力を持っておる雀であらば、力が尽きれば、落ちて死ぬ。抜け出しても、羽交いを休める所が無い故、今に疲れて死ぬぞ。落ちれば、三文の値打ちも無い。身共が一筆描き添えれば、雀は死なん」

亭「いえ、御免被ります。お殿様が、千両と値を付けていただいた衝立ですわ。筆を加えて、五百文になったら」

老「そのようなことは無い故、硯を持って参れ。アイヤ、墨と筆は持参致しておる」

亭「ほな、持って参ります。（座敷へ戻って）硯は綺麗に洗て、叱られんように、水も入れて参りました」

老「おォ、御苦労。（墨を渡して）この墨を、その硯で磨り下ろせ」

亭「やっぱり、同じことを仰る。（嗅いで）この墨も、良え匂いがしますわ」

老「鼻だけは、人間並らしいな」

亭「その言い種には、慣れました。（墨を磨って）ほな、これで宜しいか？」

筆へ墨を含ませ、衝立を睨むと、一つ頷き、ツツツツッ！

老「（筆を置いて）さァ、出来た！」

亭「もし、何をしなはる！　わァ、目茶苦茶や。一体、何です？」

老「主の顔の真ん中に、二つ光っておる物は、何じゃ？」

亭「いよいよ、言うことが似てるわ。これは、目です」

老「見える目か、見えん目か？　見えん目なれば、刳り貫き、陰干しにしておけ」

亭「やっぱり、煙草入れの緒〆にでもしますか？」

老「おォ、好きに致せ」

亭「あァ、情け無い」

老「これは、鳥籠じゃ」

亭「そう言うと、鳥籠に見えて参りました」

老「鳥籠の止まり木で休めば、雀は死なん故、安心致せ」

亭「この鳥籠は、旦那様の物でございますか？」

老「この家の衝立である故、主の物じゃ」

亭「ほゥ、有難い！　旦那様のお名前は、何と仰います？」

老「貴様如き、唐変木に申しても、仕方無かろう」

亭「また、唐変木や。今晩は、お泊まりで？」

老「このまま、旅立つ。縁があらば、また参る。おォ、さらばじゃ！」

鳥籠の脇へ、印を捺し、出て行く。

明くる朝、二階の雨戸を開け、朝日が射し込むと、チュチュチュチュと、衝立から飛び出した雀が、彼方此方を飛び廻り、サァーッと衝立へ戻り、鳥籠へ飛び込むと、止まり木へ止まった。

雀が鳥籠で羽交いを休めるという噂が広がると、また、大久保加賀守が、お越しになる。

鳥籠へ、雀が納まる様子を見て、大喜び。

〇「この度は、二千両で、お買い上げになる」
亭「えッ、二千両！　まだ、ヒョロビリが帰りません。鳥籠だけ、千両で売ります」
〇「鳥籠だけでは、仕方無い。雀を描きし者が参らば、早々に知らせよ」
亭「はい、畏まりました。おい、嬶。二千両に、値が上がったわ」
嬶「やっぱり、あんたは出世すると思た」
亭「おい、何を吐かしてけつかる！　早う、ヒョロビリが帰って来んか」

明くる日、小松屋の表へ駕籠が着き、スッと下りたのが、黒羽二重の五ツ所紋付、仙台平の袴を穿いた、立派な侍。

侍「主、久しいのう」
停「えェ、誰方でございます？」
侍「ほゥ、忘れたか。雀を描いた、一文無しじゃ」
亭「あッ、ヒョロビリ！　（口を押さえて）おい、嬶！　おヒョロビリ様が、お帰りになった！」
侍「コリャ、何を申しておる！　ところで、雀は無事か？」
亭「御無事、御無事！　あの雀が衝立から抜け出て、飛び廻るのが、噂になりました。小田原のお殿様・大久保加賀守様が、千両で買い上げると仰いましたけど、お帰りになるまで売るなと仰いましたよって、そのままにしてございます」
侍「ほゥ、欲の無い奴じゃ。三日経っても取りに来ん時は、売っても宜しい。しかしながら、その方の心根を嬉しく思う。あの雀は、その方の物じゃ」
亭「わァ、有難う存じます！　十日前も、不思議なことがございました。六十過ぎの立派な御方がお越しになり、衝立の絵を御覧になって、『この雀は、死ぬ』と仰いまして」
侍「何ッ、死ぬ？」
亭「『羽交いを休める所が無い故、身共が筆を入れてやる』と仰って、横へ鳥籠を描かれましたら、明くる日から、雀が止まり木で休むようになりました。そのことが、お殿様のお耳へ入って、二千両でお買い上げになると仰り、千両も値が上がって」
侍「その鳥籠は、よく描けておるか？」
亭「お宅の雀も、かなり不細工。（口を押さえて）見事に描いてございますけど、鳥籠を見ても、何が何やら、わかりません」
侍「早速、その鳥籠を見せてくれ！」
亭「どうぞ、此方へ。（客を掻き分けて）さァ、皆さん。退いた、退いた！　雀の本家が戻った、戻った！　（二階へ上がって）さァ、これです」
侍「（頭を下げて）御健勝にて、喜ばしきこと。誠に、お懐かしい」
亭「絵へ頭を下げて、どうなさいました？」
侍「この絵は、身共の父上が描かれたのじゃ」
亭「あァ、やっぱり！　言い種が、ソックリでしたわ」
侍「愚かしき者故、慢心致す所でございました。若気の至りとは言え、斯かることに心付かざりしかと、御軽蔑でございましょう。不孝の段、お許しなされて下さりませ」
亭「もし、何を仰る。親子共々、天下の名人。絵に描いた雀が抜けて出るという名人になられたのに、親不孝の訳が無い」
侍「いや、親不孝ではあるまいか。現在、親に駕籠を担（※描）かせた」

解説「抜け雀」

絵や彫刻へ、作者の魂が籠もり、何かが飛び出すという話は、歌舞伎・講談・浪曲などの名工・左甚五郎の名人譚が有名で、「ねずみ」「三井の大黒」「竹の水仙」「叩き蟹」「猫餅」など、十席ほどが上演されていますが、実在の人物で、左甚五郎以外の名人譚は少なく、三遊亭圓朝が創作した「怪談乳房榎」などの長編で、架空の人物が現れる程度です。

殊に、絵師の物語は少なく、「抜け雀」に登場する一文無しの絵師と、その父親も、いずれの流派の絵師か、わかりません。

明治以降、上方落語界の桂派の主軸だった、二代目・三代目桂文枝の十八番が、「抜け雀」でしたが、第二次世界大戦後は上演者が少なく、滅びたネタの扱いを受けていたのを、四代目桂文枝から桂米朝師が教わり、現在へ伝わりました。

明治中期の上方落語界は、二代目桂文枝襲名がキッカケで、桂派と三友派へ分かれ、互いに鎬（しのぎ）を削り合ったことで、空前の黄金時代を築いたのです。

正統派と言われた桂派に反し、面白く、客を呼ぶことが主という三友派は低く見られ、所属芸人も劣等感を持っていたようですが、日露戦争頃から、客層も、世の中の好みも変化した上、席亭の意向も変わり、結局、桂派は三友派へ吸収合併され、第二次世界大戦後、桂派で残っていた者は、四代目桂文枝・初代桂南天ぐらいでした。

三代目文枝の思い出話では、明治三十九年四月に上京し、二十七日、伏見宮様の御殿へ呼ばれ、御前口演の時のネタが「抜け雀」で、その後、胡弓で「鶴の巣籠もり」を演奏し、「操り三番」「城州都の東寺さん」を踊ったそうです。

「宮様の御前口演で演じるほど、上品な噺。主人公の絵描きの飄々とした、一種の風格を持った人間を描き出すのが難しく、後へ出て来る親父の絵師が、もったいぶらず、もう一枚上手に演じるのは、至難の業。講釈等の左甚五郎や、狩野某の名人譚のように、漫画的にも演りにくいだけに、演じる側は難しい」と、米朝師は述べました。

四代目文枝の演出は、室内を雀が飛び廻るだけで、障子を開けると、バタバタと絵へ納まったそうですが、米朝師は東京式に、一度、戸外へ飛び出すことにしたそうです。

籠描きと、駕籠かきが洒落になるオチですが、昔、駕籠かきは、料簡の悪い者が多く、町民に嫌われ、親不孝へ通じることから、この扱いとなりました。

オチは、義太夫「双蝶々曲輪日記／橋本の段」の、傾城・吾妻のくどきの「いかに知らぬというとても、現在、父親（ててご）に駕籠かかせ」という文句を踏まえています。

昔の観客であれば、馴染みのある言葉のオチに納得し、喝采も送ったでしょうが、令和の今日では期待しにくく、笑いも起こりにくいのが現実と言えましょう。

ネックはあるにせよ、昔のSFドラマであり、講釈的おとぎ噺のような雰囲気のネタだけに、

抜け雀（禁轉載）

在大阪　桂三木助講演
今村信雄速記
（大正七年九月十八日於今村宅速記）

一席お古い所の落語を申上げます、當今は汽車といふ便利なものが出來まして、街道筋の旅籠屋はあがつたりでございます、昔乗物と云つたら馬か駕籠の外になかつた時分は宿々到る所の宿屋が皆繁昌したものでございます、其頃のお話で、相州小田原の小松屋清兵衛といふ宿屋へ泊り込んだ御客が、朝一升晝一升晩一升の酒を飲み、贅澤はいつて居るが御拂ひを致しません、帳場を預かつて居る女房が氣を揉んで、

抜け雀（三木助）　一二九

『講談落語／娯楽世界』12月号第6巻第12号（娯楽世界社、大正7年）の表紙と速記。

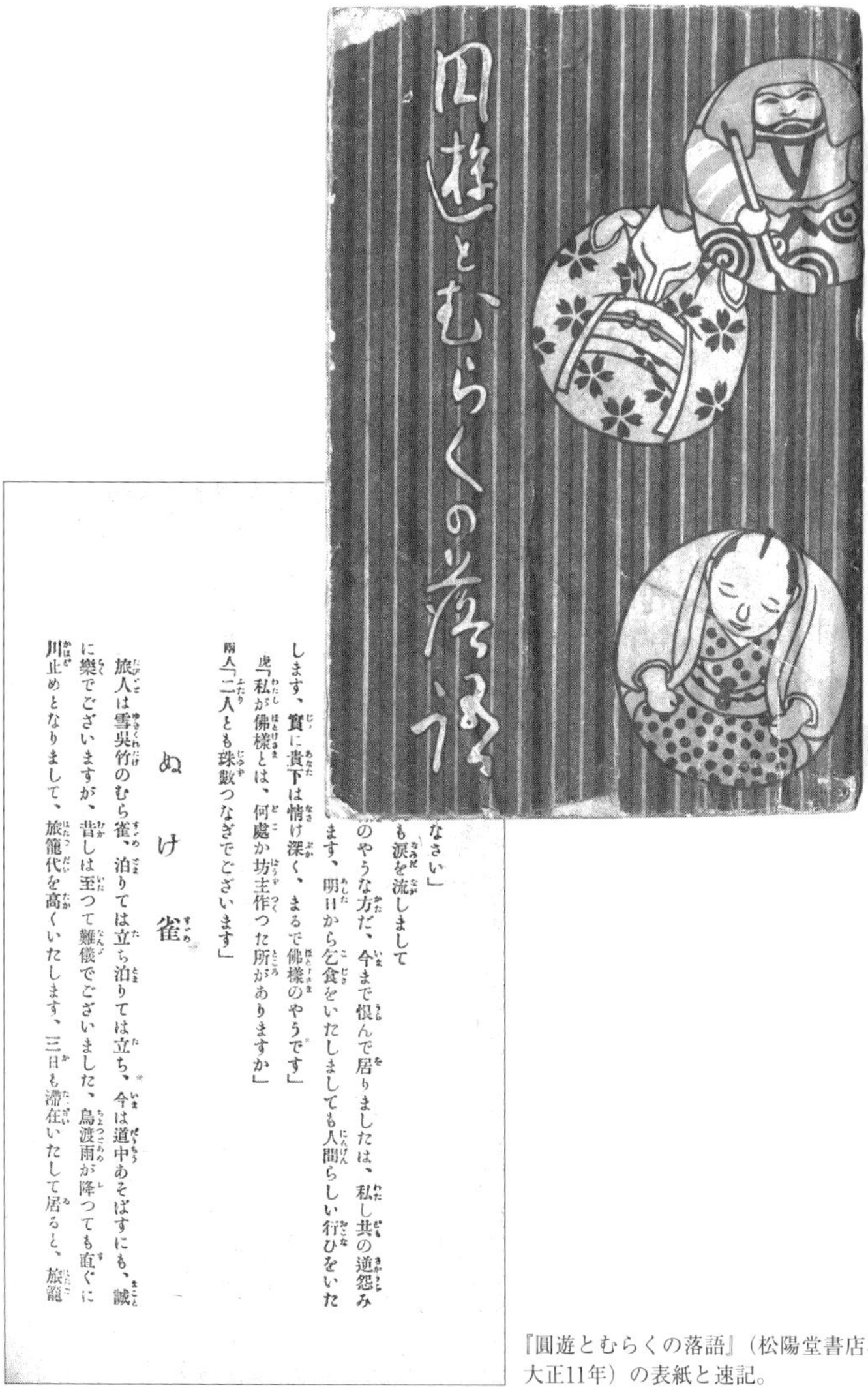

なさい」
も涙を流しまして
のやうな方だ、今まで恨んで居りましたは、私し共の逆恨み
ます、明日から乞食をいたしましても人間らしい行ひをいた
します、實に貴下は情け深く、まるで佛様のやうです」
虎「私か佛様とは、何處か坊主作つた所がありますか」
兩人「二人とも珠數つなぎでございます」

ぬけ雀

旅人は雪吳竹のむら雀、泊りては立ち泊りては立ち、今は道中あそばすにも、誠に樂でございますが、昔しは至つて難儀でございました、鳥渡雨が降つても直ぐに川止めとなりまして、旅籠代を高くいたします、三日も滯在いたして居ると、旅籠

『圓遊とむらくの落語』（松陽堂書店、大正11年）の表紙と速記。

日本人の感性が変わるまで、生き延びるネタではないかと思います。

この落語を初めて聞いたのは、小学生高学年の頃、五代目古今亭志ん生のラジオ番組でしたが、噺家になり、このネタを上演しようと思ったのは、演芸雑誌『講談落語／娯楽世界』（娯楽世界社、大正七年十二月号・第六巻第十二号）へ掲載されていた、二代目桂三木助の「抜け雀」の速記が、第二次世界大戦後の演者と違い、昔の演じ方が甦るような構成・演出になっていたので、これを土台にして、私なりの世界を現出させたいと考えたからです。

平成二十五年四月十九日、大阪梅田太融寺で開催した「第四回／雪月花三人娘連続口演の会」で初演し、その後、全国各地の落語会や独演会で上演すると、回を重ねるに連れ、噺の贅肉が取れるような実感があり、高座へ掛けやすいネタになったのです。

今後も、その場の雰囲気に合わせ、時間の長短を工夫し、不思議な世界を構築していきますので、よろしく、お付き合いくださいませ。

第二次世界大戦前に刊行され、掲載された速記本は、『圓遊とむらくの落語』（松陽堂書店、大正十一年）、『落語全集／上』（大日本雄辯會講談社、昭和四年）があります。

ＳＰレコードは二代目立花家花橘が吹き込み、ＬＰレコード・カセットテープ・ＣＤは五代目古今亭志ん生・三代目桂米朝などの各師の録音で発売されました。

百人坊主

ひゃくにんぼうず

○「もし、お庄屋さん。実は、お願いがありまして」

庄「村の若い者が顔を揃えて、何じゃ？　先へ言うとくが、お伊勢参りの先達（せんだつ）だけは、堪忍してもらう」

○「先に断られると、話がしにくい。上（かみ）の村が行って、下（しも）の村も押し出して、ウチの村だけが行かんのは、恰好が付かん」

庄「毎年、お伊勢参りの先達を務めたが、いつも喧嘩じゃ。揉めるだけ揉めて帰る村が、何処にある？」

○「へェ、ここにあるわ」

庄「涼しい顔をして、何を吐かす。一昨年、『喧嘩になるよって、堪忍』と言うたら、お前が『決して、喧嘩はせん』と言うよって、騙されたつもりで行ったら、キッチリ騙された。内宮の御正宮の前で、大喧嘩。禰宜（ねぎ）さんが『御神域で喧嘩をするとは、けしからん！　先達は、誰じゃ？』と怒りはったら、皆、わしを指さして、『ヘェ、この人です』。あの後、コンコンと説教をされたわ」

○「（笑って）わッはッはッは！　あの時は、面白かった！」

庄「一遍、ドツいたろか！　性懲（しょうこ）りも無く、去年も頼みに来た。お前が『もう一遍、先達を務めてもらいたい。喧嘩をしたら、私が納めます』『ほな、もう一遍だけ』と言うて出掛けたら、近年、稀に見る大喧嘩が始まったわ。内宮の御正宮の前で、お前が喧嘩を始めた。わしが仲裁に入ったら、『お庄屋の頭が禿（は）げてるよって、こんな喧嘩になった。お庄屋の頭を見て、こいつが〔内宮から、初日の出が上がった〕と言うよって、〔おい、失礼なことを言うな！〕と言うたのが、何処が悪い？』。禰宜さんが来はって、『去年、喧嘩をした一行か。今年は、何じゃ？』『お庄屋の頭が、初日の出に似てると言うて、こいつが笑た』と言うたら、わしの頭を見て、禰宜さんが吹き出して、『皆、仲良うしなはれ』と言うて、肩を揺すって、向こうへ行きなさった。あの時程、恥ずかしい思いをしたことは無かったわ！」

○「（笑って）わッはッはッは！　あの時のことを思い出すだけで、腹が波打つ」

庄「コレ、張り倒したろか！　今年は、堪忍じゃ！」

○「若い者だけで行っても、道に慣れてないし、束ねも居らん。お伊勢参りは、明神講・太々講・伊勢講と講を組むけど、今年は腹立てん講で行くことになりまして。お伊勢参りから帰って、草鞋を脱ぐまで、腹を立てたり、喧嘩をしたら、村一統へ五貫文の詫び料を払て、所阿呆払いになっても、文句は言わんという約束で」

庄「この村を阿呆払いにされたら、無宿者になって、居る所が無くなる。そこまで言うのやったら、引き受けるわ。行くとなったら、早々に段取りをせなあかん」

○「暦を見たら、来月三日が日が良えよって、その日に出掛けよと思て」

庄「三日と言うたら、目の前じゃ。皆で相談して、何かの揃えも拵えんことには」

○「何処の村も、笠や手拭いの揃えをするけど、他の村でやらんような揃えがしたい。去年、下の村が紐の揃えで、笠・脚絆・甲掛けの紐を、赤にしました。ウチの村は、着物を揃えたい。白木綿を一反ずつ買うて、それで着物を拵えました」

庄「真っ白な着物を着て、ゾロゾロ歩いたら、死人の行列じゃ」

○「白い着物に、好きな絵を描いてもらいます。銑念寺の和尚は、絵が上手で、掛軸や屏風に描いてますわ。絵を描いた着物を着て歩いたら、他に無い形で」

庄「ほな、和尚へ頼みに行きなはれ。道中や、伊勢の宿屋の段取りもせんならん」

○「ほな、お寺へ行って来ますわ。（寺へ来て）えェ、和尚さん。お庄屋さんが承知してくれましたし、和尚に絵を描いてもらうことも喜んでました」
和「久し振りに、わしも腕が振るえる。朝から、珍念が擂鉢へ墨を磨り下ろして、絵の具や筆も並べた。何十人も描かなあかんよって、難しいことは言わんように」
○「ほな、私から頼みますわ。めでたい物が良えよって、富士山を描いてもらいたい」
和「(描いて)ほな、こんな形で。天辺へ、雪をあしろて」
○「ほゥ、見事！　その後ろへ、御嶽山を描いて」
和「富士山だけの方が、アッサリしてるわ。(描いて)ほな、これで良えか？」
○「その横へ、白山と磐梯山。その後ろへ、浅間山をあしろて」
和「一体、何を描かせる。山か波か、わからんようになった。あんたは、何を描く？」
△「松に、日の出。横へ、鶴を立たして」
和「松に鶴やったら、(描いて)これで良えか？」
△「その横へ、梅と鶯」
和「まだ、描くか。(描いて)ほな、こんな塩梅」
△「その横へ、桜に幔幕を描いて、短冊をブラ下げて」
和「それでは、花札じゃ。あんたは、何を描く？」
×「ほな、鹿を」

和「まさか、横へ紅葉を描くのやなかろう？」
×「鹿の付き物の、寿老人（じゅろうじん）を描いて」
和「寿老人の付き物が、鹿じゃ」
×「寿老人だけでは淋しいよって、その横へ布袋和尚・恵比寿・大黒を描いて。色気が無いよって、弁天さんへ琵琶を持たして、毘沙門さんと福禄寿（ふくろくじゅ）」
和「鹿と思たら、七福神になったわ。ほな、宝船にしとこか。あんたは、何が良え？」
◎「ほな、お釈迦さん」
和「お伊勢参りの着物へ、お釈迦さんを描くのか？」
◎「それぐらい許せなんだら、神様をしてる値打ちが無いわ。その横へ、弘法大師・伝教大師・法然・親鸞を描いて、十字架をあしろて。それを◯で囲んで、その外に『やっぱり、伊勢神宮が一番』と書いてもらいたい」
和「持って廻った、ベンチャラじゃ。その隣りは、何を描く？」
☆「ほな、闇夜に烏」
和「それやったら、真っ黒じゃ」
☆「闇夜で、烏が提灯を持って歩いてる絵」
和「コレ、阿呆なことを言いなはんな。次々、言いなはれ」

向こう鉢巻で、和尚が絵を描いてくれた。

これから吉日（きちにち）を選び、餅を搗（つ）いたり、赤飯を配ったり。

お伊勢参りへ出掛ける前の晩は、皆が同じ所で寝るが、宿屋が無い村だけに、寺の本堂へ布団を敷き、杉の丸太を置くと、頭を乗せて寝る。

朝、起こす時、金槌で木口（きぐち）を叩くと、パッと皆が飛び起きるという、手荒い起こし方。

一夜を明かすと、旅支度を調え、新（さら）の草鞋を下ろす。

鎮守の社へ参り、お祓いを受けると、村人全員で送る。

甲「村の外れまで、お伊勢参りの連中を送れ、送れ！」〔ハメモノ／伊勢音頭。三味線・〆太鼓・大太鼓・当たり鉦・篠笛で演奏〕
女「呉々も、気を付けて！」
乙「土産は買うて来るよって、達者で待っててや」
女「仰山、お酒を呑まんように」
乙「あァ、わかってる。腹立てん講じゃ、腹立てん講じゃ！（歩いて）道中、喧嘩はせんように。腹立てん講の幟（のぼり）は、誰に持たせる？」
丙「一番危い、鱶（ふか）の源太に持たしとけ。村の喧嘩で、相手は誰と聞いたら、一人は源太に決まってるわ。おい、源やん」
源「おゥ、何じゃ！」
丙「お前が、この幟を持て」
源「何で、わしが持たなあかん！」
丙「もう、怒ってるわ。この幟へ、何と書いてある？」
源「何ッ、（読んで）腹立てん講」
丙「腹を立てたら、村一統へ五貫文の詫び料を払て、所阿呆払いになる。それが嫌やったら、幟を持って、一番前を歩け。ひょっとしたら、腹を立ててるのと違うか？」
源「いや、腹は立ててない。誰が、腹を立てるか！」
丙「もう、立ててるわ。さァ、前を歩け」

大坂からのお伊勢参りは、暗峠（くらがり）を越え、奈良から伊勢本街道を行く道と、八軒家（はちけんや）から三十石へ乗り、京都の伏見から、東海道を通り、伊勢別街道を行くことが多かった。

伏見へ廻るのは、遠廻りみたいでも、峠越えが少ないだけ、楽やったそうで。

この連中も、三十石で、伏見へ行く。

庄「さァ、寝なはれ」
○「明日からの道中で、寝が足らんとあかんよって、眠り薬を呑みたい」
庄「眠り薬とは、何じゃ？」
○「(笑って) エヘヘヘヘッ。えェ、酒」
庄「いや、あかん！　酒を呑んだら、直に喧嘩をするわ」
○「腹立てん講やよって、腹は立てんし、喧嘩もせん。枕が替わって、寝そびれたら、明日の道中が捗(はかど)らんわ。眠り薬を、一寸だけ」
庄「ほな、仰山呑まんように。船の中に、酒は無いわ」
○「そう思て、眠り薬を持ち込んでる」
庄「内緒で持って来てるとは、仕方無い奴じゃ。一人、一合ずつにしなはれ」
○「お庄屋さんから、お許しが出た。湯呑みで二杯ずつ呑んだら、一合になる。湯呑みで二杯となったら、いつも一息で呑む奴が、チビチビと舐めるように呑んでるわ」
□「さァ、もう一杯注いで。その徳利は空で、向こうの徳利も空か。一体、誰が呑んだ？　源太が、真っ赤な顔をしてる。源公、皆の酒を呑んだか？」
源「いや、二杯だけ」
□「二杯の酒で、酔う男やない。何で、二杯呑んだ？」

源「ここにあった、うどんの鉢」
□「皆、呑んでしもた。皆がチビチビ呑んでるのに、ええ加減せえ！」
源「ほゥ、腹を立てたな？　腹を立てたら、村一統へ五貫文の詫び料を払て、所阿呆払いになるわ。おい、腹を立てたな？」
□「いや、腹は立ててない！」
源「ほんまは、立てたやろ？」
□「いや、立ててない！」
源「ほな、笑え！　腹を立ててなかったら、笑えるやろ。どうやら、腹を立てたな？」
□「よし、笑う！　おォ、笑たらええのやろ。（笑って）イヒヒヒヒッ！」
源「（笑って）わッはッはッは！　亡者みたいな笑い方で、面白い。ほな、先へ寝る。皆、お休み！（鼾（いびき）を掻いて）グゥーッ！」
□「鱶の源太は、この鼾から付いた綽名や。あァ、ムカつく！」
庄「その分、早う寝てくれた。明日の朝も早いよって、皆も寝なはれ」
×「お庄屋さん、お休みやす」
△「ヘェ、お休み」
□「悔して、寝られん。この剃刀（かみそり）で、源公の頭を、クリクリに剃ってしまえ」

△「坊主にするのは、手荒い」
□「そうでもせんと、腹の虫が納まらん。皆が寝てる内に、坊主にするわ。手付かずの徳利を抱えて、寝てけつかる。この酒で、源公の頭を湿らして。（酒を湯呑みへ注ぎ、口へ含んで）あァ、呑んでしもた。（酒を口へ含み、霧吹きをして）プゥーッ！（源太の髪を剃って）元結（もっとい）・髷（まげ）の毛は、川へ放かせ。何ッ、血が出た？　よう寝てるよって、痛ないわ。綺麗に剃れたけど、腹の虫が納まらん。源公の頭を、船縁へ乗せて。身体へ、合羽（かっぱ）を掛けたれ。（酒を、霧吹きをして）プゥーッ！　酒を頭へ吹き掛けたら、蚊に刺されて、頭が腫れ上がるわ」
△「おい、そんな可哀相な」
□「そうでもせんと、腹の虫が納まらん。さァ、寝よか」

えらい仕返しをし、寝てしまう。

東の空が白んだ頃、伏見へ着く。

○「忘れ物が無いようにして、岸へ上がれ。源公は、鼾を掻いて寝てるけど、放っとけ。腹立てん講の幟は、源公の横へ置いて。さァ、岸へ上がれ！」

主「おゥ、角ゥ！　まだ、客人が残っとる。どぶさってる（※寝てる）よって、起こせ！」
角「よし、わかった。昨日の客に、坊さんが居ったか？」
主「おい、何を寝惚けとる。昨日の客に、坊さんは居らん」
角「この客は、坊さんじゃ」
主「悪さをして、頭を丸められたらしい。コレ、客人。さァ、起きなされ！」
源「（欠伸をして）アァーッ！　どうやら、わしだけを置いて行きやがった。あァ、寒い！　うたた寝をして、風邪を引いた。（クシャミをして）ヘックション！（頭を触って）おい、船頭！　誰か、頭を間違て行った！」
主「コレ、そんな阿呆なことがあるか。それは、あんたの頭じゃ」
源「何ッ、馬鹿にしやがって！（皆を追い掛けて）オォーイ、コラ！」
○「（吹き出して）プッ！　おい、源公が来た。あァ、お早う」
源「わしの頭を坊主にしたのは、誰や！」
○「ひょっとしたら、腹を立てたか？　お前の持ってる幟へ、何と書いてある？」
源「（幟を見て）あァ、腹立てん講」
○「腹を立てたら、村一統へ五貫文の詫び料を払て、所阿呆払いになる。それを承知で、腹を立てたか？」

源「いや、腹は立ててない！」
○「ほんまに、立ててないか？」
源「あァ、立ててない！」
○「ほな、笑え」
源「こんなことをされて、笑えるか！」
○「ほな、村一統へ五貫文の詫び料を払て、所阿呆払いや」
源「あァ、笑う！　ほな、笑たらええのやろ。（笑って）イヒヒヒヒッ！」
○「（笑って）わッはッはッは！　ケッタイな顔で、笑てる。皆、行こか」
源「徳さん、頼みがある。この幟と、金を預けるわ。御祓い（※御札）と、暦と、子どもへ土産を買うて来て。お伊勢さんは、坊さんを髪長（かみなが）、お経を染紙と言うて、嫌がると聞いてる。何かあった時、『お前が坊主やよって、こんなことになった』と言われたら辛いし、気兼ねをして、随いて行くのも面白無いよって、村へ帰るわ」
徳「ほな、気を付けて帰れ。一人で、トボトボと帰る姿を見ると、可哀相や。あァ、頭が腫れ上がってるわ」
○「これも、己がしたことの報いや。源公のことは忘れて、改めて、旅立ちじゃ！」

皆は伊勢へ行ったが、頭を坊主にされた源太は、何処で、どう日を潰したか、二日程、姿を眩ますと、頭へ手拭いを被り、一人で村へ帰って来た。

源「おい、お咲。今、帰った」

咲「まァ、あんた！　今頃帰って、何があった？」

源「一寸、訳がある。お寺の本堂へ、お伊勢参りへ行った連中の嬶を集めてくれ！」

松「(寺へ集まって) お咲さんが、お寺へ集まってと言うて来たけど、何や？」

竹「源やんが、一人で帰って来たらしい。一体、何があった？」

松「もし、源やんが来たわ。一寸、源やん。一体、何や？」

源「皆、此方へ集まってくれ。今から、話をする」

松「難しい顔をして、頭へ手拭いを被って、何があった？」

源「皆、揃たか。今から言うことを、落ち着いて聞いてくれ。三十石で伏見へ着いた時、一人が『お伊勢参りは何遍もしてるけど、近江八景へ行ったことが無い。そんなに廻り道にもならんよって、近江八景を見物しょうか』と言い出した。早速、船を仕立てて、琵琶の湖(うみ)へ出たわ。わしは朝から、腹の具合が悪かったよって、船宿で休んでたら、空が俄に掻き曇って、えらい嵐。その内に、船が引っ繰り返ったという報せを聞いた。まア、落ち着け！　船頭の一人が、命からがら、泳ぎ着いて、『泳げる者も、溺れてる奴に、しがみ付かれて、死んでしもた！』『わしだけ、村へ帰ることは出来ん。飛び込んで、死ぬ！』『あんたが死んだら、誰が村へ知らせる？　コレ、しっかりせえ！』と言われて、思い止まった。後の始末は船宿へ頼んで、わしだけ帰って来たという訳や」
光「まァ、ウチの人が死んだ！（泣いて）ワァーッ！」
竹「源やんの話を、まともに聞きなはんな。源やんは、千三つと言われてる。千の話で、ほんまのことは、三つだけ。もし、源やん。人の生き死にだけは、洒落にならん」
源「一人で帰るのも面目無いよって、（手拭いを取って）頭を丸めて来た」
竹「まァ、源やんが坊主になってる！　見栄張りが、坊主になった。源やんの言うたことは、ほんまや。ウチの人が死んだら、私も井戸へ飛び込んで死ぬ！」
源「おい、止めてくれ！　お竹さんが死んで、仏が浮かばれるか？　後々の弔いをしてこそ、仏が浮かばれるわ」
竹「髪を下ろして、尼になる！」
源「ほゥ、偉い！　後家を通す女子が少ないのに、良え料簡や。よし、わしが頭を丸めた。手桶へ、水を汲みなはれ。気の変わらん内に、剃刀で剃ったろ。髪を剃るのは勿体無いけど、死んだ亭主は浮かばれる」

松「私も、お願いします」
源「おォ、偉い！　お松っつぁんも、覚悟を極めたか。ほな、あんたの頭も丸めたろ」
梅「ほな、私も」
一「もし、私も尼に」
源「この村は、貞女の集まりや。ほな、ズラァーッと並びなはれ。順番で、頭を丸める。
（髪を剃って）南無阿弥陀仏、南無阿弥陀仏。貞女、貞女！」

世の中で、こんな悪い奴は無い。

皆を坊主にし、自分の嫁だけ、そのままの頭で置いといた。

クリクリに頭を剃られた連中は、涙を零すと、大きな数珠（じゅず）を本堂へ持ち出し、「南無阿弥陀仏、南無阿弥陀仏」と、百万遍を唱える。

○「お伊勢参りから帰って来たのに、誰も迎えに来んわ」
×「今日の日が暮れに帰ることは、村を出る時に言うてある。シィーンと静まり返って、ケッタイな塩梅や。取り敢えず、お寺の本堂へ行ってみよか。ポクポクと、木魚の音がしてる。カァーンと、鐘が鳴ってるわ」

○「留守の間、誰かが死んだらしい」
×「障子の破れから、覗いてみよか。（覗いて）アレ、尼はんの集会や」
○「そんな集会が、何処にある？　ほな、わしが覗くわ。（覗いて）あァ、ほんまや。そやけど、ケッタイな。絣の着物を着てる尼や、子どもに乳を呑ましてる尼も居る。あれは、吉っつぁんの嬶と違うか？」
吉「おい、そんな阿呆な！」
○「いや、間違い無い。右の頭へ、禿の跡があるわ。吉っつぁんの嬶が、子どもに乳を呑まして、念仏を唱えてる」
吉「（覗いて）あッ、わしの嬶や！　その隣りは、由っさんの嬶らしい」
由「何ッ、ほんまか？（覗いて）あッ、わしの嬶や！　本堂の真ん中で、鐘と木魚を叩いてるのは、鱶の源太と違うか？　皆の嬶を坊主にして、念仏を唱えてるわ。（障子を開けて）おい、源公！」
源「冥土から、亡者が迷て出た。皆で一心に、お念仏を」
女「南無阿弥陀仏、南無阿弥陀仏！」
○「おい、何を吐かしてけつかる！　お庄屋さん、源公が無茶をしてるわ」
庄「（笑って）わッはッはッは！　ウチの婆まで、頭を丸めてる」

○「もし、喜びなはんな！　源公、ええ加減にせえ！」
源「一々、大きな声を出すな。お前の手に持ってる幟へ、何と書いてある？」
○「(読んで) あァ、腹立てん講」
源「本堂へ草鞋のままで上がって来たけど、草鞋を脱ぐまでは道中や。腹を立てたら、村一統へ五貫文の詫び料を払て、所阿呆払いになる。皆、腹を立てたやろ？」
○「いや、腹は立ててない！」
源「ほんまに、立ててないか？」
○「あァ、立ててない！」
源「ほな、笑え」
○「おい、ええ加減にせえ！　お庄屋さん、殺生や」
庄「日が経ったら、髪は生えるわ。いや、これも結構。お伊勢参りを済まして帰ったら、皆、お怪我 (※毛が) 無うて、おめでたい」
○「もし、気楽なことを言いなはんな！　おい、梅やん。何を、クスクス笑てる？」
梅「ジィーッと見てると、面白い。嬶の頭を坊主にすると、デコボコもあるし、禿もある。松っつぁんの嬶は、南瓜(なんきん)。吉っつぁんの嬶は、西瓜みたいや」
○「(吹き出して) プッ！　そう言われたら、ほんまや」

女「コレ、何を笑てなはる！　涙を流して泣いてる人の頭を見て、笑うやなんて。一寸、ウチの人を捕まえてもらいたい。坊主にするよって、剃刀を持って来て！」

皆で捕まえ、亭主を坊主にすると、それを見て、笑う奴も坊主にし、お伊勢参りへ行った連中は、皆、坊主にされてしもた。

亭主も嬶も坊主になると、お伊勢参りへ行かなんだ者も、「わしらも付き合いで、坊主になろか」と、年寄りから子どもまで、頭を丸める。

こうなると、田圃（たんぼ）で働いてる者が坊主、井戸から水を汲んでる者も坊主、弁当を運んでる嫁が坊主で、その横で遊んでる子どもが坊主と、何処へ行っても、坊主だらけ。

村の名前も、坊主村になり、村へ住んでる者は、坊主になるという、決まりまで出来た。

或る日のこと、髪を見事に結い上げた人が、向こうから歩いて来る。

○「坊主村で、頭を坊主にしてない奴が来た。さァ、ドツけ！」

×「いや、あの人は構わん」

○「ほゥ、何で？」

×「あれは、お寺の和尚さんや」

解説「百人坊主」

上方落語には、駅伝形式で何席も連続で上演する、大河落語「東の旅」があります。

大坂の喜六・清八が、大坂玉造から伊勢へ旅立ち、生駒山を越え、奈良へ出て、上街道を通り、三輪から天理を抜け、初瀬街道を通り、榛原から伊勢本街道へ。

そこから峠を越え、菅野・神杖・上多気から櫛田川沿いを行き、津留の渡しを越え、熊野街道と交わる相可から田丸へ出て、宮川の渡しを越え、外宮・内宮へ参拝するのが往路ですが、松坂（※現在の松阪）から参宮街道へ入り、明星泊まりの演出もあります。

帰路は、参宮街道を通り、松坂・津・四日市・桑名へ出て、七里の渡しで、熱田神宮へ参詣するのですが、なぜか、熱田神宮のシーンはありません。

その後、鈴鹿峠へ戻り、土山・水口・草津・大津・京都へ出て、伏見街道を通り、三十石船で大坂へ戻るのが、ザッとした旅程です。

昔から、全演目を上演することは無く、面白いネタを切れ切れに続けて語ることを、通し口演としていたのは、旅行の順路をたどることが必要では無かったのかも知れません。

全部で、二十席余りですが、令和の今日、頻繁に上演されるネタは、十席程度。

興味のある方は、文我版ですが、パンローリングから刊行された『東の旅通し口演　伊勢参宮神賑』の書籍・CD版で確認していただければ、幸いです。

お伊勢参りの落語で、「東の旅」以外のネタが「百人坊主」であり、大和大峯山のバージョンもありました。

修験者道場の大峯山で、六月の山開きに行者巡りをするのが、成人男子になるための試練とされ、洞川(どろがわ)や下市(しもいち)まで下ると、精進落としの料理や女性がおり、一人前の男になったと言いますし、近畿の年中行事の一つだったそうです。

これに似た風習が、村人が団体で行くお伊勢参りで、適当な齢になると、道者(どうしゃ)という団体旅行へ参加し、古市辺りの廓で初体験し、その後、一人前の男として扱ってもらえました。

このような農村の風習は、大正時代でも残り、趣向を競うようになったと言います。

「百人坊主」の原典は、狂言「六人僧」で、何をされても怒らないという約束をした三人が、旅の途中、坊主にされた者の謀略で、女房諸共、六人の坊主が出来上がるという内容。

これを土台にし、井原西鶴が『西鶴諸国ばなし』(貞享二年)巻一の「狐の四天王」、十返舎一九は『滑稽しつこなし』(文化二年)を著しています。

狂言は、六人の男女が僧の形になるのも仏縁と信じ、それをキッカケに出家しますが、落語になると、それを村中へ広げてしまいました。

東京落語へ移植されたのが「大山詣り」で、「お怪我(※毛が)なくて、おめでたい」というオチになりましたが、上方落語「百人坊主」は、その後に、粋なオチが付いています。

三代目笑福亭福松（文の家かしく）に教わった桂米朝師は、「橘ノ圓都師は、西の旅・金比羅参りで演ってたが、伊勢参りの方が良いと思う。東西の落語は、かなり演出が違うが、絵を描く趣向と、腹立てん講と、オチの違いが、上方落語の特色。和尚に絵を描いてもらう所は、演者として楽しめる」と述べました。

村人が伊勢へ向かう時に使用するハメモノの「伊勢音頭」と、お伊勢参りについて、少しだけ述べておきましょう。

江戸時代、爆発的に流行した行事の一つが、お伊勢参り。

空から、伊勢神宮の御札が降って来たという珍事が、民衆の伊勢神宮信仰へ火を付け、江戸や徳島などの遠方から、伊勢へ大群が押し寄せたことが、六度もあったと言います。

お伊勢参りは、おかげ参りとも呼ばれ、伊勢神宮の御陰を求める群衆が、伊勢神宮へ集まり、街道筋の商工業が、大いに栄えました。

外宮と内宮の間にある古市などの色街や、宇治山田に隣接する伊勢の経済中心地・河崎は連日連夜の大繁盛となり、そこで芸妓たちが唄ったり踊ったりした「伊勢音頭」を、全国から訪れた参詣人が覚えて帰り、伊勢神楽の連中や、願人坊主達が唄うことで、全国各地に「伊勢音頭」を土台にした民謡が根付いて行ったのです。

また、全国各地の参詣人が講を組み、団体で伊勢参宮をした時、先達を務める者が、皆の疲れを忘れさせ、集団の気持ちを高揚させるため、道中で「伊勢音頭」を唄わせました。

それだけに、道中で唄う「伊勢音頭」は、伴奏が無くても、唄いやすいように、のんびりした唄だったようですが、お座敷唄などで唄い出されてからは、三味線・太鼓の伴奏に合わせた、賑やかな曲へ変化して行ったようです。

しかし、「伊勢音頭」ほど、解説に困る民謡もありません。

三重県伊勢市の伊勢音頭保存会や、民謡研究家でも、全容を把握するのが難しいほど、全国各地に、色の違う「伊勢音頭」が存在しているのです。

大雑把な言い方をすれば、「伊勢音頭」とは、伊勢近郊で唄われる唄の全てであり、河崎で唄われた「河崎音頭」が土台らしいということになりましょう。

歌詞は数多くありますが、「伊勢はな、津で持つ。津は、伊勢で持つ。尾張名古屋は、ヤンレ、城で持つ。やァとこせ、よいやな、ありゃりゃ（または、あれはいせ）、これはいせ。このよいとこせ（または、このなんでもせ）」というのが一般的で、伊勢の良い所が散りばめられています。

囃子言葉の「やァとこせ、よいやな」は、伊勢神宮が二十年毎に本殿を造り変える遷宮で、木曽から用材を運ぶ時に唄われた、「お木曳き木遣り」から採られていると言われていますが、これは「道中伊勢音頭」「伊勢津」とも呼ばれました。

それを寄席囃子へ採り入れ、「東の旅発端」「狸の化寺」「深山隠れ」など、大勢の人間が移動する時のハメモノに使い、場面の雰囲気を陽気に変えてしまう効果を得たのです。

三味線は賑やかに弾き、鳴物は〆太鼓と大太鼓を各々のセンスで打ちますが、「騒ぎ」の手の「テテテン、テテテン」を組み込むと、曲全体が派手になるでしょう。当たり鉦は自由に入れ、笛は篠笛で曲の旋律通りに吹きますが、いつも入れる訳ではありません。

しかし、曲の最初に、甲(かん)(高音)の音を、ヒィーッと入れると、曲の明るさが増すでしょう。

平成五年十月三十一日、三重県伊勢市内宮前おはらい町・すし久で開催した「第二九回／みそか寄席」で初演し、その後、何度も上演し、「このネタは伸縮自在で。短く演れば、十五分。延びると、四十分以上」ということが見えてきました。

ネタの具材を、全て披露するか減らすかで、上演時間が変わるので、何度も聞いていただくと、その変化も楽しんでいただけるでしょう。

第二次世界大戦前、このネタが掲載された速記本は多く、『落語あはせ』(朝野書店、明治四十年)、『落語研究会員／橘家圓喬落語集』(松陽堂書店・講談社書店、明治四十三年)、『三遊柳連名人落語全集』(いろは書房、大正三年)、『三遊派柳派／落語合研究会』(大盛堂書店、大正四年)、『三遊柳名人落語』(日本書院、大正八年)、『浪花真打連十八番口演滑稽落語名人揃／腹皷』(上方屋書店・金正堂書店、大正九年)、『滑稽名人落語十八番』(上方屋書店・金正堂書店、大正十二年)、『名人圓喬落語集』(三芳屋書店・松陽堂書店、昭和二年)、『講談落語全集』(泰光堂、昭和六年)、『落語全集／中』(大日本雄辯會講談社、昭和四年)、『傑作落語／

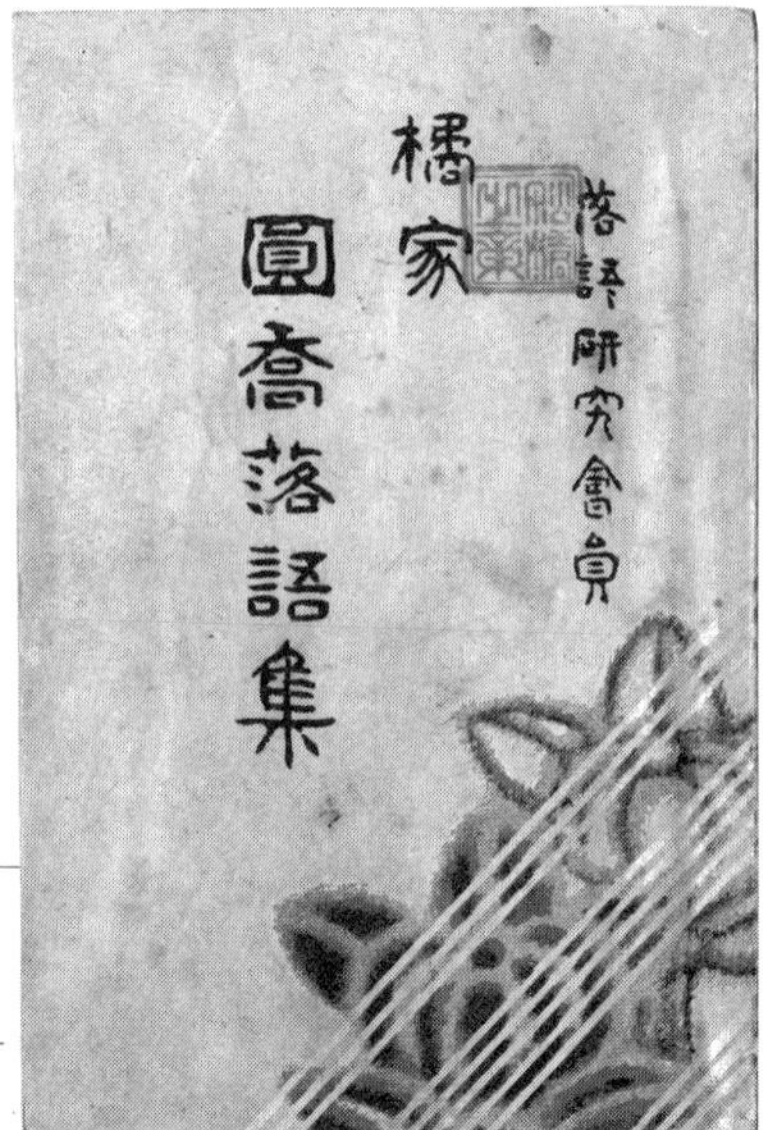

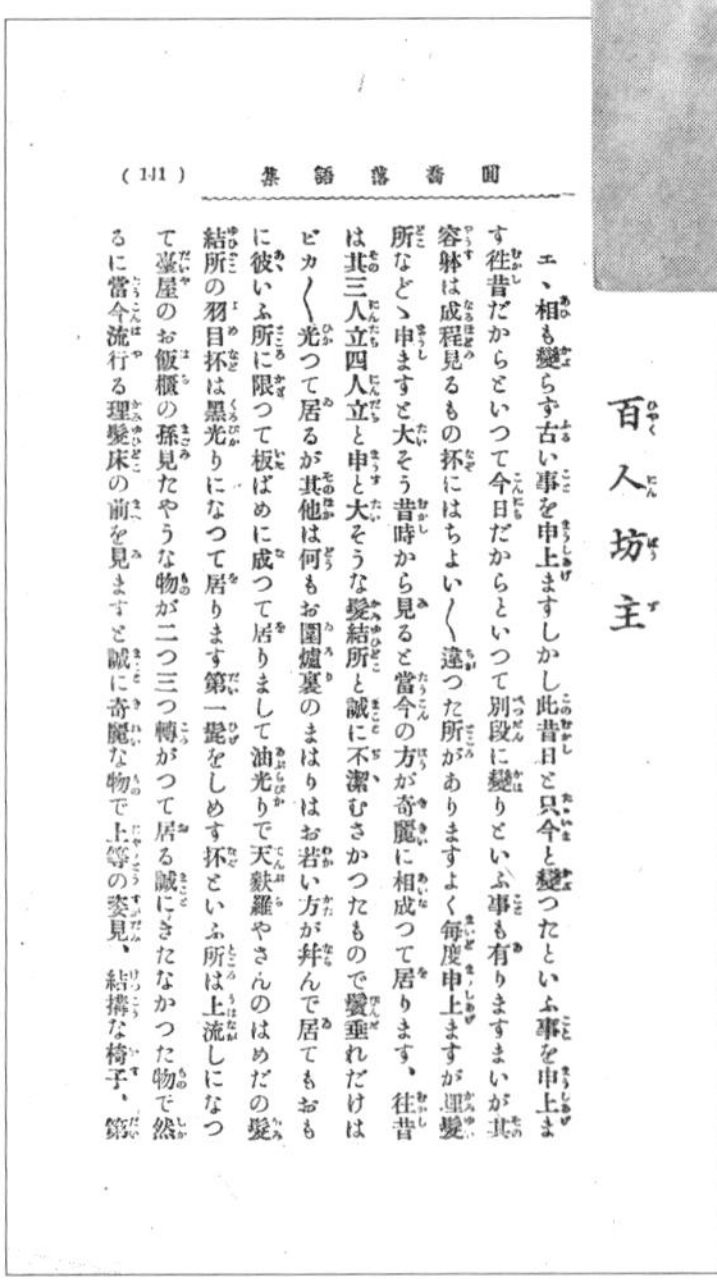

(111)　圓喬落語集

百人坊主

エ、相も變らず古い事を申上ますしかし此昔日と只今と變つたといふ事を申上ます徃昔だからといつて今日だからといつて別段に變りといふ事も有りますまいが其容躰は成程見るもの抔にはちよい〱違つた所がありますよく毎度申上ますが理髪所などゝ申ますと大そう昔時から見ると當今の方が奇麗に相成つて居ります、徃昔は其三人立四人立と申と大そうな髮結所と誠に不潔むさかつたもので鬢垂れだけはピカ〱光つて居るが其他は何もお圍爐裏のまはりはお若い方が弁んで居てもおもに彼いふ所に限つて板ばめに成つて居りまして油光りで天麩羅やさんのはめだの髮結所の羽目抔は黒光りになつて居ります第一髭をしめす抔といふ所は上流しになつて臺屋のお飯櫃の孫見たやうな物が二つ三つ轉がつて居る誠にきたなかつた物で然るに當今流行る理髮床の前を見ますと誠に奇麗な物で上等の姿見、結搆な椅子、臺

『落語研究会員／橘家圓喬落語集』（松陽堂書店・講談社書店、明治43年）の表紙と速記。

腹つゞみ　145

年無し子かい　竹『年無し子ちう事もないが、そんな事云ふたら笑はれるぜ、生れたら一つやないかい　喜『一つ、とはお若う見えます　竹『お若う見ゑますゥ、一つより若かつたら一體幾つに見える　喜『ソヤな、私の目からは何うしてもタヾとしか見えんな』

百人坊主　　桂　文雀

紀州和歌山の在に吉田村といふのがあつて、上中下と三ヶ村ございます、ところが中の吉田村に居る若者は揃ひも揃つて喧嘩好きで、毎年伊勢参宮に参りますが其時はキッと喧嘩が出來る、それを名主が心配して神參りに行きながら喧嘩をしては困る、第一他の村へ聞えても餘り取締りが届かぬやうで極りが悪いと云ふの

『浪花真打連十八番口演滑稽落語名人揃／腹鼓』（上方屋書店・金正堂書店、大正９年）の表紙と速記。

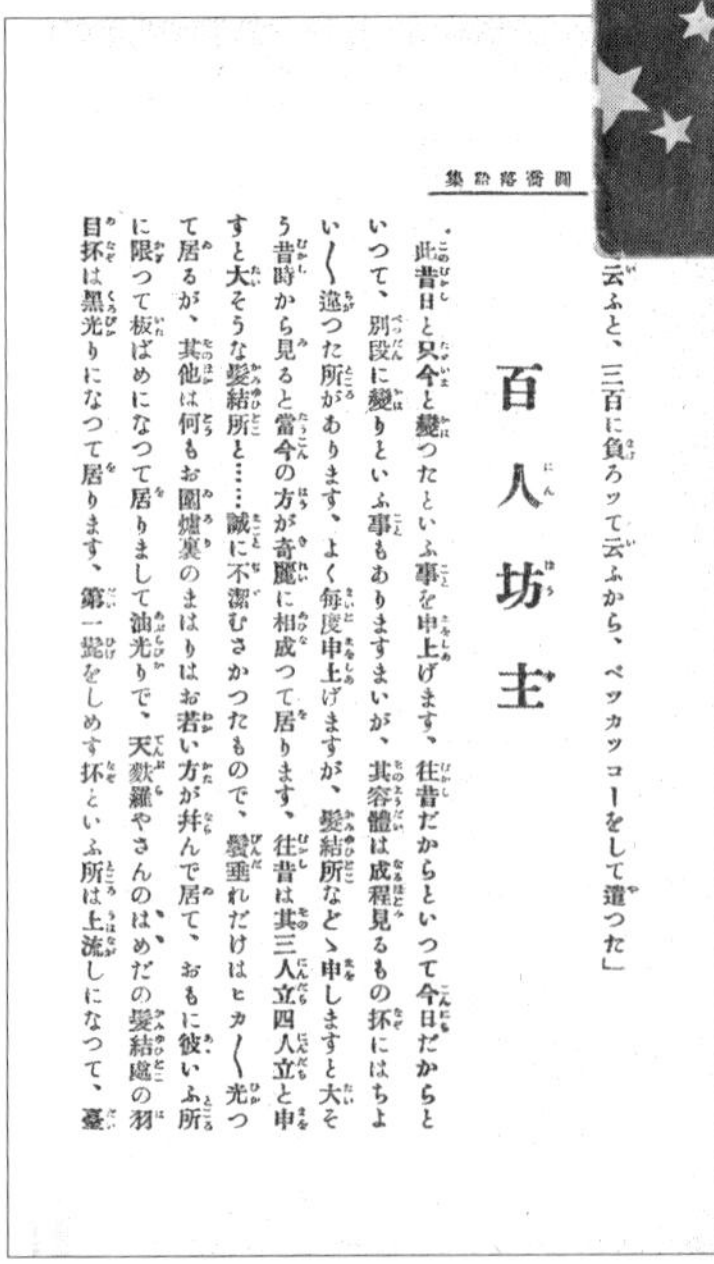

云ふと、三百に負ろッて云ふから、ペツカツコーをして遣つた」

百人坊主

此昔日と只今と變つたといふ事を申上げます、往昔だからといつて今日だからといつて、別段に變りといふ事もありますまいが、其容體は成程見るもの抔にはちよい〳〵違つた所があります、よく毎度申上げますが、髪結所などゝ申しますと大そう昔時から見ると當今の方が奇麗に相成つて居ります、往昔は其三人立四人立と申すと大そうな髪結所と……誠に不潔むさかつたもので、鬢垂れだけはヒカ〳〵光つて居るが、其他は何もお圍爐裏のまはりはお若い方が并んで居て、おもに彼いふ所に限つて板ばめになつて居りまして油光りで、天麩羅やさんのはめだの髪結處の羽目抔は黑光りになつて居ります、第一髭をしめす抔といふ所は上流しになつて、臺

『名人圓喬落語集』（三芳屋書店・松陽堂書店、昭和２年）の表紙と速記。

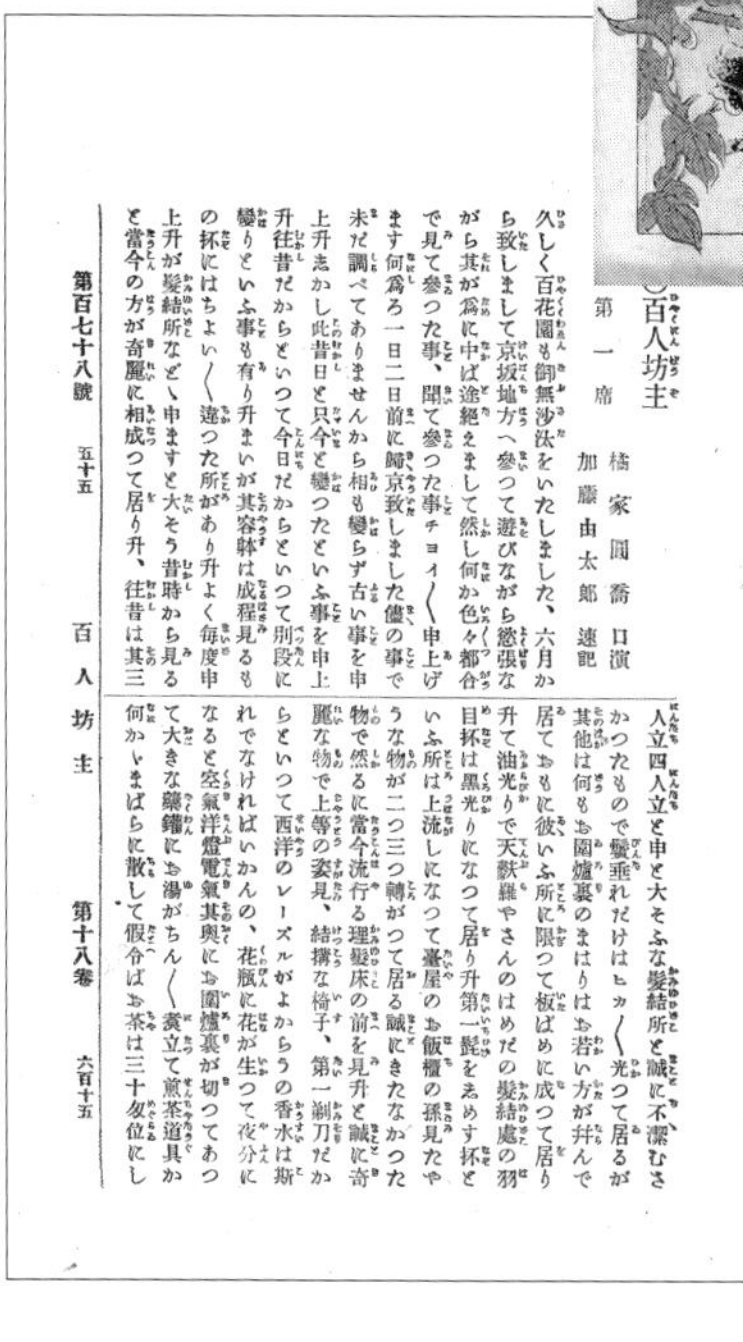

◎百人坊主

第一席　橘家圓喬口演
加藤由太郎速記

久しく百花園も御無沙汰をいたしました、六月から致しまして京坂地方へ參つて遊びながら慾張ながら其が爲に中ば途絶えまして然し何か色々都合で見て參つた事、聞て參つた事チヨイ〳〵申上げます何爲ろ一日二日前に歸京致しました儘の事で未だ調べてありませんから相も變らず古い事を申上升去かし此昔日と只今と變つたといふ事を申上升往昔だからといつて今日だからといつて別段に變りといふ事も有り升まいが其容躰は成程見るもの杯にはちよい〳〵違つた所があり升よく毎度申上升が髪結所などゝ申ますと大そう昔時から見ると當今の方が奇麗に相成つて居り升、往昔は其三人立四人立と申と大そふな髪結所と誠に不潔むさかつたもので鬢垂れだけはヒカ〳〵光つて居るが其他は何もお園爐裏のまはりはお若い方が弁んで居ておもに彼いふ所に限つて板ばめに成つて居り升て油光りで天麩羅やさんのはめだの髪結處の羽目杯は黒光りになつて居り升第一髭をあめす杯といふ所は上流しになつて臺屋のお飯櫃の孫見たやうな物が二つ三つ轉がつて居る誠にきたなかつた物で然るに當今流行る理髪床の前を見升と誠に奇麗な物で上等の姿見、結構な椅子、第一剃刀だからといつて西洋のレーズルがよからうの香水は斯れでなければいかんの、花瓶に花が生つて夜分になると空氣洋燈電氣其奥にお園爐裏が切つてあつて大きな藥鑵にお湯がちん〳〵煮立て煎茶道具か何かゞまばらに散して假令ばお茶は三十匁位にし

第百七十八號　五十五　百人坊主　第十八巻　六百十五

『百花園』178号（金蘭社、明治29年）の表紙と速記。

『桂米朝上方落語大全集』第12集のカセットテープ（東芝EMI、昭和51年）。

愉快の結晶』（いろは書房、昭和九年）があり、雑誌は『百花園』一七八・一七九号（金蘭社、明治二十九年）。

ＳＰレコードは、初代桂春團治が「お伊勢詣り」という演題で、「百人坊主」の冒頭の部分を吹き込んでいます。

ＬＰレコード・カセットテープ・ＣＤは、「大山詣り」の音源も含め、五代目古今亭志ん生・六代目三遊亭圓生・六代目春風亭柳橋・八代目三笑亭可楽・八代目春風亭柳枝・五代目柳家小さん・三代目桂米朝・三代目古今亭志ん朝などの各師の録音で発売されました。

淀川

よどがわ

大阪の川魚料理店・淀川の表で、主が床几（しょうぎ）を出し、俎（まないた）の上で、鰻の頭へ錐（きり）を打つ時、店の前を通り掛かったのが、南無阿弥陀仏の坊さん。

坊「コレ、何をしなさる！　鰻は、虚空蔵（こくぞう）様のお遣いじゃ。殺生はせず、川へ返してやりなされ。そんなことをすると、地獄へ落ちるぞ！」

主「もし、要らんことを言いなはんな！　ウチが殺生を止めるのは、坊さんが衣を脱ぐのと同じや。何ッ、地獄へ落ちる？　死んで地獄へ落ちても、この世で極楽をした方が良えわ。それやったら、坊さんが買うて、そこの橋の上から、川へ逃がしなはれ」

坊「よし、わかった。一体、何ぼじゃ？　何ッ、そんなにするのか！　あァ、人の足許を見てからに。（金を払って）鰻を、笊（いかき）へ入れなはれ。（両手で、笊を持って）コレ、鰻。

一足遅かったら、危なかった。これからは、あんな鬼みたいな男に捕まるではないぞ。さァ、橋の真ん中へ来た。ほな、逃がしてやる。南無阿弥陀仏、南無阿弥陀仏。（鰻を、川へ放り込んで）ザブゥーン！　あァ、良い功徳をした」

明くる日、また、淀川の主が、表の床几へ俎を置き、鰻の頭へ、錐を打ち込もとする。

坊「コレ、何をしなさる！」
主「あァ、和尚さん。昨日は、おおきに」
坊「いや、礼は要らん！　此方(こなた)は、地獄や畜生道へ落ちるぞ！」
主「あァ、煩いな。ほな、今日も買うて、川へ逃がしなはれ」
坊「ほな、何ぼじゃ？　昨日より、高なってるわ。（金を払って）鰻を、笊へ入れなはれ。（笊を持って）コレ、鰻。これからは、あんな鬼みたいな男に捕まるではないぞ。さァ、橋の真ん中へ来た。ほな、逃がしてやる。南無阿弥陀仏、南無阿弥陀仏。（鰻を、川へ放り込んで）ザブゥーン！　あァ、良い功徳をした」

明くる日から、雨が続いたので、魚の仕入れが無うて、坊さんも淀川の前を通らん。

やっと、雨が止み、陽が射したので、淀川の表へ床几を出し、俎を干す。
「仕入れに行っても、魚が無い」と、ボヤいてる所へ、例の坊さんが来た。

主「嬶、金蔓（かねづる）が来たわ。向こうで話をして、その内に、此方へ来る。その辺りに、鼻から息をしてる物は無いか？」
嬶「仕入れが無いよって、何も見当たらん」
主「あァ、金蔓を逃がしてしまうわ。ほな、犬か猫は居らんか？」
嬶「もし、阿呆なことを言いなはんな。そんな物は、俎の上へ乗せられん」
主「おい、何か無いか？　ほな、仕方無い。嬶を、鰻の代わりにする。俎の上へ、仰向（あおむ）けに寝え！」
嬶「コレ、大概にしなはれ！　何で、そんなことをせなあかん」
主「銭儲けやよって、仕方無い。暫くの間、稼ぎが無かったよって、埋め合わせになる」
嬶「ほな、そうするわ」

横になる方も、なる方で。
俎の上へ、嬶が横になると、主が包丁を突き立てよとする。

坊「コレ、何をしなさる！」
主「あァ、和尚さん。今日は、鰻の蒲焼を拵えよと思て」
坊「自分のしてることが、わかってるか？　頭に、ヤキが廻ったらしい。鰻で飽き足らず、自分の嫁を蒲焼にするとは。地獄へ落ちとなかったら、逃がしてやりなされ」
主「ほんまに、煩いな。私の鰻は、私の好きにさしてもらいますわ」
坊「ほな、嫁を買う！　さァ、何ぼじゃ？」
主「この頃、鰻の値が上がって」
坊「コレ、たわけたことを申すな！　嫁の値は、聞いたことが無い。一体、何ぼじゃ？　何ッ、そんなにするのか！　そんな値打ちのある嫁とは思えんが、仕方無い。（金を払って）さァ、笊へ入れなはれ。何ッ、入り切らん？　笊へ入らなんだら、愚僧が抱いてやる。（鰻を抱いて）あァ、重たい！　一寸、痩せなさい！（鰻を抱き、歩き出して）鬼みたいな男の許へ嫁いだのが、此方の不運じゃ。これからは、鬼みたいな男に捕まるではないぞ。橋の真ん中へ来たよって、逃がしてやる。南無阿弥陀仏、南無阿弥陀仏。（鰻を、川へ放り込んで）ザブゥーン！　あァ、良い功徳をした」

解説「淀川」

私の祖母は信心深く、寺・神社・祠（ほこら）・地蔵があると立ち止まり、手を合わせていたことを覚えていますし、生き物への慈愛も深かったようで、秋になり、熟し掛けた柿を採り、友達と食べていた時、「一つか二つは、鳥のために残しとき。人間が全部食べたら、他の生き物に悪いやろ」と言い、向こうへ行ってしまいました。

「食べ物は粗末にせんと、御飯は最後の一粒まで、綺麗に食べなさい」という戒めは、今でも守っていますし、この料簡は、次の時代へ伝えて行きたいと思っています。

「淀川」という落語は、万延二年、上方落語の桂松光のネタ帳『風流昔噺』へ、「和尚魚たすけ　但シ子ハ河へどぼんトはめ南無阿弥陀仏、南無阿弥陀仏、南無阿弥陀仏」と、オチまで記されました。

明治初期、東京落語へ移植され、「後生鰻」になったそうですが、誰が誰に教え、どのように伝播したかは、わかりません。

後生の良いようにという理由から、八月十五日、生き物を助け、逃がしてやる儀式に因み、「放生会」という別題もあったそうです。

信心深い僧侶が、川へ赤子を放り込むのは、残酷で無理があり、放送で上演しにくいネタと

『五代目古今亭志ん生 古典落語』のLPレコード（日本コロムビア、昭和50年）。

されていましたが、五代目古今亭志ん生は頻繁に演じ、三代目三遊亭小圓朝（※四代目橘家圓蔵から教わったが、実父・二代目小圓朝は、あまり演らなかったと言う）・三代目三遊亭金馬も上演しました。

寄席で上演時間を短くする時、高座へ掛けられることが多くなり、笑いは少なくとも、粋な噺の一つとなったのです。

第二次世界大戦中、昭和十六年、落語は卑俗的で、低級なネタが多いという非難の声を受け、警視庁保安部が調査し、九月二十日、廓噺や、間男の噺など、五十三演目の上演禁止を通達し、十月三十日、浅草寿町（現在の台東区寿）の長瀧山本法寺で法要が営まれた後、はなし塚へ葬られてしまいました。

第二次世界大戦後、昭和二十一年、禁演落語復活祭で解除されましたが、その中に「後生鰻」も入っていたのです。

五十三演目を紹介すると、五人廻し・品川心中・三枚起請・突き落とし・ひねりや・辰巳の辻占・子別れ・居残り佐平次・木乃伊取り・磯の鮑・文違い・お茶汲み・よかちょろ・廓大学・明烏・搗屋無間・坊主の遊び・白銅・粟餅・二階ぞめき・高尾・錦の袈裟・お見立て・付き馬・山崎屋・三人片輪・とんちき・三助の遊び・万歳の遊び・六尺棒・首ったけ・目薬・親子茶屋・宮戸川・悋気の独楽・権助提灯・一つ穴・星野屋・三人息子・紙入れ・つづら間男・包丁・不動坊・つるつる・引越しの夢・にせ金・氏子中・白木屋・疝気の虫・蛙茶番・駒長・おはらい・後生鰻。

「淀川」は、赤子を俎へ乗せたり、川へ放り込むという構成になっていましたが、私の場合、店の主の家内に替えたことで、赤子より残酷性は薄くなり、コント的な面白さが加わり、笑いも多くなりましたが、「俎の上へ、店の家内が仰向けに寝るのは奇怪しく、納得が出来ない」と仰る方がおられることも否みません。

しかし、個人的に、幼い子どもが悲しい声で泣いたり、不幸な目に遭うのは、身を切られるように辛いのです。

平成二十二年十一月十五日、京都府立文化芸術会館三階和室で開催した「第八五回／桂文我

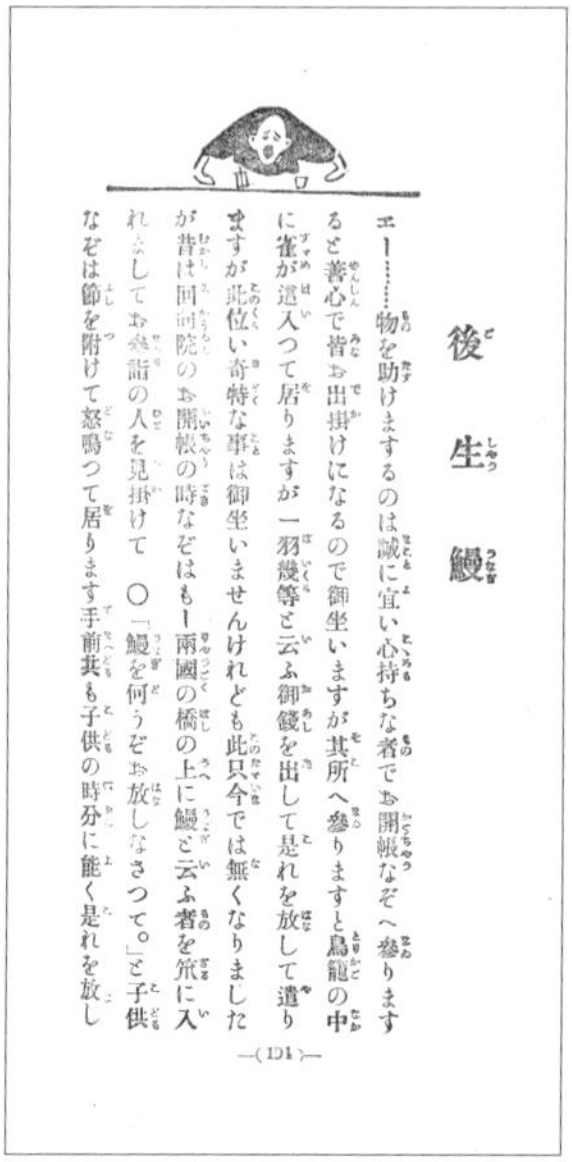

後生鰻

エー……物を助けまするのは誠に宜い心持ちな者でお開帳なぞへ參りますると善心で皆お出掛けになるので御坐いますが其所へ參りますと鳥籠の中に雀が這入つて居りますが一羽幾等と云ふ御錢を出して是れを放して遣りますが此位い奇特な事は御坐いませんけれども此只今では無くなりましたが昔は回向院のお開帳の時なぞはもー兩國の橋の上に鰻と云ふ者を笊に入れなしてお參詣の人を見掛けて ○「鰻を何うぞお放しなさつて。」と子供なぞは節を附けて怒鳴つて居ります手前共も子供の時分に能く是れを放し

—(194)—

『圓蔵落語會』（三芳屋書店・松陽堂書店、明治41年）の表紙と速記。

上方落語選（京都編）」で初演しましたが、この時から手応えがあり、全国各地で上演することが可能と、確信しました。

その後、時間調節が自由で、ギャグが加わったり、新たな展開が見えたりしたので、高座へ掛けることが楽しくなったのです。

おそらく、生涯、上演するネタになるでしょう。

第二次世界大戦前、このネタが掲載された速記本は「後生鰻」ばかりですが、『圓蔵落語會』（三芳屋書店・松陽堂書店、明治四十一年）、『柳家小さん落語全集』（いろは書房・大川屋、大正二年）、『落語三遊集』（三芳屋書店・松陽堂書店、大正二年）、

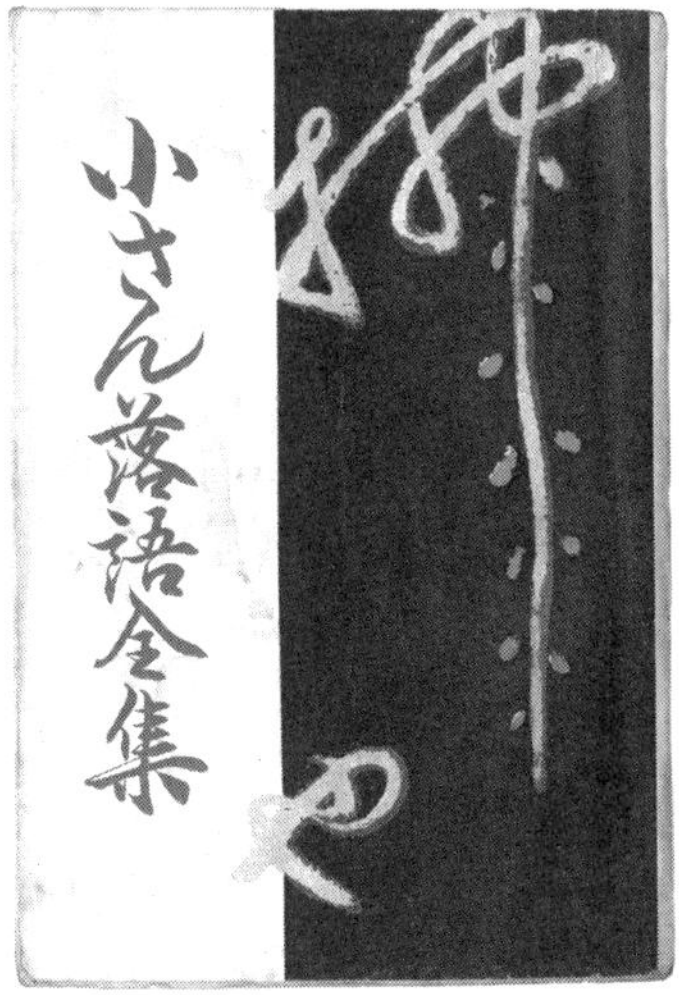

『柳家小さん落語全集』（いろは書房・大川屋、大正２年）の表紙と速記。

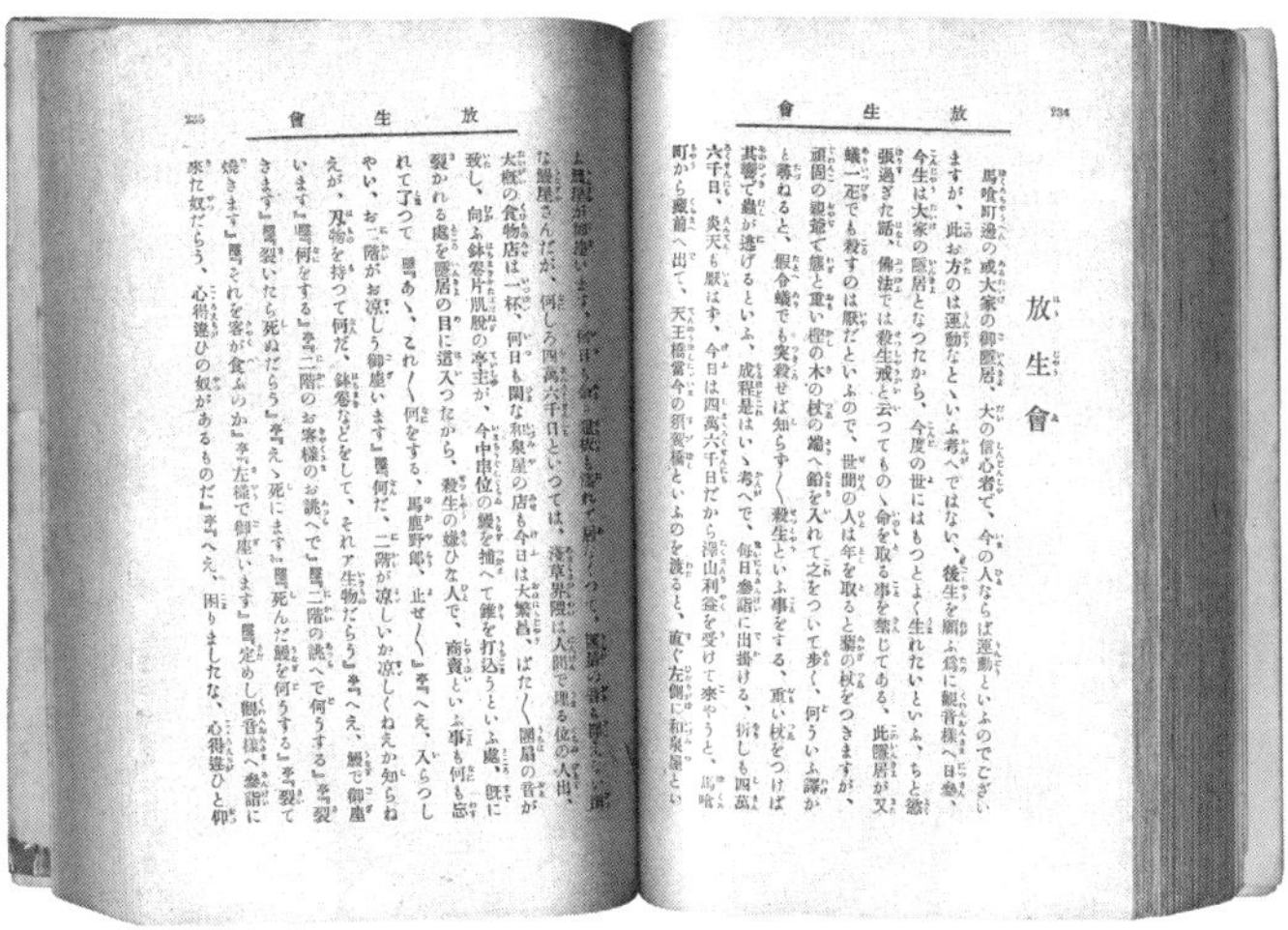

234　放生會

放生會

馬喰町邊の或大家の御隱居、大の信心者で、今の人ならば運動といふのでございますが、此お方のは運動なとゝいふ考へではない、後生を願ふ爲に觀音樣へ日參、今生は大家の隱居となつたから、今度の世にはもつとよく生れたいといふ、ちと慾張過ぎた話、佛法では殺生戒と云つてものゝ命を取る事を禁じてある、此隱居が又蟻一疋でも殺すのは厭だといふので、世間の人は年を取ると樫の杖をつきますが、頑固の親爺で態と重い樫の木の杖の端へ鈴を入れて之をついて歩く、何ういふ譯かと尋ねると、假令蟻でも突殺せば知らず／＼殺生といふ事をする、重い杖をつけば其響で蟲が逃げるといふ、成程是はいゝ考へで、毎日參詣に出掛ける、折しも四萬六千日、炎天も厭はず、今日は四萬六千日だから澤山利益を受けて來やうと、馬喰町から藏前へ出て、天王橋當今の須賀橋といふのを渡ると、直ぐ左側に和泉屋とい

235　放生會

ふ鰻屋が御座います、[illegible]な鰻屋さんだが、何しろ四萬六千日といつては、淺草界隈は人間で埋る位の人出、大概の食物店は一杯、何日も閑な和泉屋の店も今日は大繁昌、ばた／＼團扇の音が致し、向ふ鉢卷片肌脱の亭主が、今中串位の鰻を捕へて錐を打込うといふ處、既に裂かれる處を隱居の目に這入つたから、殺生の嫌ひな人で、商賣といふ事も何も忘れて了つて 隱『あゝ、これ／＼何をする、馬鹿野郎、止せ／＼』亭『へえ、入らつしやい、お二階がお涼しう御座います』隱『何だ、二階が涼しいか涼しくねえか知らねえが、刄物を持つて何だ、鉢卷などをして、それア生物だらう』亭『へえ、鰻で御座います』隱『何をする』亭『二階のお客樣のお誂へで』隱『二階の誂へで何うする』亭『裂きます』隱『裂いたら死ぬだらう』亭『えゝ死にます』隱『死んだ鰻を何うする』亭『裂て焼きます』隱『それを客が食ふのか』亭『左樣で御座います』隱『定めし觀音樣へ參詣に來た奴だらう、心得違ひの奴があるものだ』亭『へえ、困りましたな、心得違ひと仰

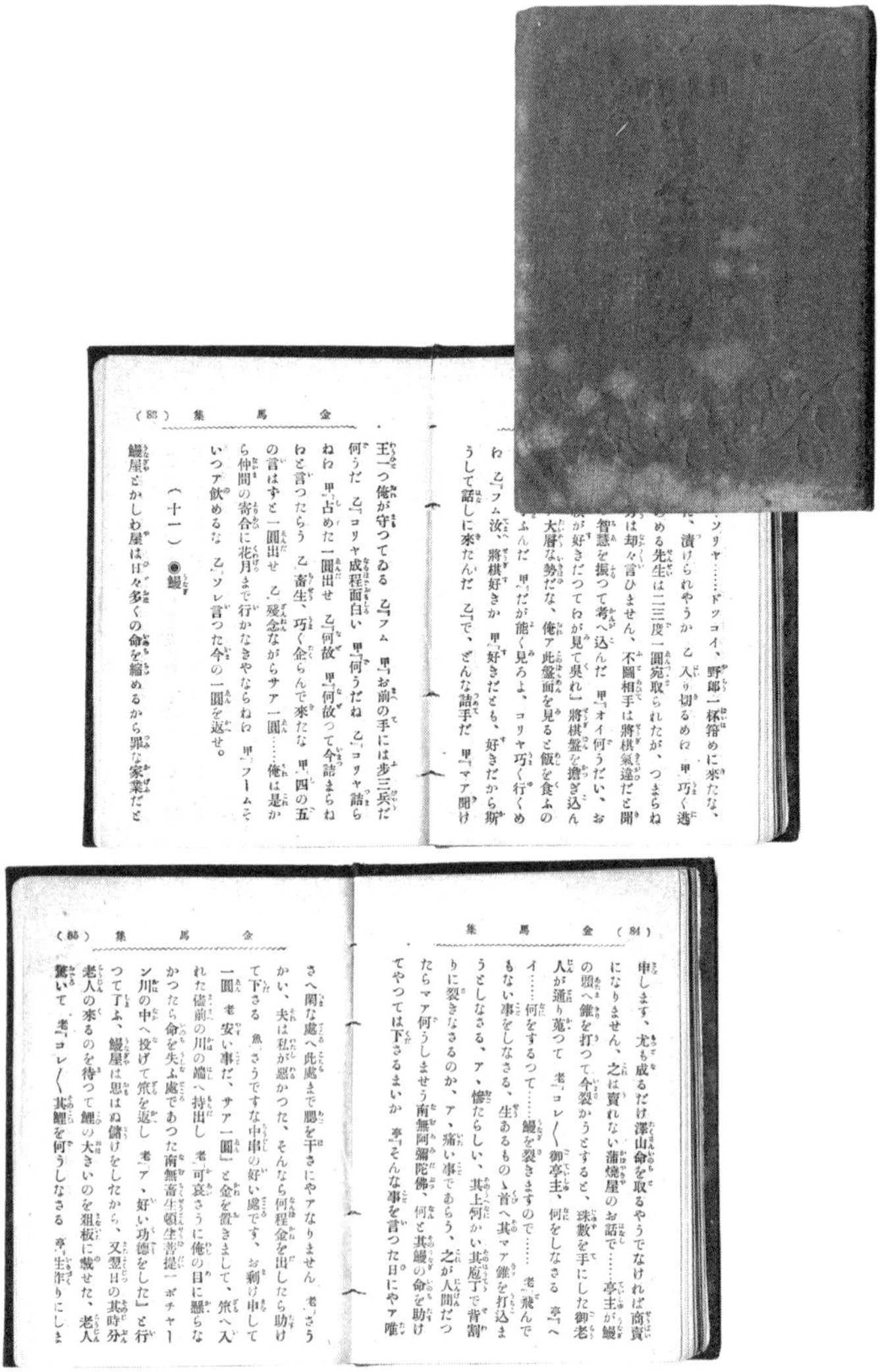

『落語／金馬集』（樋口隆文館、大正３年）の表紙と速記。

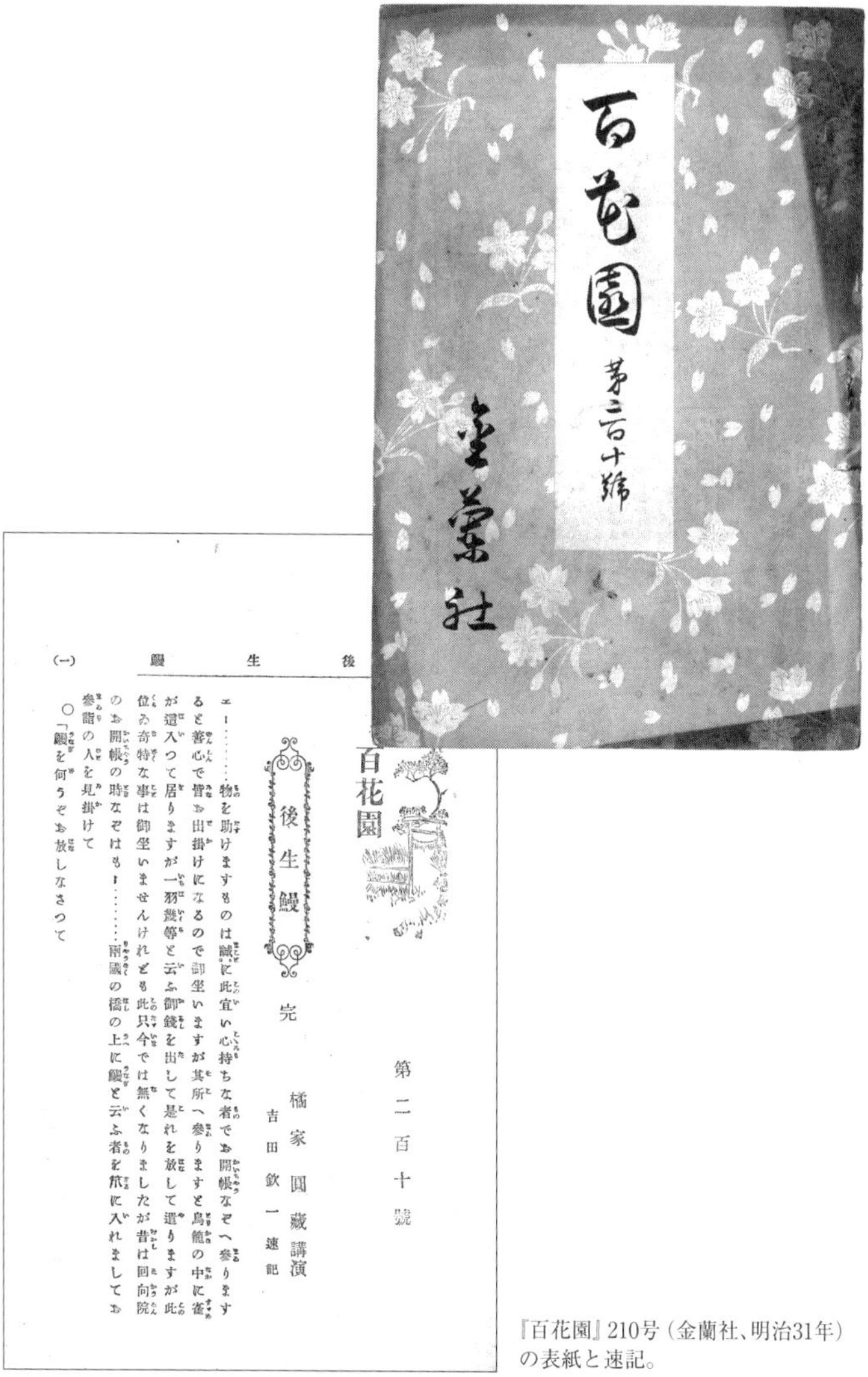

後生鰻 (一)

百花園

第二百十號

後生鰻 完

橘家圓藏講演
吉田欽一速記

エー……物を助けますものは誠に此宜い心持ちな者でお開帳なぞへ參りますると善心で皆お出掛けになるので御坐いますが其所へ參りますと鳥籠の中に雀が這入つて居りますが一羽幾等と云ふ御錢を出して是れを放して遣りますが此位ゐ奇特な事は御坐いませんけれども此只今では無くなりましたが昔は回向院のお開帳の時なぞは最う……兩國の橋の上に鰻と云ふ者を桶に入れましてお參詣の人を見掛けて

○「鰻を何うぞお放しなさつて

『百花園』210号（金蘭社、明治31年）
の表紙と速記。

『落語／金馬集』（樋口隆文舘、大正三年）があり、雑誌は『百花園』二一〇号（金蘭社、明治三十一年）等です。

ＳＰレコードは三代目柳家小さんが吹き込み、ＬＰレコード・カセットテープ・ＣＤは五代目古今亭志ん生・三代目三遊亭小圓朝などの各師の録音で発売されました。

コラム・上方演芸の残された資料より

『桂文我上方落語全集』の連載コラムは、元・サンデー毎日の編集長で、祇園小説に才を発揮し、織田作之助へも影響を与え、戦前戦後の噺家と付き合いも出来、落語研究家として、『落語の研究』という本まで著した、渡辺均氏の自筆原稿を採り上げている。

第九巻は、昭和二十四年四月三十日、現在のNHK第二放送で放送した「大衆演藝の研究」の時間、「大阪落語名作選」第二回の、上方落語「野崎詣り」の解説と、二代目立花家花橘の紹介をする時の原稿を紹介することにした。

どちらかと言えば、「野崎詣り」の解説より、野崎詣りの風習等、ネタの周辺の説明が多いが、落語の解説は、これで良いと思う。

昨今、テレビ・ラジオの落語の解説は、噺家の裏話が主になってきたように思うが、本来、ネタの周辺を検証した上で、その世界へ誘うのが主眼でなければならないだろう。

私が噺家になった頃の演芸研究家や放送作家は、話術も見事で、話の内容も濃かった。

渡辺均氏の落語の解説原稿を読むと、それを重々感じるが、いかがだろう？

昭和廿三年四月三十日（金）午後八時～八時三十分「大衆演藝の研究」の時間、「大阪落語名作選」第二回、第二放送、全国中継

渡辺　均

「野崎詣り」解説

野崎詣りといふのは、晩春初夏の候に於ける、ずっと昔からの大阪の年中行事の一つでありますが、大体、この野崎と申しますのは、例のお染久松の芝居でお馴染の、近松半二作「新版歌祭文」野崎村の段のあの野崎のことで、詳しく言へば、大阪府北河内郡四條村大字野崎です。

その浄瑠璃の中の文句にある「観音様をかこつけて、あひに北やら南やら」といふ、その観音様が所謂野崎の観音で、これも正式に言へば、福聚山慈眼寺といふお寺ですが、久松の親久作は、野崎村の百姓といふことになってをり、慈眼寺の近くには、久作の田家と称する家もあり、又、本堂の後には、お染久松の墓が建てられております。

このお寺の本尊が十一面観世音、その観音様の御開帳が毎年五月一日（つまり明日）か

ら十日間行はれる、その御開帳にお詣りするのが野崎詣りであります。

ずっと昔は、四月だったらしく、又、時によって、少しづつ日取りが変った事もあったやうですが、現在では五月一日から始まります。

近郊近在に、あまり適當な行楽場所を持たなかった大阪の人達には、丁度、時候はいいし、この野崎詣りが、一つには物見遊山としての楽しい一日の手頃なピクニックでもあったものと思はれます。

數年前、大に流行した「野崎小唄」といふ流行歌の歌詞に「野崎詣りは、屋形船でまゐろ」といふ文句もあって、全國的にも大変お馴染が深いと思ひます。

しかし、勿論、こんな野崎詣り風景は、現在は見られないことで、恐らく、明治の中期位が最後だったろうと存じます。

現在は、片町線の汽車に乗って、野崎駅で下車すればいいのですが、大阪からの、昔の代表的なコースを申しますと、まづ八軒屋（現在の天神橋南詰東）から、土手下（天満橋南詰から元の偕行社のあたり）を通って、京橋から片町を東へ参ると、徳庵へ出ます。

このあたりを寝屋川といふ川が流れてゐまして、この寝屋川は京橋の所で淀川に合流する川ですが、水源は寝屋の山中で、長柄（ながら）の人柱の傳説に出てくる「雉子も鳴かずば撃たれまじきを」と詠んだ長柄長者の娘は、この寝屋の長者の所へ嫁入って来たのだといはれてゐます。

　そして、野崎詣りには、この徳庵から寝屋川を舟で遡るか、又は徳庵堤を歩いて行くかの二つの途しかなかったのですが、何分細い狭い川ではあり、舟の速さと、歩く速さとがほぼ同じ位なのですから、ここで参詣者が、舟と堤とから互に口喧嘩をかはしながら、双方負けず劣らず毒舌を闘はして、而かも明るく朗らかに嬉々として遊山気分を味はひつつお詣りをする。

　一例を申しますと、堤を歩いて行く方の者が、舟へ向って、「結構に親から貰った足があるのに、舟に乗って行く阿呆がある」といふやうな賣り言葉を発します。

するど、舟の方からは「お足とは銭ぢゃ。銭があるから船頭に儲けさせてやるのじゃ。お前らは銭なしか、ケチン坊か」といふやうな買い言葉となり、こんな事がキッカケで、双方負けず劣らず、皮肉に罵り合ふ。

　他の者も、これを聞きながら、笑い興じて聲援しつつ、知らない間に道がはかどる事となるのですが、又一つには、これを運だめしとして、この口喧嘩に言い勝てば、運が強いし、敗けたら、運が弱いといふ運だめしの口喧嘩でもあったのです。

　ですから、この舟も住道（すみのどう）といふ所までの舟行きで、住道が舟の者も陸へ上って来る訳ですが、ここでは、先刻まで罵り合ってゐた水陸両方の喧嘩相手も仲よく一しょになって、今までの事も全く忘れ果てたやうに、互に笑ひながら睦まじく、住道から野崎の観音へ、共に連れ立って歩いて行ったといふ次第です。

先に申しましたお染久松の野崎村の段で、お染が舟、久松が駕といふ、あの幕切れは、この舟と堤との掛合を巧に轉用して、美しい情調を示したものといへませうし、殊にあの段切れの賑やかなヲクリの韻律は、野崎詣りの情調を活用した名曲といふことが言えませう。

又、近松門左衛門の世話浄瑠璃に「女殺油地獄」といふ名高い作品があります。これは御存知の通り、河内屋輿兵衛といふ放蕩者が金に詰まって、油屋の女房・お吉を殺す筋ですが、この浄瑠璃の序幕は、この野崎詣りの雑聞の場面となってゐて、近松の美しい文章によって、この野崎詣りの賑やかな行楽の場面が詳しく面白く描き出されてをります。

「鯰(なまづ)川よりゆらゆらと、野崎詣りの屋形船、卯月半ばの初暑さ、末の閏(うるふ)に追繰(おひぐ)りて、まだ肌寒き川風を、酒に凌てぎて、そそり行く……。櫻過ぎにし山里の、誰(たれ)訪ふべくもなかりしに、老若男女(ろうじゃくなんにょ)の花咲きて、足をそらそら空吹く風に、散らぬ色香の伊達参り。……傳(つて)を頼みの乗合船は、借切るよりも得庵堤、艫(とも)に舳(へさき)をこぎつけて、餘所(よそ)も一つの船の内、客はこれ見よ顔自慢……」

落語の「野崎詣り」は、徹頭徹尾、この舟を堤との口喧嘩の場面で終始してをりますから、従って誠に口汚い賣言葉と買言葉との連續です。

しかも、舟と堤との喧嘩ですから、大きな声の出し續けで、落語家は気分の悪い時や、元気のない時には、この咄はやれないといふ位のものですが、それだけ大層賑やかな咄です。

元来、この舟は、平常は大抵、肥船(こえ)なのですが、この御開帳の期間だけ、綺麗に掃除をして、毛氈など敷いて、乗合船に流用しますので、従って、咄の筋には、どうしても、これに関して、小便とか肥とかいふ事が、随分沢山出てくるのですが、近来は殆どこれらの汚い話は避けるやうになってゐます。

故人では、二代目の文三、月亭文都、南光、先代の松鶴、先代の春團治、露の五郎、先程歿くなった東京の小南などの諸氏が、この咄を得意としていましたが、今夜、この咄を演る花橘さんは、いつもの氏一流の解釋から、自分の気に染まない個所は、遠慮なく省略したり、改作したりしてゐます。

現にこの咄の後半で、「吹けよ川風」の賑やかなお囃子につれて、稽古屋の連中が、別に屋形船で陽気に繰出してくる場面がありますが、ここで咄の筋が二元化して分裂するといふ理由から、氏は大抵、これを省略するやうですが、只今も念のために尋ねて見ましたら、勿論、今夜も、この稽古屋の屋形船の條は出さないといふ話でした。

一番最初、気の合った二人づれの大阪者が、野崎詣りをしようではないかと出かける所から、咄は始まるのですが、大阪落語の特色であるお囃子は、ここで「あふぎちやう」といふのが入って、これで途中の賑やかさを現はし、やがて「きぬた」といふ囃子に移って道中の氣分を出します。

陽氣で、明朗なお咄です。

では、花橘さんに、大阪落語「野崎詣り」を演って頂きます。

文我師匠、松阪で『古事記』を語る

本居宣長記念館名誉館長　吉田 悦之

『古事記』編纂千三百年にあたる二〇一二年に松阪で始まった桂文我師匠の「古事記を語る落語会」も十二回目を迎える二〇二三年、いよいよ下巻、仁徳天皇の条に入った。

この会は、『古事記』の核心を逃さず、さらに物語としての面白さを再生しようという大胆で意欲的な試みだが、師匠の語りは修練の賜、少しの淀みもない。中でも痺れるのが、神の御名の読み上げの美しさである。

マサカツアカツカチハヤヒアメノオシホミミノミコト

アメニキシクニニキシアマツヒコヒコホノニニギノミコト

神の御名、これが本来、語りであった『古事記』の一番大切な部分である。

語られる物語の中で、聴衆がもっとも注意を払ったのは、神々の名前であった。自分たちの祀る神の御名が正しく語られるか。これは、今、神社で祝詞を奏上していただくときも自分の名前を過たず読み上げられるかと耳をそばだてるのと同じである。

長々しい名前、その一つ一つには意味や思いが込められている。

今、『古事記』を読む人の大方は黙読だろう。多くは長く幾柱も続く神の名に辟易し、読み飛ばしてしまう。だが名前を失ったところに、物語は成立しない。

日本は、文字を持たない民族であった。紀元一世紀頃から大陸渡りの漢字を知ってはいたが、銅鏡や鉄剣の銘文に使うか、深く仏教に帰依した聖徳太子が経典の注釈を漢文で書くことはあっても、自分たちの大切なものを文字に託すという発想はなかった。

この国が文字を使い出したのは、せいぜいが乙巳の変や壬申の乱があった七世紀頃。「日本」と言う国の名が定まったのもこの時期である。

ではそれまでは文字も持たずにつまらぬ生活をしていたのかというと、全く逆で、土器に曲玉、土偶に銅鐸、古墳など、今の者が束になってかかってもかなわぬほど深く豊かな精神生活を有していた。敢えて文字を選ばなかったのである。

いちばんたいせつなことは、目にみえない、と狐は教えた。

心という無形のものは言葉の力を借りて形を整え、深まりもすると国学者本居宣長は考えた。

さて『古事記』は天武天皇が修訂した歴史を、稗田阿礼に誦み習わしめたもの。それを元明天皇の命で太安万侶が文字に変換した。なぜ阿礼に記憶するよう命じたのか。その頃は文字と言えば漢字しかなかったからだ。漢字は中国で生まれたもので、一文字一文字に、歓びや悲しみ、深い思索、時には陰惨な歴史が刻まれている。だから漢字を使うとは、そんな恐ろしいモノを丸ごと抱えることでもある。いくら自分の頭で考え、心で感じていると思っても、漢字を使っている以上、それは借りものである。それほど中国文化の力は強い。歴史が違う。

そこで天皇は声の力を頼り、また太安万侶は漢字の呪縛を逃れようと苦心し、妙な漢文風の文体で『古事記』を書いた。

やがて『日本書紀』が出来た。正史に相応しく形式も文体も整っている。そちらが金看板なら、『古事記』は煤けた古看板。読む人もいなくなってしまった。

さて漢字を覚えた人は、やっ、これは便利だと、それをカイゼンし片仮名、平仮名を発明。文字は人々の生活の中に、急速に浸透していった。

さらに数百年が過ぎた。

この天武天皇の決断の重大さに最初に気づいたのが、伊勢国松阪の本居宣長である。漢字、その背後にある中華思想（漢意）から脱しないと、本来のこの国のことは何も判らぬではないか。

では文字を持たぬ時代をどうやって調べるか。

そこで注目したのが『古事記』である。これは阿礼の語りを冷凍保存したようなもの。うまく解凍すれば、あら不思議、七世紀の天武天皇のお声が聞こえてくるはずだ。

そう『古事記』を読むとは、意味より読み方が大切なのである。宣長の注目したように、日本人の心性、あるいは美意識は、文字を使う前に既に核は出来ていた。だから今も心の琴線に触れるのは、声の力に勝るものはない。

阿礼は、「人となり聡明にして、目にわたれば口に誦み、耳にふるれば心に勒す」人であったというが、今回、この全集を読んでいて、たとえば、桂米朝師もまたその能力を兼ね備えていることを知った。

桂米朝師が、ただ一度聞いただけの「高野駕籠」をきちんと覚えていて、その後の言葉が凄い。「聞かれたさかい、思い出しただけや」。こういう人が、日本の声の文化を支えてきたのであろう。本物の「人間国宝」である。

もちろん文我師匠もその流れにつながることはいうまでもない。

ただ稀代の才を持った人をしても、声の伝承は、語り手や場所、聴衆によって変わる。短詩系文学の歌や詩は、たとえば『万葉集』や「二十一代集」のようにテキストとして固定したものや、また歌謡曲のように著作権がらみで管理されているものはともかくも、講談や落語のような話芸、そうそう松阪は映画監督・小津安二郎の青春の町でもあり、今も無声映画時代の作品の上映が行われ、弁士が語ってくれるのだが、語りや演芸は絶えず変化している。成長している。

だから机にだけ向かっている学者には研究への参入が困難だ。定本がなければ伝家の宝刀ともいうべきテキスト・クリティークが使えないではないか。

そのようなテキストの定まらぬ話芸の中で、このたびの『桂文我上方落語全集』が素晴らしいのは、圧倒的な量の作品が、実際に演じた体験の裏付けで文字起こしされていることと、併せてオーディオブックCDも刊行された点にある。しかも、改変したところは明記し、ハメモノの説明は文我師匠の独壇場だ。また上演記録も有難い。本好きの私は書影に驚き、よだれが出そうになった。

文字と声が備わり、参考資料満載のこの全集は、上方落語の四代・桂文我版として、これからの研究の得難いテキスト、いやカノンの一つとして、尊重されるであろう。

上方落語の面白さ、いや深さの爆発である。

話は最初に戻るが、眠っていた『古事記』を復活させ、古代の声を聴こうとした宣長もまた、声の人であった。

十五歳の時に、秋の彼岸会で語られた赤穂義士伝を覚えて帰り、医学修行で京都に滞在した時には、四条河原で二代・米沢彦八の物まね咄を楽しみ、「新話録」には四十八の咄の落を集めている。実際に平曲も習ったこともあるが、こちらは声がまずく友達に笑われやめてしまったと『在京日記』には記されている。

おっと、全集の話から逸れてしまったが、四代目・桂文我師匠は、日本の声の文化の継承者だというところで、長々とした話は終えることとする。

どうぞ全集をお楽しみあれ。

●参考文献

東大落語会編『増補　落語事典』青蛙房、一九七三年
川戸貞吉・桃原弘編『五代目 古今亭志ん生全集』〈全八巻〉弘文出版、一九七七〜九二年
宇井無愁『笑辞典　落語の根多』角川書店（角川文庫）、一九七六年
玉川信明『反魂丹の文化史　越中富山の薬売り』社会評論社、二〇〇五年
桂米朝『上方落語ノート』〈全四集〉岩波現代文庫、二〇二〇年
諸芸懇話会・大阪芸能懇話会編『古今東西落語家事典』平凡社、一九八九年
神戸女子大学史学研究室編著『須磨の歴史』神戸女子大学、一九九〇年
江国滋ほか編『古典落語大系』〈全八巻〉三一書房（三一新書）、一九七三〜七四年
五代目 笑福亭松鶴編『上方はなし』〈復刻版　上・下〉三一書房、一九七一〜七二年

パンローリング（株）・後藤康徳社長、岡田朗考部長、組版の鈴木綾乃さん、編集作業の大河内さほさん、校閲の芝光男氏に、厚く御礼を申し上げます。

■著者紹介

四代目 桂 文我（かつら ぶんが）

昭和35年８月15日生まれ、三重県松阪市出身。昭和54年３月、二代目桂枝雀へ入門し、桂雀司を名乗る。平成７年２月、四代目桂文我を襲名。全国各地で、桂文我独演会・桂文我の会や、親子で落語を楽しむ「おやこ寄席」も開催。平成25年４月より、相愛大学客員教授へ就任し、「上方落語論」を講義。国立演芸場花形演芸大賞、大阪市咲くやこの花賞、NHK新人演芸大賞優秀賞、芸術選奨文部科学大臣新人賞、水木十五堂賞など、多数の受賞歴あり。令和３年度より、東海テレビ番組審議委員を務める。

・主な著書

『桂文我 上方落語全集』第一巻～第八巻（パンローリング）
『上方落語『東の旅』通し口演 伊勢参宮神賑』（パンローリング）
『復活珍品上方落語選集』（全３巻・燃焼社）
『らくごCD絵本　おやこ寄席』（小学館）
『落語まんが　じごくごくらく伊勢まいり』（童心社）
『ようこそ！　おやこ寄席へ』（岩崎書店）など。

・主なオーディオブック（CD）

『桂文我 上方落語全集』第一巻～第八巻 各【上】【下】
『上方落語『東の旅』通し口演 伊勢参宮神賑』【上】【下】
『上方落語 桂文我 ベスト』ライブシリーズ１～５
『おやこ寄席ライブ』1～10
『上方落語「仮名手本忠臣蔵」通し口演』（いずれもパンローリング）など多数刊行。

2024年３月１日　初版第１刷発行

桂文我 上方落語全集 <第九巻>

著　者　　桂文我
発行者　　後藤康徳
発行所　　パンローリング株式会社
〒160-0023　東京都新宿区西新宿 7-9-18　6 階
TEL 03-5386-7391　FAX 03-5386-7393
http://www.panrolling.com/
E-mail　info@panrolling.com
装　丁　　パンローリング装丁室
組　版　　パンローリング制作室
印刷･製本　株式会社シナノ

ISBN978-4-7759-4295-6